Du même auteur

Il était une fois Jean Jaurès, Éditions Grand Sud, Albi, 2014, 262 pages.
La chapelle de Las Planques, Éditions Grand Sud, Albi, 2015, 72 pages.
Il était une fois Paul Bodin, Éditions Bleu Pastel, Albi, 2016, 256 pages.
Le viaduc du Viaur, Éditions Bleu Pastel, Albi, 2017, 84 pages.
Guide du patrimoine du Tarn, sous la direction de Max Assié, Éditions Bleu Pastel, Albi, 2019, 324 pages.
D'Épinay à l'Élysée, 11,12, 13 juin 1971 – 10 mai 1981, Éditions Un Autre Reg'Art, Albi, 2021, 120 pages.
Casimir Ferrer, Éditions Un Autre Reg'Art, Albi, 2021, 224 pages.
Jean Jaurès du Tarn au Panthéon, Éditions Un Autre Reg'Art, Albi, 2022, 224 pages.
Le viaduc du Viaur et Paul Bodin, Éditions Un Autre Reg'Art, Albi, 2022, 432 pages.

Auteur de livres historiques, patrimoniaux, ainsi que de biographies, Max Assié est également conférencier. Très impliqué dans la vie culturelle tarnaise, il est président de la Fédération des Associations Culturelles et Intellectuelles du Tarn, vice-président de la Société des Sciences Arts et Belles-Lettres du Tarn et directeur de publication du trimestriel *Revue du Tarn*. Il assure également les fonctions de conseiller scientifique du Centre national et musée Jean Jaurès de Castres.

Max Assié

Ces Tarnais
qui ont fait l'Histoire

Max Assié

Ces Tarnais qui ont fait l'Histoire

Le Papillon Rouge Editeur

À *Jacques Castagné (1928-2020),*
mon professeur d'histoire au collège Victor Hugo de Carmaux,
homme de culture et humaniste.

Avant-propos

En 1996, paraissait l'ouvrage intitulé *Les Tarnais Dictionnaire biographique*, édité par la Fédération des Sociétés Intellectuelles du Tarn[1] et écrit par un certain nombre d'historiens du département. Ce recueil s'inscrivait dans le cadre de la collection de dictionnaires biographiques départementaux, créée en 1985 par l'universitaire Philippe Wolff, spécialiste de l'histoire économique et sociale du Midi. Ce projet de collection était-il trop ambitieux ? Dans les années qui suivirent, seulement quatre départements saisirent l'opportunité de mettre en valeur leurs « célébrités » locales, au travers de quelques centaines de notices biographiques : les Vosges, l'Aude, les Landes et le Tarn.

L'équipe rédactionnelle du recueil *Les Tarnais Dictionnaire biographique* qui travailla sous la direction de Maurice Greslé-Bouignol, directeur honoraire des Archives départementales du Tarn, avait fixé un certain nombre de critères quant au choix des personnalités retenues, notamment en matière de notoriété.

Cet ouvrage est épuisé depuis plusieurs années et sa réédition n'est pas à l'ordre du jour. En septembre 2023, pour consultation, une version numérique au format PDF a été mise en ligne sur le site internet des Archives départementales du Tarn. Depuis octobre 2023, une nouvelle équipe d'historiens tarnais travaille actuellement à sa réactualisation, laquelle a été progressivement intégrée à la version en ligne. Le groupe de contributeurs est piloté par trois historiens tarnais : Jean Le Pottier, président de la Fédération historique de

1. *La Fédération des Sociétés Intellectuelles du Tarn (FSIT) a été fondée le 8 février 1948 par 7 sociétés, dont la Société des Sciences Arts et Belles Lettres du Tarn (SSABLT). Elle avait pour objectif de « coordonner les efforts de toutes celles et tous ceux qui sont attirés par l'étude ou la pratique des sciences et des arts dans le département du Tarn ». En 2018, pour tenir compte des évolutions sociales et culturelles, la FSIT se transforma en Fédération des Associations Culturelles et Intellectuelles du Tarn (FACIT).*

la région Occitanie et président de la Société des Sciences Arts et Belles-Lettres du Tarn, qui assure la coordination ; Nicole Le Pottier, archiviste paléographe et conservatrice des bibliothèques ; et moi-même.

Le présent livre se veut différent du dictionnaire biographique de 1996 : il n'est pas un ouvrage purement scientifique car il ne présente pas de caractère exhaustif comme se doit d'être un dictionnaire. Pour rester fidèle à la collection *Ces Français qui ont fait l'Histoire*, de la maison d'édition Le Papillon Rouge, qui compte à ce jour 24 ouvrages traitant de personnages marquants de départements et régions de notre Hexagone, il est basé sur le choix de 50 personnalités tarnaises, hommes et femmes qui, chacun dans leur domaine propre, ont marqué l'histoire du département au travers d'actes passés à la postérité. Leur souvenir, leur renommée et, pour certains d'entre eux, leur célébrité, ont fait qu'ils survivent dans la mémoire collective.

La principale et plus importante difficulté a résidé dans le choix de ces 50 « célébrités » devant y figurer. A part quelques exceptions, l'évidence même veut que ne soient mentionnées que les personnalités nées et/ou décédées dans le département du Tarn où elles se sont illustrées en y accomplissant l'essentiel de leur œuvre. Y figurent également celles originaires du Tarn et ayant accompli des actions notoires hors du département, ainsi que celles venues s'y installer et y ayant joué un rôle avéré.

Le président de la République Georges Pompidou, ayant fait ses études primaires et secondaires à Albi, aurait pu être mentionné ; tout comme les natifs du Tarn, les Académiciens Pierre Benoît et Jean Mistler, ainsi que le général Raoul Salan. Mais « *le seul mauvais choix est l'absence de choix* » comme l'a très bien écrit la romancière Amélie Nothomb dans son ouvrage *Métaphysique des tubes*, publié en 2000.

Bien entendu et hélas, comme dans les autres ouvrages de cette collection, la part belle est réservée aux hommes. Mais comment pouvait-il en être autrement au vu de la condition des femmes dans les siècles passés ? Exclues de la vie politique, discriminées socialement et culturellement, elles étaient avant tout des mères et des épouses,

cantonnées dans les tâches ménagères du foyer. Cependant, certaines femmes sont parvenues à se départir de l'image négative de leur condition et à s'imposer par leurs talents. Ce fut par exemple le cas des femmes de lettres tarnaises Antoinette Salvan de Saliès (fin XVIIe siècle-début XVIIIl[e] siècle), Eugénie de Guérin (XIXe siècle) et Louisa Paulin (XXe siècle).
Il y a donc, indéniablement et nécessairement, une part de subjectivité dans ce choix de 50 noms, qui s'est efforcé, néanmoins, d'être dépourvu de toute partialité. Je partage totalement cette remarque d'Anatole France quant à ce dilemme : « *Y-a-t-il une histoire impartiale ? Comment un historien juge-t-il qu'un fait est notable ou non ? Il le juge arbitrairement.* »
Toujours pour rester fidèle à la ligne directrice de la collection *Ces Français qui ont fait l'Histoire,* j'ai donc privilégié des personnalités plutôt contemporaines, ayant vécu entre le XVIIIe siècle et le XXe siècle. Son originalité réside dans le fait que le lecteur y trouvera des personnalités tarnaises célèbres, ainsi que d'autres, moins connues du grand public, mais toutes aussi méritantes. C'est ainsi que les illustres Jean Jaurès, Henri de Toulouse-Lautrec, le président du Conseil Émile Combes, le navigateur François de Galaup de Lapérouse, côtoient le général Séré de Rivières, ingénieur militaire du XIXe siècle, l'astronome et géographe Guillaume de Nautonier, la religieuse « Sœur mitraillette », Pierre Fabre, fondateur d'un des plus grands groupes pharmaceutiques et dermo-cosmétiques français. Une place de choix est réservée à l'étonnant Lucien Fabre, industriel et homme de lettres, prix Goncourt en 1923. Y figurent également des personnalités du monde du sport comme l'abbé Pistre, surnommé « le pape du rugby » et l'international et capitaine de l'équipe de France de rugby à XIII Marcel Bescos, joueur emblématique de cet autre ovale albigeois.
Contrairement à mes précédents ouvrages historiques, vous ne trouverez pas, dans ce livre, de notes de bas de pages, hormis dans cet avant-propos, afin de respecter le cahier des charges de la collection *Ces Français qui ont fait l'Histoire.*
Le biographe que je suis s'est efforcé de présenter ces personnages marquants de façon différente de celle utilisée pour écrire des

notices biographiques, en résumant en très peu de pages certains aspects privilégiés de leur vie, lesquels ont contribué à asseoir leur notoriété. Le tout en restant fidèle à une démarche historique et scientifique rigoureuse : pertinence des faits et des évènements, utilisation de sources fiables permettant de reconstituer le passé, analyse des causes et des conséquences des évènements mentionnés.

Pierre Amalric

L'un des plus célèbres ophtalmologistes du XXe siècle

Le docteur Pierre Amalric est une authentique figure albigeoise, aussi bien dans le domaine de la médecine que celui de la culture, comme en témoigne la médiathèque municipale d'Albi qui porte son nom et qui fut construite en 2001. Né le 24 juin 1923 à Vielmur-sur-Agout, commune de la région castraise, il est le fils

La Faculté de Médecine de Toulouse où officia Pierre Amalric.

d'un médecin généraliste. Durant son adolescence, le jeune Pierre ne montre que peu d'intérêt pour la médecine au grand désespoir de son père. Il se passionne en priorité aux sciences humaines, aux arts et à l'histoire. Néanmoins, en 1940, Pierre Amalric marche sur les traces du *pater familias* en entamant des études médicales à Toulouse la même année. N'oubliant pas son attachement pour l'histoire, il s'inscrit aussi à la faculté de lettres de la Ville rose.
Pendant l'occupation allemande de Toulouse, il entre dans un réseau de résistance sous la direction d'un de ses enseignants. Après la Libération, en 1945, le jeune diplômé est affecté dans plusieurs unités militaires et hôpitaux où il pratique la médecine générale. Sous l'influence du professeur Calmettes qui va devenir son modèle, Pierre Amalric choisit de se spécialiser en ophtalmologie. De 1951 à 1954, il exerce en qualité de chef de clinique à la Faculté de médecine de Toulouse.
La nostalgie du pays tarnais l'incite à ouvrir un cabinet à Albi en 1955. Quatre années plus tard, avec quelques collaborateurs, il fonde un Centre Ophtalmologique, toujours dans le chef-lieu du Tarn. Le docteur Amalric en devient très rapidement le directeur. Très perfectionniste, il y installe un matériel ultra moderne afin d'examiner et traiter au mieux les affections de l'œil, mais également pour continuer ses recherches médicales. Il effectue les premières études françaises concernant l'angiographie fluorescéinique de l'œil et introduit en France l'application du laser sur cet organe.
Dans l'univers de l'ophtalmologie française, Pierre Amalric détonne en agissant comme un franc-tireur. Dans un article du quotidien *Le Monde* en date du 15 juin 1999, le médecin et journaliste Jean-Yves Nau évoque la méthode Amalric : « *Son tour de force aura été de parvenir à développer de nombreux travaux originaux, et ainsi à faire progresser la science médicale de la fonction visuelle, en marge des féodalités hospitalières et universitaires d'où cet ancien interne des hôpitaux de Toulouse avait été exclu. Il réussit ainsi à démontrer qu'une recherche médicale pouvait être menée en dehors de la sphère publique, en marge de tout financement officiel et qui plus est dans une petite ville de province.* »
En 1966, à la fin d'une réunion du Club Jules Gonin à Munich, en Allemagne, concernant notamment l'utilisation de l'angiographie

fluorescente en ophtalmologie, Pierre Amalric présente des photos qu'il avait prises sur la circulation de la choroïde (membrane de l'œil). Dès lors, il se fait une réputation dans les milieux de

l'expérimentation ophtalmologique. Dans les années suivantes, il multiplie les contributions médicales relatives à la circulation de la choroïde, le traitement de la rétinopathie diabétique et le Triangle, qui porte son nom.

Très éclectique sur les sujets abordés, une de ses études suscite une attention particulière : celle concernant la mystérieuse disparition des navires de l'explorateur albigeois Jean-François Galaup de La Pérouse au large des îles Vanikoro, dans l'océan Pacifique Sud. Féru d'histoire, il s'intéresse également aux différents problèmes oculaires apparus dans les dernières années du XVIIIe siècle.

En 1971, l'académie américaine d'ophtalmologie lui décerne un prix pour ses travaux novateurs relatifs à l'étude angiographique des segments antérieurs de l'œil. Il s'agit d'une technique extrêmement

Pierre Amalric au travail. ▲

pointue permettant d'acquérir des images photographiques après une injection de fluorescéine dans le système vasculaire oculaire. Dès lors, le docteur Pierre Amalric acquiert une renommée internationale et l'on vient du monde entier pour le consulter dans son cabinet albigeois, tellement son diagnostic est avéré, s'appuyant sur les toutes découvertes de l'ophtalmologie. Pour obtenir un rendez-vous à son cabinet, cela exige énormément de persévérance et les patients se pressent dans la salle d'attente et parfois même jusque dans l'escalier !

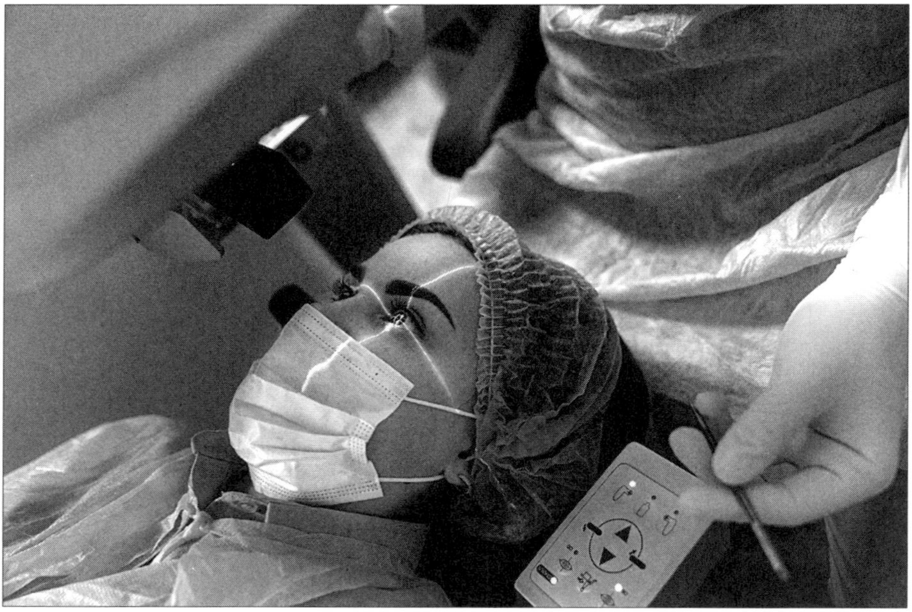

Le docteur Amalric était un personnage atypique, tant dans l'exercice de la médecine ophtalmologique que dans la vie. En 1972, il est le premier praticien français officiellement invité par le président Mao Tsé-toung à visiter, durant trois semaines, la République populaire de Chine. À son retour de l'Empire du Milieu, il publie dans *Le Monde* des 16 et du 17 novembre 1972, un article intitulé « Médecine et médecins en Chine », traitant de la politique sanitaire de ce pays qu'il a été amené à étudier durant son séjour.
Sa notoriété internationale s'affirme. Outre la Chine, il est l'invité d'honneur d'innombrables pays à travers la planète. Pierre Amalric s'y rend avec comme motif principal de s'enquérir des nouveaux

▲ *Une opération de l'œil au laser, technique développée en France par Pierre Amalric.*

progrès de la médecine en matière de traitement des affections de l'œil. Il devient membre de sept sociétés nationales d'optique. De 1949 jusqu'à sa mort en 1999, le docteur Amalric publie environ 520 travaux scientifiques !
Pierre Amalric décède dans sa ville d'Albi, le 11 juin 1999, à l'âge de 75 ans. Il était en train d'écrire une histoire de l'ophtalmologie. Il avait patiemment constitué une importante bibliothèque comprenant des ouvrages anciens et contemporains de médecine, dont certains étaient très rares, mais également des livres et des revues ophtalmologiques internationales.
Homme de culture, il aimait prendre le temps de se rendre au musée Toulouse-Lautrec, à la bibliothèque Rochegude et à la bibliothèque centrale de prêt. Passionné par l'Histoire, Pierre Amalric avait créé, en 1966, « L'Association de sauvegarde du Vieil Alby ». Admiratif du navigateur La Pérouse, il avait organisé des manifestations culturelles pour lui rendre hommage, aux États-Unis, au Chili, en Union soviétique, en Australie. Par ailleurs, il se faisait un devoir et un honneur de faire en sorte que des congrès internationaux puissent se tenir à Albi. Ce fut particulièrement le cas du premier congrès sur le laser. Cet homme généreux par nature n'hésitait pas à prendre à sa charge le coût de certains rassemblements, recevant notamment les intervenants à son domicile.

Louis Ier d'Amboise

Évêque réformateur, diplomate et mécène d'art

Le nom de Louis d'Amboise, évêque d'Albi, est étroitement lié à l'immense fresque de dix-huit mètres de large sur quinze mètres de haut, soit 270 m^2, intitulée *Le jugement dernier,* qui se trouve dans le revers de la façade occidentale de la cathédrale Sainte-Cécile d'Albi, plus grande cathédrale de briques au monde. Réalisée à la demande du prélat albigeois, cette œuvre gigantesque nécessita cinq années de travail, de 1495 à 1500. Les éléments figuratifs sont répartis en registres superposés : en bas, l'enfer divisé en autant de compartiments que de péchés capitaux correspondant à la représentation du châtiment de chacun de ces derniers ; en haut le paradis avec le peuple des élus. Le centre de la composition qui a disparu en 1693 devait représenter le Christ juge. Son auteur serait le Maître de Jacques de Besançon, alias l'enlumineur parisien François le Barbier fils.

Louis Ier d'Amboise.

Louis d'Amboise est né vers 1433 au château de Chaumont-sur-Loire, près d'Amboise, d'une famille de la branche cadette des seigneurs d'Amboise qui ont eu un rôle prépondérant dans le gouvernement du royaume de France de 1470 à 1510. Il est le quatrième fils de Pierre d'Amboise seigneur de Chaumont, chambellan de Charles VI, et d'Anne de Bueil.
Titulaire d'une licence ès lois, il est tout d'abord prêtre, puis coadjuteur de Bernard V de Casilhac, évêque d'Albi de 1435 à 1462. Après avoir fréquenté la cour du duc Charles de Guyenne, frère de Louis XI, il devient conseiller du roi vers 1470. Le premier acte officiel connu du conseiller Louis d'Amboise est une lettre patente du roi Louis XI qu'il signe le 20 avril 1472. Devenu maître des requêtes cette année-là, il est commandité ambassadeur à Rome auprès du pape Sixte IV. En 1473, il est nommé lieutenant-général du roi dans le Languedoc et se voit envoyé en mission à Florence.
Un an plus tard, il remplace Jean Jouffroy en tant qu'évêque d'Albi, en vertu d'une bulle papale de Sixte IV. Le 6 mars 1474, par lettres patentes, Louis XI le désigne président aux assemblées des trois états du Languedoc et le 9 octobre suivant, il lui confie la charge de lieutenant-général du roi en Aquitaine, Languedoc, Roussillon et Cerdagne. Au nom du roi, il préside les états du Languedoc qui se tiennent à Montpellier en avril 1475.
Il fait partie de l'ambassade envoyée par Louis XI en Espagne, à l'occasion de l'accession au trône de Ferdinand de Castille.
L'évêque d'Albi Louis Ier d'Amboise devient l'un des plus importants personnages du royaume de France. Le 28 janvier 1477, après la conquête du duché de Bourgogne et la mort de Charles le Téméraire, il négocie, pour le roi Louis XI, avec les États provinciaux. À la demande de Louis XI, il fait démolir, dans tous les duchés, les places fortes jugées dangereuses pour le royaume. En octobre 1478, en qualité de commissaire royal, il participe à la conférence pour la paix qui se déroule à Boulogne entre les représentants de Louis XI et ceux de Maximilien d'Autriche. Dans une lettre, le roi le félicite pour sa conduite exemplaire en Bourgogne et le nomme lieutenant-général du gouverneur de Bourgogne le 12 juillet 1480.
À la mort de Louis XI, d'Amboise participe au conseil de Régence

jusqu'en décembre 1484 et lui succède dans les fonctions de chancelier de l'ordre de Saint-Michel. Il connaît une traversée du désert à

compter de 1484, en raison des luttes intestines entre les Bourbons et les Orléans. De ce fait, il s'exile à Avignon en 1487. Deux ans plus tard, Louis d'Amboise revient en grâce auprès du roi Charles VIII et bénit son mariage avec Anne de Bretagne le 6 décembre 1491.
L'accession au trône de Louis d'Orléans en 1498 le ramène au premier plan. D'autant plus que son frère Georges d'Amboise est fait cardinal-légat et devient principal conseiller du roi. En décembre 1498, l'évêque d'Albi instruit le divorce entre Louis XII et Jeanne de France, qui se traduit par une décision du tribunal ecclésiastique en date du 17 décembre 1498, lequel déclare comme nulle et non avenue l'union du roi de France avec la fille stérile de Louis XI.
En 1502, Louis Ier d'Amboise renonce à son siège épiscopal en faveur de son neveu Louis II d'Amboise. Il meurt à Lyon le 1er juillet 1503.
Dès 1484, Louis Ier d'Amboise fut le premier prélat du royaume à appliquer, dans son diocèse d'Albi, la réforme ecclésiastique

▲ *Détail de la fresque du Jugement dernier ornant le pilier gauche, situé sous le buffet d'orgues (Cathédrale Sainte-Cécile, Albi).*

décidée par la monarchie lors des États généraux de Tours. Il en fit de même pour les mesures arrêtées par le concile national de Sens en 1486. Avec l'aide du pape Innocent VIII, il put dissoudre les chanoinesses de Sainte-Catherine en 1487. Afin de préparer l'application des réformes, l'évêque d'Albi convoqua les États généraux d'Annonay en 1490. Dans son diocèse, les méthodes autoritaires du prélat provoquèrent l'opposition des franciscains du couvent des Cordeliers qui seront les premiers à se heurter aux décisions imposées par l'évêque. Notamment en 1491 lorsqu'il en remplaça 11 sur 13 par des religieux plus rigoureux. Devenu le chef du parti réformiste de France, Louis d'Amboise fut à l'origine d'un profond mouvement de réformes dominicaines dans plusieurs diocèses du Languedoc. Il fit également d'Albi la troisième ville de France à disposer d'une imprimerie.
Dans le domaine des arts, l'évêque Louis Ier d'Amboise fut un très grand mécène, en étant plus particulièrement à l'origine des travaux de rénovation et d'embellissement de la cathédrale Sainte-Cécile. Outre la fresque *Le jugement dernier*, il fit réaliser le retable du maître-autel et construire le nouveau chœur, le jubé, ainsi que le porche flamboyant et son clocher.
En 1490, Louis d'Amboise commanda l'ensemble statuaire intitulé

La Mise au tombeau.

Mise au tombeau pour la chapelle de sa demeure épiscopale du château de Combefa située, non loin de Monestiés, à vingt kilomètres d'Albi. En 1765, les habitants de Monestiés obtinrent de l'archevêque d'Albi François-Joachim de Pierre de Bernis, l'autorisation de transporter sur quatorze charrettes à bœufs la totalité des sculptures dans la chapelle de l'hôpital Saint-Jacques. Cette œuvre, classée au titre des monuments historiques, est composée de vingt personnages bibliques grandeur nature et regroupe trois épisodes de la vie du Christ : la crucifixion, la descente de croix et la mise au tombeau. Ce groupe sculpté unique par sa composition, son ampleur et son impact affectif annonce la Renaissance par sa modernité.

Charles d'Aragon

La Résistance sans héroïsme

Tel est le titre que Charles de Bancalis de Maurel, marquis d'Aragon, dit Charles d'Aragon, Tarnais résidant à Saliès, à proximité d'Albi, donna à son livre publié en 1977 aux Éditions du Seuil, dans la collection Esprit. Voici la présentation de l'ouvrage en quatrième de couverture : « *À distance égale des polémiques et d'une vision hagiographique du combat des ombres, l'auteur propose au lecteur curieux de salutaires clefs de compréhension sur l'aventure singulière que fut la Résistance française.* »

Charles d'Aragon à son domicile.

Né le 10 novembre 1911 à Bourges, Charles d'Aragon est issu d'une famille de la noblesse catholique, de tradition à la fois royaliste et républicaine. Cette ancienne famille du Rouergue, établie en Languedoc au XVIIIe siècle, comptait trois parlementaires dans ses rangs.

Son père, Henri de Bancalis d'Aragon, était officier de dragons, puis capitaine-aviateur aux escadrilles d'Alsace en 1915. Il fut tué à Verdun le 12 mars 1916 à l'âge de 31 ans.

Son fils Charles suit des études secondaires au collège Saint-François-de-Sales à Évreux (Eure), puis au lycée Saint-Louis-de-Gonzague à Paris. Après l'obtention du baccalauréat, il est admis à l'École libre des sciences politiques où il fait la connaissance de Christian Fouchet (deux fois ministre sous la présidence du général de Gaulle) dont il devient l'ami. Diplômé en 1933, engagé dans le mouvement catholique social, Charles d'Aragon commence une carrière de publiciste et collabore à plusieurs périodiques, notamment *L'Aube*, *Temps Présent*, *La Revue des deux mondes*, *Témoignage chrétien* et *Notre République*. Face à la montée des ligues d'extrême droite (Croix de Feu, Solidarité française et Action française) et à la suite de l'émeute du 6 février 1934, ses convictions républicaines se raffermissent.

Opposé aux accords de Munich du 30 septembre 1938, il figure parmi les fondateurs des Nouvelles équipes françaises (nommée « NEP »), mouvement qui associe des milieux très différents. À compter de février-mars 1939, aux côtés notamment de Georges Bidault, Maurice Schumann, Jacques Madaule et Paul Archambault, également fondateurs de la NEP, il participe à des conférences « pour dénoncer l'esprit de Munich » et « appeler à un sursaut civique ».

Comme pour son ami le résistant Guy de Rouville, le site internet « Amicale des maquis de Vabre » retrace l'action de Charles d'Aragon durant le deuxième conflit mondial.

Après la déclaration de guerre de la France et de la Grande-Bretagne à l'Allemagne, le 3 septembre 1939, il est engagé volontaire, intègre l'aviation et sert au Maroc. L'armistice franco-allemand signé à Rethondes le 22 juin 1940 le surprend très désagréablement. Il cherche en vain à rejoindre Londres en avion. Il rentre en France, à Saliès, puis il se rend à Vichy durant deux semaines. De retour dans le Tarn, il multiplie les rencontres pendant l'hiver 1940-1941, à Saliès, à Albi et à Réalmont : Robert d'Harcourt, Jacques Madaule, le nouvel archevêque d'Albi Mgr Moussaron, Jean Annet d'Astier de la Vigerie, résistant du mouvement Libération et sa sœur Bertrande. Ces deux derniers étant arrêtés en mars 1941, il part pour Toulouse où il travaille avec Jean Casson de Libérer et Fédérer, mouvement de résistance intérieure créé par le libraire Silvio Trentin, exilé italien dans la Ville rose. Il participe, entre autres choses, à la fabrication de fausses cartes d'identité.

AOUT 1942

combat

Dans la guerre comme dans la paix le dernier mot est à ceux qui ne se rendent jamais - Clemenceau.

Je détruirai la France. (Hitler)

Je tiens les promesses, même celles des autres. (Pétain)

ORGANE DU MOUVEMENT DE LIBERATION FRANÇAISE

PAS UN HOMME POUR l'ALLEMAGNE

En novembre 1941, à la suite d'une perquisition à Saliès, le marquis d'Aragon se réfugie au château de Soult-Berg, sur la commune de Saint-Amans-Soult, chez François Reille-Soult, député démocrate populaire du Tarn. Début juillet 1942, il revient à Saliès où il reçoit plusieurs dirigeants de Combat et notamment Henry Frenay, le fondateur du mouvement, Pierre-Henri Teitgen, figure de la démocratie chrétienne et Claude Bourdet, alias Lorrain.
Après s'être marié à l'automne 1942, Charles d'Aragon rejoint le groupe de La dernière colonne, embryon du futur Libération-Sud, mouvement de résistance de la zone non occupée, puis devient un des responsables de Combat dans le Tarn. En 1943, sous le pseudonyme de Ollier, il devient adjoint de Pierre-Henri Teitgen, secrétaire général clandestin à l'information de Combat. En juin 1944, il prend le commandement militaire de la zone A, puis la vice-présidence du Comité départemental de Libération, dans le Tarn.
À la fin de la guerre, il redevient propriétaire éleveur à Saliès, dont il est élu maire lors des élections municipales des 29 avril et 13 mai 1945. Fort de son parcours d'intellectuel et de résistant, aux

Charles d'Aragon était un des responsables de Combat *dans le Tarn.* ▲

élections de la première Assemblée constituante, Charles d'Aragon est élu député des Hautes-Pyrénées le 21 octobre 1945 sous les couleurs du Mouvement républicain populaire (MRP), parti centriste et démocrate-chrétien. Il est réélu le 2 juin 1946, puis le 10 novembre 1946. Il est nommé membre de la Commission des affaires étrangères et en est élu secrétaire en 1949. Il est également membre de la Commission de l'intérieur, de l'Algérie et de l'administration générale, départementale et communale. Le député d'Aragon focalise son action parlementaire sur la politique étrangère et les problèmes coloniaux.

Le 1er mai 1950, il démissionne du MRP et de son comité directeur avec lequel il est en désaccord sur plusieurs sujets et notamment sur le Pacte Atlantique, le conflit indochinois, le traitement des grèves et la rupture du tripartisme. En 1951, il fonde le Centre d'action des gauches indépendantes (CGI) et se présente aux élections législatives du 17 juin 1951, sur la liste du Cartel des gauches

Église Notre-Dame de Saliès, village dont Charles d'Aragon fut le maire.

indépendantes dans la troisième circonscription de Paris. Sa liste ne recueille que 1,15 % des voix et ne compte aucun élu.
Après avoir milité au sein des nouvelles gauches et soutenu l'expérience Pierre Mendès France, président du Conseil du 18 juin 1954 au 23 février 1955, il prend ses distances avec la politique. Le retour du général de Gaulle au pouvoir le 1er juin 1958 conduit Charles d'Aragon à revenir sur la scène politique. En 1959, il est aux côtés de René Capitant et Louis Vallon et participe à la fondation de l'Union démocratique du travail (UDT), mouvement qui rassemble des gaullistes de gauche. Il fut parfois surnommé « le marquis rouge ».
Au début des années soixante-dix, il abandonne définitivement la politique pour se consacrer à son exploitation agricole, à ses responsabilités locales, dont la mairie de Saliès et à l'écriture de ses mémoires. Il s'éteint le 6 août 1986 à Saliès, dont il était toujours maire, à l'âge de 74 ans.

Francisco Bajén

Le peintre du silence

À l'instar du peintre aveyronnais Pierre Soulages, maître incontesté de la peinture au noir, Francisco Bajén est un des très rares artistes à avoir possédé un musée à son nom de son vivant. Il a été inauguré en 1999 à Monestiès, village médiéval du Ségala tarnais, classé depuis 2001 parmi les plus beaux villages de France.

Francisco Bajén.

Le musée Bajén, où 150 tableaux sont exposés, se trouve dans une ancienne demeure seigneuriale du XVe siècle acquise par l'artiste et son épouse en 1967. Francisco Bajén est né le 15 mai 1912, en Espagne, à San Clemente, commune de Villafranca del Bierzo, dans la province de Léon. Alors qu'il est encore enfant, ses parents, Antonio Bajén et Aurelia Rubio, quittent le sud des Asturies pour

s'installer en Catalogne. Très tôt, le jeune Francisco s'intéresse au dessin et révèle des prédispositions artistiques. Néanmoins, malgré le souhait de ses parents de le voir intégrer l'école des Beaux-arts, il poursuit des études en économie. Sa bonne maîtrise de la langue française lui permet d'obtenir un emploi d'interprète dans une banque de Barcelone.
En 1937, toujours dans la capitale catalane, il épouse Libertad Grandja Vega, devenue plus tard Martine Vega, qui était née au Pays basque espagnol en 1915. À la fin de la guerre civile qu'il a effectuée en tant qu'officier dans l'armée républicaine, le couple décide de s'exiler en France. Le 30 janvier 1939, ils arrivent dans le Tarn, à Dourgne, sur le versant nord de la montagne Noire. L'intégration se fait rapidement et naturellement, facilitée par l'aisance de Francisco dans la pratique du français. Bien qu'il ne soit pas encore reconnu comme peintre, Bajén acquiert une certaine réputation grâce à ses dessins, ainsi qu'à sa très grande culture générale.
Lors de la déclaration de guerre du 3 septembre 1939, entre la France et l'Allemagne, Francisco Bajén est requis pour travailler aux aciéries du Saut du Tarn, à Saint-Juéry, dans la périphérie albigeoise, l'entreprise sidérurgique étant mise au service de l'industrie de guerre. En conséquence, le couple déménage et s'installe à Saint-Juéry. Il est ensuite muté à l'usine textile de La Viscose, à Albi. Dans ces deux établissements, Bajén est nommé à des postes de nuit qui lui permettent de consacrer ses journées à ses passions, le dessin bien entendu, mais également la lecture.
À la Libération, il intègre un groupe d'intellectuels albigeois qui se réunissent hebdomadairement. Parmi eux, il y a notamment le poète René Rouquier, le professeur de lettres classiques Jean Roques, le professeur de lettres Jean Nectoux, le peintre Marcel Vedel, l'abbé Nouvel de Saint-Juéry, l'avocat albigeois Léguevaques et Talabot ingénieur du Saut du Tarn.
Vers 1945, Bajén s'oriente vers la peinture sur les conseils de Nicolaï Greschny, un autre émigré comme lui. Après s'être essayé à l'aquarelle, il aborde la marqueterie, puis la peinture sur bois, avant de se tourner définitivement vers la peinture conventionnelle, réalisant des gouaches et des huiles sur toile qui représentent essentiellement

des paysages. Francisco Bajén est l'exemple type du peintre autodidacte qui n'a jamais suivi d'enseignement artistique. Sa vision de la peinture est avant tout culturelle, acquise au fur et à mesure de sa fréquentation des musées et de la découverte des grands artistes que furent Rembrandt, Georges de La Tour, Vlaminck, Matisse, Picasso, Braque.

Il s'inspire de plusieurs mouvements artistiques du début du XXe siècle : l'impressionnisme, le fauvisme et le cubisme. Ses premières œuvres sont tantôt fauvistes, tantôt cubistes, abstraites, mais également classiques. Il voue une profonde admiration pour les peintres cubistes Pablo Picasso et Georges Braque. Il est ému et touché par les tableaux d'Henri Matisse. Son style artistique évoluant au fil de ses découvertes, Bajén devient de plus en plus influencé par le mouvement cubiste qui restera présent tout au long de sa carrière d'artiste peintre : formes simplifiées, géométrisation des volumes. Bajén travaille son art et sa technique. Son approche de la lumière, de la couleur, de la ligne et des contours s'affine. Le figuratif prend peu à peu le pas.

Dès le début des années 60, il abandonne le fauvisme et le cubisme pour se concentrer sur une recherche harmonieuse et ordonnée des couleurs. Francisco Bajén accorde une préférence aux teintes plus

▲ *Cartes et billards, tableau de Francisco Bajén (1984).*

chaudes et aux contours plus accentués. Toutes ses compositions sont marquées par une quête permanente d'un équilibre entre les couleurs et la lumière : scènes de l'existence quotidienne, paysages, portraits, nus. Les caractéristiques du style Bajén résident en grande partie dans sa façon de représenter les visages, ses personnages ayant les yeux fermés, laissant apparaître un état méditatif, reflet d'une profonde vie métaphysique. Ces regards tournés vers l'intérieur lui ont valu d'être surnommé le « peintre du silence ».

Les œuvres de Francisco Bajén sont présentes dans les plus grandes expositions parisiennes, notamment chez Drouet et Drouant, mais également à l'étranger, à l'instar de la galerie Léandro à Genève. Il participe aux principaux salons internationaux, en Europe, aux États-Unis et au Japon. En 1981, il reçoit le diplôme du mérite décerné par l'académie internationale Léonard de Vinci à Rome.

La carrière artistique de Bajén ne peut être retracée sans mentionner son épouse, la très discrète Libertad Granja. En 1959, dans le plus grand secret, elle se met à peindre sur des supports les plus divers : cartons, tuiles, panneaux d'isorel, cailloux, bois. Découvrant son talent, son conjoint l'encourage à poursuivre dans la voie artistique. En 1961, elle expose pour la première fois, signant ses tableaux Martine Vega, Vega étant le nom de sa mère. Six ans plus tard, à Monestiés, le brocanteur carmausin Henri Terruel lui fait visiter un hôtel particulier du

Portrait de Martine Véga réalisé par Francisco Bajén, son époux, en 1947.

XVe siècle qui lui appartient. Tombée sous le charme de la bâtisse, elle l'achète afin d'y installer l'atelier de son mari et d'en faire, à moyen terme, un musée. Martine Vega décède le 12 octobre 1974 à l'âge de 59 ans. Francisco Bajén s'éteint le 29 août 2014 à Albi : il était âgé de 102 ans.

Rose Barreau

« Liberté Barreau », femme soldat de la République et de l'Empire

Les femmes dans l'armée : une très longue histoire qui ne fut pas réellement reconnue et légalisée qu'à compter de 1909 avec la création du corps des infirmières laïques des hôpitaux militaires qui permettait aux femmes d'être recrutées dans l'armée française avec un statut de personnel civil. Et pourtant, à la fin du XVIIIe siècle et au début du XIXe siècle, la Tarnaise Rose Barreau fut une des toutes premières femmes soldats !

Née en mai 1773 à Sémalens, dans le sud du Tarn, Rose est la fille de Louis Barreau, en partie originaire de Sémalens et de Jeanne Cabal de Teillet. Elle épouse le Sémalensois François Layrac le

Rose Barreau au combat (gravure de 1825).

5 mars 1792 à Toulouse. Le lendemain, elle s'engage dans l'armée de la Première République comme volontaire dans le 2e bataillon du Tarn, afin de suivre son mari et son frère Cyprien Barreau. Rose Barreau est immatriculée à la compagnie des grenadiers.
De 1793 à 1795, la République française est en guerre contre l'Espagne, à la suite d'une lettre de Charles IV à la Convention aux termes de laquelle l'Espagne promet d'observer une stricte neutralité dans les conflits opposant la France à la quasi-totalité de l'Europe pourvu que soit préservée la vie de Louis XVI. Le message remis le 25 décembre 1792 à la Convention nationale est considéré comme un ultimatum, déchaîne les passions, soulève les foudres, notamment celles de Danton et conduit à la déclaration de guerre du 7 mars 1793.
Le conflit a lieu sur les deux versants des Pyrénées, côté Atlantique et côté Méditerranée. Par décret du 30 avril 1793 ayant pour objectif de faciliter la défense de la frontière et s'opposer aux incursions des Espagnols, l'armée des Pyrénées est divisée en deux : armée des Pyrénées orientales et armée des Pyrénées occidentales.
Le 2e bataillon du Tarn est affecté aux Pyrénées occidentales, couvrant le secteur de Bayonne à Bidart. La compagnie des grenadiers où se trouvent les époux Barreau-Layrac est placée sous les ordres du capitaine Théophile Corret de la Tour d'Auvergne. Au début du conflit, une partie des grenadiers sont armés de fusils provenant du 18e régiment de dragons.
C'est lors d'une incursion de soldats de l'Empire espagnol en France, à Biriatou, le 13 juillet 1793, que Rose Liberté Barreau se fait remarquer. Son unité est attaquée par les forces espagnoles. Elle est tout d'abord témoin de la mort de son frère, puis voit son mari François Layrac être grièvement blessé, une balle l'ayant touché à la poitrine. Suivie par les autres fantassins, elle se précipite vers les soldats espagnols en faisant feu de tout bois, vidant son mousquet. À court de munitions, elle charge alors l'ennemi avec son sabre.
Sur le rapport du capitaine de La Tour d'Auvergne au général de La Bourdonnaye et au député Pierre Garrau, la Convention nationale inscrit son exploit dans le *Recueil des actions héroïques et civiques des Républicains français*, daté du 10 nivôse an II (30 décembre

1793), distribué aux écoles, aux mairies et aux armées : « *Brumaire, l'an second. Le second bataillon du Tarn, fameux dans l'armée des Pyrénées occidentales, est commandé pour aller attaquer une redoute espagnole. Layrac et Liberté Barreau, son épouse, tous deux grenadiers, marchent à*

l'ennemi l'un à côté de l'autre. Le frère de Liberté Barreau est aussi dans les rangs; le combat s'engage, l'artillerie tonne de toutes parts. Barreau voit expirer son frère; elle reste à son poste. Layrac, son époux chéri, tombe auprès d'elle, la poitrine percée d'une balle. La Vertu républicaine triomphe de l'Amour comme elle venait de triompher de la Nature. Barreau presse sa marche, elle entre la troisième dans les retranchements et la redoute est emportée. Dix-neuf cartouches qu'on lui avait remises avant le combat sont épuisées; elle s'empare de la giberne d'un ennemi qu'elle venait d'abattre à ses pieds et poursuit, avec ses camarades, les Espagnols fuyant de toutes

Rose Barreau secourant son mari Jean-Baptiste Layrac. ▲

parts devant les troupes de la République. Enfin, le bataillon s'arrête et le champ de bataille ne retentit plus que des cris de Victoire ! Vive la République ! Alors Liberté Barreau retourne auprès de son mari, bande sa plaie, le presse dans ses bras et le porte, avec ses frères d'armes, à l'hospice militaire. Là, en lui prodiguant les soins de la tendresse conjugale, elle prouve qu'elle n'a pas renoncé aux vertus de son sexe, quoiqu'elle ait déployé toutes celles qui semblent ne devoir être l'apanage que de l'autre. »

Après quatorze mois de service, « Liberté » Rose Barreau, enceinte de six mois, reçoit son congé de l'infanterie et se voit gratifiée de 300 livres tournois offerts par la Convention nationale. Néanmoins, elle reste proche de l'armée, auprès de son mari qui est toujours sous les drapeaux. Avec le chef de brigade Moncey, elle est en Navarre. Avec le général Bonaparte, on la retrouve en Italie. En 1805, l'Empereur Napoléon entend parler des prouesses militaires de Rose Barreau. Par décret du 30 septembre 1805, il ordonne sa mise à la retraite et lui alloue, en 1806, ainsi qu'à son mari, une pension militaire.
Son époux Jean-Baptiste Layrac disparaît en 1825 à Montpellier où le couple s'était installé. Malade, « Liberté » Barreau sollicite et obtient son admission à la succursale des Invalides d'Avignon. Elle y meurt le 24 janvier 1843, entourée de quelques vieux compagnons d'armes des armées de la République puis de l'Empire.
Sa mémoire fut entretenue au fil des décennies, certains allant même jusqu'à la comparer à... « la pucelle d'Orléans » Jeanne d'Arc. Dans son sillage, en dehors des « suiveuses » – vivandières, blanchisseuses et prostituées – 80 combattantes des armées républicaines, vendéennes et impériales furent recensées de 1789 à 1815.

▲ *Assiette commémorative à la gloire de Rose Barreau et son bataillon du Tarn.*

Arthur Batut

Le pionnier de la photographie aérienne

De nos jours, les drones sont les moyens les plus utilisés pour prendre des clichés en hauteur. Le 23 octobre 1858, Gaspard Félix Tournachon dit « Nadar », un authentique « casse-cou » et « touche-à-tout » de génie, réalisait la première photo aérienne, à 520 mètres d'altitude, à partir d'un ballon à hydrogène : le Petit-Bicêtre, une banlieue du sud de Paris.

Trente ans après, le photographe tarnais Arthur Batut est le premier à obtenir une photographie aérienne avec un cerf-volant, technique plus souple et moins coûteuse que l'aérostat. Le musée Arthur Batut, installé à

Arthur Batut, autoportrait.

Labruguière, entre Castres et Mazamet, créé par Serge Nègre en 1988, met en relief les travaux de ce pionnier. Inauguré pour le centenaire de l'invention de l'aérophotographie par cerf-volant, le musée présente les collections confiées par la famille de l'inventeur.
Arthur Batut naît le 9 février 1846 à Castres, au sein d'une famille de la moyenne bourgeoisie éclairée tarnaise. Son père est un commerçant aisé qui a accompli de brillantes études à l'école royale de Sorèze. Sa mère, Marie Barthes, est issue d'un milieu protestant de Mazamet. Cet environnement privilégié transmet à Arthur Batut une grande rigueur morale et une authentique éducation de fin lettré. Après avoir obtenu son baccalauréat au collège de Castres, ses goûts pour la recherche sous toutes ses formes l'amènent à s'intéresser à l'histoire et à l'archéologie. Pour son mariage, en guise de cadeau de noces, sa grand-mère paternelle lui donne la propriété familiale d'En Laure à Labruguière. Arthur Batut s'y installe et fait prospérer le domaine grâce à ses connaissances en matière d'agronomie et d'irrigation. En Laure devient une exploitation rentable

▲ *Photographie de Labruguière depuis un cerf-volant, le 29 mars 1889.*

qui va lui permettre de mener une existence aisée et de satisfaire sa curiosité créative.

Néanmoins, c'est la photographie qui va mobiliser toute son attention et toute son énergie, l'amenant à correspondre entre autres avec les frères Lumière. En 1884, cet autodidacte, curieux et imaginatif, réalise plusieurs études sur le « portrait-type ». Afin de rechercher les caractéristiques physiques d'une population, il met au point une méthode opératoire pour créer une image composite. Pour cela, il superpose, en les sous-exposant, les portraits de nombreux individus et, après les avoir ramenés à la même échelle, découvre ce qu'il appelle le « portrait-type », sorte d'image de l'invisible. La théorie du portrait-type d'Arthur Batut lui a valu une polémique infondée, ses détracteurs prétextant une volonté, chez le photographe de Labruguière, de mettre en avant « la pureté de la race », ce qu'Arthur Batut récusa avec force.

Dans leur livre paru en 2008 *Arthur Batut-Regard d'un humaniste photographe*, Sylvie Desachy, alors directrice des Archives départementales du Tarn et Serge Nègre résument ce personnage singulier et atypique : « *Arthur Batut est de ces dilettantes qui émaillent le XIX*e *siècle. La curiosité pour passeport, la naissance pour viatique, il ne lui restait plus qu'à s'adonner à une passion. Ce fut la photographie, dont il va explorer tous les domaines. Visionnaire en bien des points, Arthur Batut est tantôt reporter de son cercle de famille (comme le sera Jacques-Henri Lartigue, mais comme l'a aussi été Émile Zola...), tantôt l'expérimentateur de nouvelles techniques.* »

Un déclic lui est venu en observant un papillon planer et donc l'idée d'accrocher une chambre noire sous un cerf-volant afin de réaliser des photos aériennes. En 1888, il construit un cerf-volant de 2,50 m de haut et 1,75 m de large, d'un poids de 610 grammes. L'armature de ce losange plat est en bois, recouverte de papier et renforcée aux angles par une toile résistante. Le cerf-volant est doté d'une queue stabilisatrice en papier. Batut l'équipe d'une chambre noire à base de carton et de liège, à focale fixe et munie d'une simple lentille. L'obturateur à guillotine est déclenché automatiquement par la combustion d'une mèche d'amadou.

En mai 1888, il obtient sa première prise de vue aérienne automatique au format 8 × 8 cm. Batut l'a intitulée « Le chemin et le ruisseau ». Elle montre, notamment, une haie d'arbres et des meules de foin, la fenaison se déroulant de fin avril à fin mai. Mais la vitesse trop lente ne lui permet d'obtenir que des clichés flous. Arthur Batut ne se décourage pas et, après quelques perfectionnements,

sa technique est bien réglée, comme en témoigne la photographie de Labruguière prise le 29 mars 1889 à 11 heures du matin, d'une hauteur de 90 mètres.

Cette technique novatrice entre dans l'histoire de la photographie et va faire de nombreux adeptes dans le monde. Ce procédé trouve très rapidement des utilisateurs qui l'appliquent dans les domaines les plus divers, notamment en matière d'archéologie, de levée de plans et de relevés topographiques. Mais c'est dans le secteur militaire qu'il va faire preuve d'une redoutable efficacité : l'observation de l'ennemi en temps de guerre. Durant la Première Guerre mondiale, l'aérophotographie va être un complément précieux au travail des aviateurs, avec la création de compagnies militaires d'aérostiers et de cerfs-volistes chargés de prendre des clichés des lignes allemandes.

Le 1er avril 1907, Arthur Batut réalise la première photographie aérienne stéréoscopique. Il augmente l'altitude de ses prises de vue et réussit des couples stéréoscopiques à 477 mètres de hauteur.

▲ *Le cerf-volant d'Arthur Batut.*

Arthur Batut décède à l'âge de 72 ans, le 19 janvier 1918 à Labruguière, dans son domaine d'En Laure, des suites d'une attaque d'apoplexie.
À propos de l'œuvre d'Arthur Batut, le célèbre photographe Jean Dieuzaide (1921-2003) a déclaré : *« L'histoire de la photographie est bien passée par Labruguière et par Arthur Batut. »* Outre la photographie, qui était pour lui un véritable sacerdoce, Arthur Batut se passionnait pour les objets antiques, multipliant diverses études et publications. Il fut nommé archiviste des Antiquités de Castres et du département du Tarn.

Éric Béchu

L'entraîneur mythique du Sporting Club Albigeois

Dans le rugby de haut niveau, notamment Top 14 ou Pro D2, le recrutement des joueurs pouvant amener un plus aux équipes ambitieuses demeure un élément essentiel à la vie des clubs. Entre 2006 et 2009, à la question de savoir quelle a été la meilleure recrue du Sporting Club Albigeois, les supporters des jaunes et noirs ne citaient pas de joueurs et répondaient dans une quasi-unanimité : l'entraîneur Éric Béchu.

Éric Béchu est né le 9 janvier 1960 à Toulouse. Éducateur sportif de formation, il travaille dans la Ville rose à la Direction régionale de la jeunesse, des sports et de la cohésion sociale. Il entame sa carrière de rugbyman au Toulouse Olympique Aérospatiale Club (TOAC). Repéré par les dirigeants de Colomiers, club de la banlieue ouest-toulousaine qui évolue en troisième division depuis 1976, il signe et va jouer jusqu'en 1988 au poste de troisième ligne centre. Durant ces dix saisons, il est un élément essentiel de l'Union sportive Colomiers rugby. Cette dernière monte en deuxième division en 1986. Il y fait également ses premiers pas d'entraîneur et coache, en juniors, un certain Fabien Galthié. Éric Béchu a dessiné l'emblème du club, la colombe, laquelle figure sur le blason des maillots des joueurs.

De 1988 à 1990, il joue à Saint-Gaudens, puis à Saint-Girons de 1990 à 1993 où il est également entraîneur de l'équipe 1, fonction qu'il occupera aussi à Cazères. En 1995, âgé de 35 ans, il met fin à sa carrière de joueur. Il retourne à Saint-Girons, dont il est l'entraîneur durant trois saisons. Sous sa houlette, le club ariégeois retrouve sa place en première division et atteint les quarts de finale du Championnat de France groupe B en 1997. Néanmoins, le très exigeant Éric Béchu, déçu d'avoir échoué deux fois lors du match couperet de la montée, décide de prendre une année sabbatique en 1998.

Les dirigeants et les recruteurs du Sporting Club Albigeois (SCA) avaient un œil bienveillant sur cet entraîneur qui avait apporté au club de Saint-Girons des méthodes modernes d'entraînement. Le président de l'ovale albigeois, Jo Mir, PDG du Centre Leclerc, une des entreprises les plus florissantes de l'Albigeois, a des ambitions pour le club jaune et noir qui végète dans le ventre mou du championnat de Fédérale 1. Éric Béchu est séduit par le projet du président Mir et sachant qu'il existe des potentialités pour viser la montée en Élite 2, débarque dans la préfecture tarnaise comme entraîneur du SCA, tout en conciliant ses activités professionnelles à Toulouse. C'est alors le début d'une ascension fulgurante vers les sommets du rugby français.

Les années 2000 s'ouvrent sur un renouveau du Sporting Club Albigeois qui dispute trois finales consécutives de Nationale 1 et de Fédérale 1 en 2000, 2001 et 2002, certes toutes perdues face à Oloron-Sainte-Marie, Tours et le Lyon Olympique Universitaire (LOU). Néanmoins, l'effet Béchu joue à plein et malgré la dernière défaite en 2002, le SCA accède à la Pro D2. L'ère du professionna-

Éric Béchu sous les couleurs du Sporting Club Albigeois. ▲

lisme commence pour le tandem albigeois Jo Mir-Éric Béchu, lequel devient entraîneur à temps plein. Et ce n'est qu'un début, car, grâce à deux dernières victoires dans les play-offs de Pro D2 contre l'AS Béziers et l'US Dax en 2006, Albi intègre l'élite du rugby français pour la saison 2006-2007 : le Top 14. Durant l'époque Béchu, le SCA n'a cessé de progresser : 30e club français en 2003, 27e en 2004, 24e en 2005, 16e en 2006, 9e en 2007.

Les raisons de ce succès fulgurant sont à rechercher dans la personnalité même d'Éric Béchu que Jo Mir qualifiait de « *détonateur de l'explosion du Sporting à tous les étages* ». Dans l'hebdomadaire rugbystique *Midi Olympique* du 8 mars 2009, le journaliste Emmanuel Massicard a très bien cerné l'entraîneur hors norme : « *Profondément humain, Éric Béchu a mené son parcours à la force de ses convictions. L'Ours, un de ses surnoms, griffait pour défendre son territoire, et son équipe. Caractériel, gueulard, fou furieux. Au vrai, Éric Béchu est simplement un homme exigeant. Un affectif qui a fait de sa vie un combat contre l'injustice.* » Il convient de déclarer que le personnage est un sanguin et qu'il n'hésite pas d'exprimer sa frustration et sa colère, notamment lorsque ses consignes ne sont pas respectées. Les panneaux publicitaires du bord de touche du Stadium municipal d'Albi en ont fait les frais, essuyant à plusieurs reprises de violents coups de pied de l'entraîneur frustré.

Dans la cité épiscopale albigeoise, il y avait bel et bien un effet Béchu, ce qui fit dire à Henri Nayrou, ancien rédacteur en chef du *Midi Olympique* : « *Il a non seulement transformé un club, mais aussi et surtout une ville, sur la base d'un modèle économico-sportif, comme on n'en fait plus.* » Quant à Éric Béchu lui-même, il analyse très simplement sa méthode : « *Les entraîneurs entraînent, les joueurs jouent, les dirigeants dirigent. Si j'ai pu apporter la pierre à l'édifice, c'est bien. Ce n'est qu'une pierre parmi plein de choses qui se sont imbriquées les unes aux autres.* »

Le club albigeois reste en Top 14 durant la saison 2007-2008. Mais, alors que le maintien dans l'élite pour la saison 2008-2009 semblait acquis, la Direction nationale d'aide et de contrôle de gestion

(DNACG) prononce la rétrogradation administrative du SC Albi en Pro D2. En 2009, grâce à la volonté de revanche qu'insuffle Éric Béchu à ses joueurs, le SCA retrouve le Top 14. C'est la première fois qu'un club redescendu en Pro D2 revient en Top 14 l'année suivante ! Une remontée qui est de courte durée. Le 18 mars 2010, les mauvais résultats du Sporting Club Albigeois, dernier du classement et qui retournera en Pro D2 la saison suivante, provoquent le départ d'Éric Béchu.

En mai 2010, il devient entraîneur du Montpellier HR, avec Fabien Galthié, dont il fut l'éducateur à Colomiers, 25 ans plus tôt. L'objectif de la saison 2010-2011 est d'assurer le maintien. Mais le club montpelliérain crée la surprise : il se retrouve en demi-finale du Top 14 pour la première fois de son histoire, puis accède à la finale contre le Stade toulousain.

Début décembre 2011, Éric Béchu doit cesser toute activité pour faire face à un cancer du pancréas. Après des semaines de traitement et deux opérations, il effectue, le 10 avril 2012, un bref retour sur le terrain. Mais la maladie est la plus forte : le 15 janvier 2013, le guerrier perd son dernier combat dans un hôpital toulousain. Éric Béchu meurt à l'âge de 53 ans. Aujourd'hui encore, dans le cœur des albigeois, il reste à jamais « *l'entraîneur du SCA* ».

Éric Béchu, le 23 mai 2009, après la victoire du SCA face à La Rochelle.

Marcel Bescos

Du « roc albigeois » au « taureau de Sydney »

Depuis la création de la Ligue française de rugby à XIII, ce sport a toujours été très actif dans plusieurs départements du sud de la France grâce à quelques clubs phares : Carcassonne, Lézignan, Limoux ; Perpignan, Saint-Estève, Pia ; Toulouse, Saint-Gaudens ; Villeneuve-sur-Lot, Tonneins ; Avignon, Cavaillon, Carpentras... Le Racing Club Albigeois XIII, quant à lui, connut son heure de gloire avec cinq titres de champion de France en 1938, 1956, 1958, 1962 et 1977.

Marcel Bescos, né le 28 juin 1937 à Oloron Sainte-Marie, a tout d'abord évolué au poste de pilier dans le prestigieux club de rugby à XV de Tarbes, de 1955 à 1958. Albi, qui venait de remporter son troisième titre de champion de France, souhaitait se renforcer, notamment au niveau des avants. Repéré par les dirigeants du RC Albi XIII, Bescos franchit le Rubicon rugbystique en rejoignant le club de la préfecture tarnaise et se fait immédiatement une solide réputation dans le Championnat de France de première division.

À une époque où très peu de piliers treizistes dépassent les 100 kilos sur la bascule, Marcel Bescos, rugbyman au gabarit impressionnant, fait presque figure d'exception avec ses 103 kilos pour 1,80 mètre. Basé sur le dynamisme, la vitesse et la circulation du ballon, le rugby à XIII a toujours exigé des joueurs plutôt homogènes physiquement, les différences étant surtout visibles sur la technique spécifique des postes. De 1958 à 1966, l'exception Bescos faisait des ravages sur les terrains. Surnommé le « roc albigeois », ses charges dévastatrices nécessitaient bien souvent deux à trois joueurs pour l'arrêter. La règle du tenu – tant que le joueur n'est pas plaqué au sol, il peut continuer d'avancer – jouait pleinement en sa faveur. Alliant puissance et mobilité, ce perforateur de défenses était le prototype parfait du pilier treiziste.

Voici un extrait de l'hommage rendu à Marcel Bescos, par Jean-André Lhopitault, dans l'édition du 19 juillet 2013 de *La Dépêche du Midi* : « *Dans le monde du XIII des années 1960, autrement dit dans le monde entier, Bescos était un nom qui faisait frémir. Un roc, 102 kilos de granit qui pouvaient débouler à bride abattue, genoux hauts comme un coureur de 400, et rentrer dans le lard des plus coriaces pour les mettre sur les fesses. Un bull adroit comme un singe, capable de prendre les intervalles, de cadrer et donner. Un bagage complet. Champion de France avec Albi XIII en 1962, il formait avec Vadon et Conti un premier rideau infranchissable, corrosif, qui ouvrait des boulevards aux chevaux légers, les Fabre et consorts. Marcel déblayait pour les autres et les faisait briller. Les journalistes internationaux ne s'y trompaient pas, qui en firent plusieurs années de rang le meilleur du monde à son poste.* »

Quelques mois après son arrivée dans le rugby à XIII, Marcel Bescos devient international et force l'admiration de ses adversaires anglais, australiens et néo-zélandais. Il obtiendra 20 sélections avec

Marcel Bescos, 4e en partant de la droite, avec le RC Albi le 25 mai 1959, lors d'une tournée de l'Australie en France. ▲

l'équipe de France, dont il fut le capitaine à 6 reprises.
Dans sa carrière, Marcel Bescos a connu deux jours de gloire. Le premier fut le 16 juillet 1960, au Sydney Cricket Ground, durant le dernier test-match de la tournée de l'équipe de France en Australie. Les « kangourous » australiens étaient annoncés largement favoris en raison de leur écrasante victoire 56-6 lors du test-match précédent. À l'issue d'une rencontre héroïque, les tricolores ont vaincu la meilleure équipe du monde, sur ses terres, sur le score étriqué de 7-5. Ce jour-là, le pilier Bescos fit un match de très haut niveau. Réduits à 12, à 7 minutes de la fin, à la suite de l'expulsion du trois-quarts centre d'Albi Bernard Fabre, les tricolores résistèrent jusqu'au bout grâce aux charges puissantes de Marcel Bescos, mais également de trois joueurs de Roanne, les deuxièmes lignes Aldo Quaglio, Robert Éramouspé et le troisième ligne Jean Barthe, galvanisés par la prestation valeureuse de l'Albigeois. Le lendemain de cette défaite historique pour les « Kangourous », la presse australienne salua la performance française et affubla Marcel Bescos du surnom de « taureau de Sydney ».

Son deuxième jour de gloire fut le dimanche 20 mai 1962, lors de la finale du Championnat de France qui se déroulait au stadium de Toulouse devant 12 068 spectateurs, face à Villeneuve-sur-Lot. Une semaine auparavant, en demi-finale, le RC Albi XIII avait réussi l'exploit d'éliminer Carcassonne, un des grands favoris du cham-

▲ *Marcel Bescos à la Une.*

pionnat, grâce à un match exceptionnel de son pilier et capitaine Marcel Bascos. Ce dimanche 20 mai s'était ouvert sous les meilleurs auspices pour les treizistes albigeois avec le titre de champion de France junior acquis en lever de rideau aux dépens de Perpignan. Lors de la finale des seniors, Marcel Bescos remit le couvert, créant de larges brèches dans la défense lot-et-garonnaise et étant à l'origine des deux essais marqués par l'arrière Marcel Bonnet. Le « roc albigeois » joua la finale en étant affaibli par une blessure à l'épaule et la termina avec une fracture de la clavicule.
Marcel Bescos a effectué l'essentiel de sa carrière sous les couleurs de l'Albi XIII avant de rejoindre Limoux en 1963, club qui évoluait en division fédérale et qui avait accédé, en septembre 1962 au championnat de nationale. En raison d'un problème à un œil, à la suite d'un accident de voiture, il dut interrompre le rugby à XIII. Il occupa différents emplois, étant successivement mareyeur, commercial, gérant de café, négociant et antiquaire. Marcel Bescos est décédé le 17 juillet 2013 à Castres, où il résidait, des séquelles d'une embolie pulmonaire.

Paul Bodin

Ingénieur et bête noire de Gustave Eiffel

Le nom de Paul Bodin est associé au Tarn et au célèbre viaduc qui relie les versants tarnais et aveyronnais de la vallée du Viaur. Mais Paul-Joseph Bodin n'est pas un Tarnais de souche, mais plutôt un Tarnais de cœur, qui voit le jour à Saumur dans le Maine-et-Loire, le 20 septembre 1847. Il commence ses études à Angers et les continue à Albi, où son père, Camille Bodin-Legendre, architecte et archéologue éminent, est nommé en 1853, en qualité d'inspecteur diocésain. De 1859 à 1868, Paul Bodin passe sa jeunesse dans l'albigeois. Élève au lycée d'Albi, son baccalauréat en poche en 1864, le jeune homme décide de préparer, au lycée de Toulouse, le concours d'entrée à l'École Centrale des Arts et Manufactures de Paris. En 1868, il est brillamment admis dans ce prestigieux établissement qui a pour vocation de former des ingénieurs civils.

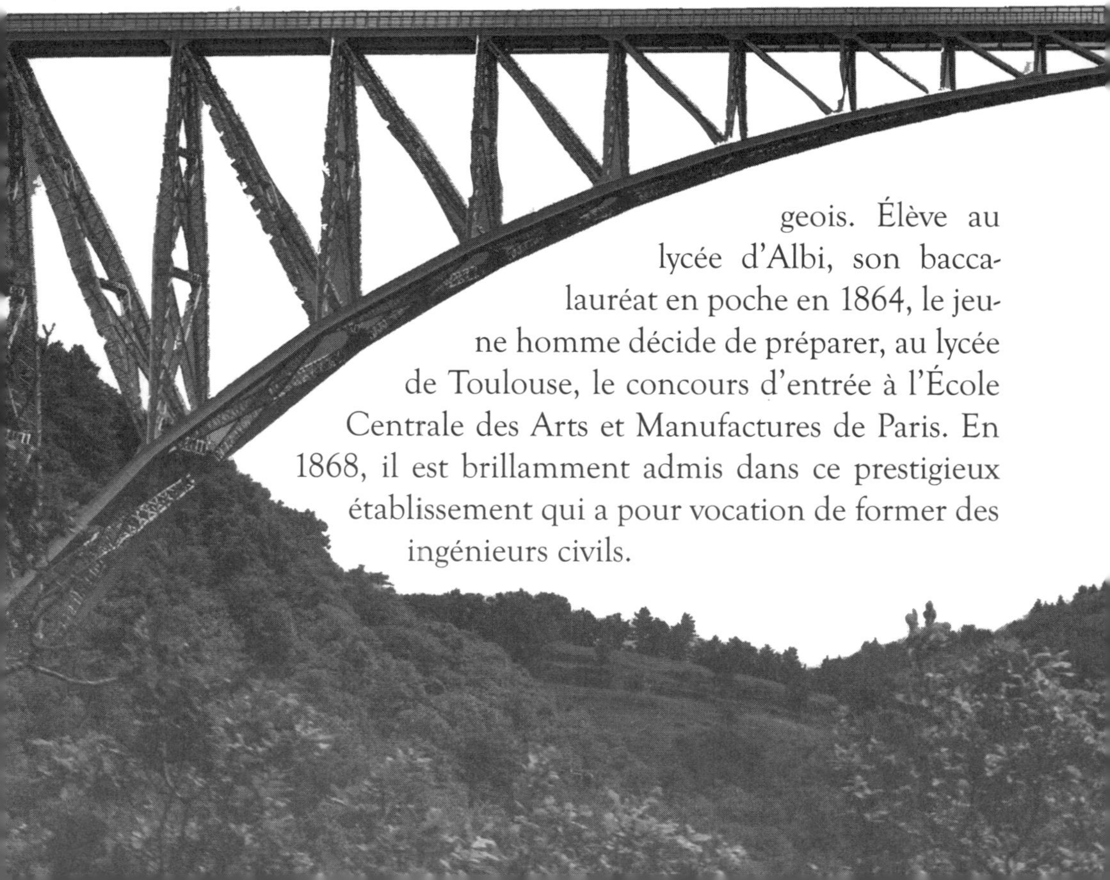

Lorsqu'éclate le conflit avec la Prusse, le 17 juillet 1870, le jeune centralien, à ce moment-là en deuxième année, est mobilisé comme lieutenant au 7e régiment de mobiles du Tarn. Après l'armistice du 28 janvier 1871, Paul Bodin reprend ses études à l'École Centrale et se lie d'amitié avec Victor Contamin, son professeur de mécanique appliquée, spécialiste de la résistance des matériaux. Dans l'école d'ingénieurs, Paul Bodin fait aussi la connaissance de Jules Goüin, qui n'est autre que le fils d'Ernest Goüin, président fondateur de l'entreprise Ernest Goüin et Cie, devenue Société de construction des Batignolles (SCB).

Issu de la promotion 1871, le jeune diplômé entre au Chemin de fer de l'Hérault comme ingénieur, puis passe aux Forges de Bessèges dans le Gard, spécialisées notamment dans la fabrication des rails de voies ferrées. En 1874, Paul Bodin intègre la Société de construction des Batignolles en tant qu'ingénieur. Par ailleurs, en 1883, son ancien professeur Victor Contamin lui propose d'être son répétiteur à l'École Centrale. En 1891, Paul Bodin est chargé du cours de résistance des matériaux, puis, en 1898, il obtient la chaire de seconde année et ce jusqu'en 1919.

Devenu ingénieur en chef de la SCB, Paul Bodin se spécialise dans la faisabilité et l'exécution des grands travaux de ponts et

Viaduc ferroviaire du Viaur. ▼

charpentes métalliques. Le 27 décembre 1879, dans le cadre du Plan Freycinet, programme de travaux publics, la ligne ferroviaire reliant Carmaux (Tarn) à Rodez (Aveyron) est déclarée d'utilité publique et un projet de viaduc franchissant la rivière Viaur est mis à l'étude. Il s'agit d'un ouvrage métallique de 460 mètres de long et de 116 mètres de haut. Sept projets sont en concurrence, dont deux émanant de Gustave Eiffel qui a déjà réalisé le viaduc de Garabit, sur la Truyère dans le Cantal, en 1888.

Un autre projet, techniquement innovant, est présenté par Paul Bodin et la Société de construction des Batignolles. Le projet Bodin repose sur le système des arcs équilibrés avec la méthode des déformés et celle de montage en porte à faux par équilibre. L'arc central est formé de deux ossatures symétriques qui s'arc-boutent, au milieu du pont, par une clé articulée. Ce système consiste dans l'adjonction d'encorbellements à la travée centrale qui, par le seul effet de leur contrepoids, allègent la pression qui s'exerce à la clé. Ces encorbellements jouent un rôle similaire à celui d'un fléau de balance qui tend à s'incliner vers le milieu de la travée centrale.

Le 30 août 1889, malgré la notoriété de Gustave Eiffel qui vient de terminer la prestigieuse tour qui porte son nom à Paris, c'est le projet de Paul Bodin qui est choisi et la SCB qui réalisera le viaduc du Viaur.

La construction de celui-ci, de 1895 à 1902, va nécessiter 3 800 tonnes d'acier, 160 tonnes de rivets sertis à la main, 4 000 m^3 de maçonnerie, 50 tonnes de peinture, pour un coût de 3 289 309 francs !

Le remarquable et exceptionnel viaduc du Viaur fit que la SCB eut un rayonnement international, lui permettant d'obtenir des chantiers très importants. Pour la réalisation du pont Troïtsky, appelé également pont de la Trinité, sur la Néva, en Russie, la Société de construction des Batignolles est retenue en réponse à un concours qui avait reçu seize projets d'entreprises. Paul Bodin est le principal concepteur de l'ouvrage qui sera réalisé de 1897 à 1899. L'ingénieur doit faire face à la complexité d'une construction en plein centre d'une ville comptant environ 1 400 000 habitants. Il s'emploie à trouver, dans les multiples faubourgs de Saint-Pétersbourg, une zone

Paul Bodin.

pour assembler et river les pièces métalliques. Long de 582 mètres et large de 24 mètres, le pont Troïtsky comporte 5 travées métalliques en arcs fixes, appuyées sur des culées et des piles de maçonnerie. Une travée mobile et levante, en deux parties, permet le passage des navires.

En 1900, forte de la réussite du pont Troïtsky, la SCB obtient, en Grèce, la concession de la construction et de l'exploitation du chemin de fer menant du Pirée à Salonique. Pour traverser la chaîne du Parnasse et celle des monts Othrys, Paul Bodin propose de réaliser une voie ferrée accrochée au flanc de la montagne par une succession de tunnels et de viaducs audacieux. Pour franchir les gorges du torrent de l'Assopos, Bodin met au point une structure à béquilles composée d'une partie en arc métallique à trois articulations et de cinq travées métalliques. Le viaduc de l'Assopos, d'une longueur de 176 mètres, franchit des gorges à une hauteur de 100 mètres. Il sera détruit en 1943, durant la Seconde Guerre mondiale, dans le cadre d'opérations de sabotage menées par des militaires britanniques en liaison avec la résistance grecque.

De 1907 à 1909, la Société de construction des Batignolles est chargée de la réalisation du viaduc du Faux Namti, dans la province du Yunnan en Chine. Pour franchir un ravin d'une ouverture de 70 mètres et de 100 mètres de profondeur, le viaduc conçu par Paul Bodin se compose de deux arbalétriers triangulaires, reposant à la base sur deux rotules sphériques, et s'arc-boutant au sommet sur un axe cylindrique. Le pont est construit avec des éléments pesant entre 40 et 80 kilos et nécessitant d'être transportés à dos d'homme

et de mulet ! La réalisation du chemin de fer du Yunnan et du viaduc du Faux Namti fut une authentique épopée, un chantier colossal et démesuré : 60 000 ouvriers et ingénieurs participèrent à sa construction, et plus de 12 000 en moururent...
À la suite à cette réalisation, Paul Bodin ne participe plus à aucun projet de grande importance. Il préfère se cantonner en priorité à ses fonctions de professeur à Centrale. Un métier qu'il a vécu, pendant vingt-six ans, comme un véritable sacerdoce.
Paul Bodin décède à l'âge de 79 ans, le 15 février 1926 à Paris. Le 20 février, ses obsèques ont lieu à Albi où il est enterré dans le caveau familial qui présente la particularité d'avoir, sur un côté, un pont gravé dans la pierre en souvenir du viaduc du Viaur.

Le Château de Belbèze. ▶

Lucie Bouniol

L'oubliée de l'histoire de la sculpture

La pratique de la sculpture a la réputation de demander une force physique importante, dont seraient, a priori, dépourvues les femmes. Ces préjugés étaient bien ancrés dans l'Europe des XIXe et XXe siècles, et représentaient des obstacles à l'enseignement de la sculpture aux femmes, contrairement à la peinture. Cependant, les sculptrices se sont pleinement inscrites dans les différents courants artistiques européens, réalisant des commandes publiques et participant aux recherches plastiques des avant-gardes. Camille Claudel (1864-1943), la plus célèbre des sculptrices françaises, n'en est pas pour autant l'exception qui confirme la règle. Une certaine Lucie

Bouniol a marqué de son empreinte l'histoire de la sculpture du XXe siècle.
Lucie Bouniol voit le jour le 16 décembre 1896 au château de Belbèze, commune de Giroussens, non loin de Lavaur, dans le Tarn. Elle est la fille de Cécile Adour et de Joseph Bouniol, médecin de Giroussens. Ses parents mélomanes étant des pianistes talentueux, elle grandit dans un environnement favorable aux arts et à la culture. En 1905, la famille Bouniol quitte le Tarn pour le Var et s'installe dans le village de La Cadière d'Azur. En 1907, ils déménagent à La Garde-Freinet, proche de Saint-Tropez. Elle commence alors l'écriture de journaux intimes ainsi qu'une correspondance avec son oncle Xavier, parti vivre à Madagascar. De 1911 jusqu'à 1913, elle est étudiante à l'École des Beaux-arts de Marseille. Elle loge chez madame Aubert de Passel et connaît, grâce à elle, une vie culturelle riche, allant au théâtre, à l'opéra et au musée. Aux Beaux-arts, Lucie suit des cours de dessin et de modelage et reçoit deux prix en sculpture et deux mentions d'éloge.

Son cursus artistique se poursuit à Paris où elle vit avec ses parents, rue de Sèvres. Elle débute dans l'atelier privé Julian et découvre la sculpture, ayant pour maîtres Paul Landowski et Henri Bouchard.

▲ *Tête de Faune pour laquelle Lucie Bouniol reçoit le second prix de sculpture aux Beaux-arts de Marseille en 1911.*

Ce dernier appuie sa candidature pour qu'elle puisse s'inscrire au concours de la prestigieuse École des Beaux-arts de Paris. Le déjà renommé sculpteur Laurent Marqueste lui écrit une lettre de recommandation afin de paraître sur la liste des élèves de son atelier aux Beaux-arts, où elle est admise le 10 juillet 1914.
Son parcours se poursuit dans l'atelier de la Grande Chaumière, jusqu'au milieu des années 1920 auprès du sculpteur montalbanais Antoine Bourdelle. L'influence de ses maîtres reste perceptible dans le travail de Lucie, ses sculptures aux lignes simples et courbes rappelant Landowky et Bouchard, tandis que les visages plus réalistes en bronze font penser à Marqueste et Bourdelle.
Après l'armistice de 1918, de nombreuses communes passent commande de monuments aux morts auprès des artistes. Peu de femmes sculptrices sont retenues. Lucie Bouniol obtient trois commandes de monuments aux morts, où elle met en avant les femmes de soldats confrontées au deuil : à Duravel dans le Lot, à Robert-Espagne et à Trémont-sur-Saulx dans la Meuse. Loin des personnifications classiques des soldats en tenue de combat, l'artiste s'efforce de représenter ceux qui restent, à savoir des veuves éplorées et des enfants orphelins. La sculpture en ronde-bosse de Trémont, intitulée « *La Moisson sur le champ de bataille* » symbolisant une paysanne avec sa faucille devant une croix surmontée d'un casque, lui vaut d'être la seule femme sculpteur à obtenir un prix au Salon de la société des Artistes français en 1921. La même année, elle reçoit le prix Chenevard.
En 1923, Lucie Bouniol rencontre un médecin-radiologue répondant au nom de Jean… Bouniol. Le couple va donner naissance à deux filles : Chantal en 1927 et Rosine en 1929.
De 1930 à 1935, Lucie Bouniol expose peintures et sculptures au Salon d'Automne, ainsi qu'à la galerie Marignan. En 1937, elle participe à l'Exposition universelle de Paris en érigeant une fontaine réalisée en collaboration avec son maître Paul Landowski. Elle déménage rue de Beaujolais, dans un appartement où elle a vue sur les jardins du Palais-Royal. Ce dernier étant situé au-dessus de celui de la romancière Colette, elle se lie d'amitié avec elle.
Pendant la Seconde Guerre mondiale, elle retourne dans le Tarn

et dans sa ville natale de Giroussens. Elle continue à sculpter et à exposer ses œuvres. Elle entretient une correspondance épistolaire assidue avec Colette et lui envoie des colis de nourriture. Pendant l'occupation, retirée à Giroussens, Lucie Bouniol témoigne, dans son journal personnel, de la situation vécue par la population. Elle y décrit la pénurie générale ainsi que le massacre de Verfeil où quinze personnes furent fusillées par les Allemands en représailles de l'assassinat de soldats de la Wehrmacht. Son mari Jean Bouniol est inquiété, car soupçonné de prodiguer des soins aux maquisards.
De retour à Paris, elle fréquente les milieux culturels et artistiques. Elle fait notamment la connaissance de Jean Marais, de l'actrice Françoise Rosay et de la peintre Luce Boyals dont elle fait la sculpture.
En 1954, Lucie Bouniol rencontre madame Perrigot de la Tour, présidente du Club international féminin et en devient membre. Sous l'égide de celle-ci, elle est nommée présidente de la section

Lucie Bouniol dans son atelier au Palais Royal.

artistique, fonction qu'elle occupera jusqu'en 1975. Avec le Club, elle organise des expositions de peintures, sculptures et tapisseries au Musée d'Art moderne de Paris. Toutes les œuvres sont réalisées par des femmes. Ayant acquis une renommée internationale, ses productions sont exposées dans des galeries à l'étranger : à Athènes en 1958 et 1968, à Stuttgart en 1960, à Londres en 1961, à Istanbul en 1963, à Prague en 1966, à Bitburg (Allemagne) en 1983.

Tout au long de sa vie, Lucie Bouniol s'est attachée à partager son temps entre un automne, un hiver et un printemps à Paris, et un été à Giroussens. À la fin de son existence, elle choisit de s'y installer durablement, pour y passer des années paisibles dans son château de Belbèze. Lucie Bouniol décède d'une crise cardiaque le 31 janvier 1988. Depuis l'année 2000, le fond d'atelier de l'artiste est exposé de manière permanente à la Maison de la céramique contemporaine de Giroussens.

Émile Combes

Le « Petit père » de la laïcité

À Roquecourbe, non loin de Castres, peu de personnes savent que le « Petit père Combes » avait des ascendances tarnaises. Et pourtant, c'est bien dans ce village que naît Émile Combes, le 6 septembre 1835. Il est le sixième fils d'une famille de dix enfants dont le père, Jean Combes, est un modeste tailleur devenu plus tard tisserand. Sa très pieuse mère, Marie-Rose Bannes, choisit comme parrain le prêtre Jean Gaubert. L'enfant suit les cours de l'école publique de Roquecourbe. Le jeune Émile est un élève studieux et ses parents acceptent de confier son éducation à l'abbé Gaubert

Émile Combes, lisant à une table son ouvrage « Une campagne laïque » (1914).

qui souhaite l'orienter vers une carrière religieuse. En 1847, Émile Combes entre en classe de 4e au Petit Séminaire de Castres et en 1851, il décroche le baccalauréat ès lettres. Il poursuit sa scolarité à Paris à l'École des Carmes où il obtient une licence ès lettres en 1853.

De 1853 à 1854, Émile Combes devient professeur au Petit Séminaire de Castres. Étudiant au Grand Séminaire d'Albi de 1855 à 1856, il entreprend des études de théologie et se prépare à la prêtrise. Tonsuré, il porte aussi la soutane. Mais, en 1857, le supérieur du Grand Séminaire d'Albi considère que sa vocation de prêtre est peu sérieuse. Sur son relevé de notes, figure la mention « *La certitude acquise de son mauvais esprit a fait révoquer son appel aux moindres. Il est parti le 13 mai 1857.* »

Le supérieur oriente son ex-élève vers le collège de l'Assomption, à Nîmes, où il enseigne la philosophie jusqu'en 1860. Ne voulant plus rester dans le Gard, Émile Combes dépose sa candidature pour un poste vacant à l'Institution Notre-Dame de Recouvrance de Pons, en Charente-Inférieure. Il y exerce de 1860 à 1863 et il est reçu docteur ès lettres en décembre 1860 avec deux thèses : une française « *La psychologie de Saint Thomas d'Aquin* » et l'autre latine « *La querelle de Saint Bernard et d'Albélard* ».

Le 16 juin 1862, il se marie avec Angèle-Maria Dussaud, fille d'un commerçant aisé de Pons. À la fin de l'année scolaire 1862-1863, il renonce à l'enseignement et entreprend des études de médecine à Paris d'octobre 1864 à 1868. Avec son épouse et ses trois enfants, Émile Combes retourne à Pons, dans la maison de sa belle-mère et ouvre un cabinet médical dans la cité charentaise de 1868 à 1885.

De son statut de notable de Pons et de son entrée en franc-maçonnerie durant l'hiver 1867-1868, à la politique, il n'y a qu'un pas qu'Émile Combes franchit en 1869, en devenant conseiller municipal de Pons. Ses opinions s'affirment : il est un républicain libéral dans une France bonapartiste.

Lors du scrutin des municipales de 1874, il est élu maire de Pons, puis conseiller général en 1879, sous la bannière radicale, fauteuil qu'il ne quittera plus jusqu'à sa mort, ainsi que président du conseil général de Charente-Inférieure de 1897 à 1921. Émile Combes se

présente, sans succès, au vote des législatives du 21 août 1881 dans la deuxième circonscription de Saintes. Le 25 janvier 1885, il est élu sénateur et, s'étant fait remarquer par son inlassable activité parlementaire, il devient vice-président du Sénat le 20 novembre 1893.

Le 4 novembre 1895, le président du Conseil Léon Bourgeois lui confie le portefeuille de l'instruction publique, des beaux-arts et des cultes. Mais il démissionne le 23 avril 1896 et, redevenu sénateur, Émile Combes dépose, en 1899, une proposition de loi sur la réforme des sanctions de l'enseignement secondaire. Il est un des grands barons et un des leaders du Parti radical.

En 1901, il intervient sur le projet de loi concernant les associations, mené par le cabinet du républicain modéré Pierre Waldeck-Rousseau. Après les élections législatives de 1902 qui marquent le triomphe de la politique de Waldeck-Rousseau, celui-ci abandonne le pouvoir et désigne l'homme de la situation pour appliquer la loi du 1er juillet 1901 aux institutions ecclésiastiques : Émile Combes. En même temps que la présidence du Conseil, le Tarnais acquiert le portefeuille de l'intérieur et des cultes. Il exécute à la lettre la loi sur les congrégations du 17 juillet 1901 qui se traduit par la suppression de 2 500 écoles religieuses. Il est à l'origine de la loi du 7 juillet

Caricature d'Émile Combes.

1904 interdisant l'enseignement à tous les congrégationalistes.
La politique du gouvernement Combes a pour effet la rupture avec le Vatican et entraîne Émile Combes vers la séparation des Églises et de l'État, que néanmoins il ne souhaitait pas, préférant conserver le régime du concordat de 1801 qui lui aurait permis d'exercer un contrôle de l'Église par l'État. Mais, le 19 juin 1905, Émile Combes est contraint de démissionner à la suite du scandale de l'« *affaire des fiches* » provoquée par les agissements du général André, ministre de la Guerre. Depuis mai 1904, celui-ci faisait établir des notes sur les opinions et la vie privée des officiers.
Le vote de la loi de séparation des Églises et de l'État, le 9 décembre 1905, sous le cabinet Maurice Rouvier, est attribué à tort à Émile Combes. C'est Aristide Briand, député républicain socialiste, qui fut chargé de la rédaction de cette loi résultant d'un savant compromis à trois : Émile Combes, Aristide Briand et Jean Jaurès. Les explications de l'action du « *petit père Combes* » sont à voir du côté de son évolution intellectuelle et philosophique.
L'athéisme du natif de Roquecourbe et du séminariste de Castres n'est pas fondé sur une simple opposition à une religion, mais sur une idéologie de l'homme pour l'homme, inspiré par ses lectures d'Érasme, Platon, Descartes, Pascal, Spinoza et Kant. Pour l'historien Gabriel Merle, Émile Combes ne peut être perçu comme « *un bouffeur de curé* » et un anticlérical primaire : « *Émile Combes ne démolit certes pas l'Église, mais il la montre comme un carcan qui vous enserre, et empêche l'expansion maximale de l'individu* ».
Durant ses activités ministérielles, Émile Combes fut beaucoup plus présent à Paris qu'à Pons, mais il n'en oubliait pas pour autant ses origines tarnaises et son village de Roquecourbe. À compter de 1911, le Tarnais Emmanuel Lafon, qui habitait à proximité de Saint-Paul-Cap-de-Joux, devient un de ses collaborateurs les plus proches et les plus intimes. Le sénateur Émile Combes sort de sa semi-retraite le 29 octobre 1915, lorsqu'Aristide Briand, constituant un bureau d'union nationale en raison de la guerre, lui confie un poste de ministre d'État, sans portefeuille. Il démissionne le 12 décembre 1916, en même temps que le cabinet Briand.
De 1911 à 1919, il entretient une correspondance assidue avec son

ami tarnais Emmanuel Lafon. Roquecourbe fait partie des sujets abordés dans cet échange de 115 lettres. Émile Combes se rend dans le Tarn et dans son village natal à trois reprises : en septembre 1913, en septembre 1915, fin août et début septembre 1916, étant chaque fois accompagné par Emmanuel Lafon.

Un épisode inédit de la vie du « Petit père » Combes est peu connu. En 1903, la jeune princesse Jeanne Bibesco, prieure du carmel d'Alger sous le nom de Sœur Bénie de Jésus, se rend à Paris plaider la cause de sa congrégation auprès d'Émile Combes, président du Conseil, qui met en route le processus de séparation des Églises et de l'État. Entre l'homme politique de 68 ans et la religieuse carmélite de 45 ans, le coup de foudre est réciproque et de leur rencontre naît une amitié amoureuse. Cela va se traduire, jusqu'en 1920, par une correspondance épistolaire de 87 lettres.

Réélu sénateur le 9 janvier 1921, Émile Combes meurt quatre mois plus tard, à Pons, dans sa maison rue Gambette, le 24 mai 1921, à l'âge de 86 ans. Malgré son profond attachement à son Tarn, à Roquecourbe dont il était originaire, il avait choisi d'être inhumé à Pons, dans le caveau familial.

▲ *Emile Combes descendant d'une calèche (1904).*

Lucien Fabre

Un industriel et homme d'affaires prix Goncourt

Lucien Fabre est un personnage atypique que peu d'habitants de la commune de Pampelonne, au nord du département, à quelques encablures de l'Aveyron, connaissent réellement. Ce village du Ségala tarnais a vu naître Lucien Fabre, le 14 février 1889. Ses parents y exercent la profession de marchands drapiers. Après avoir été scolarisé à l'école publique, le jeune Lucien fait ses études secondaires à Albi, à l'Institution Sainte-Marie, puis au lycée de cette même ville. Il poursuit son cursus à Paris, au lycée Janson-de-Sailly, où il prépare le concours d'entrée à l'École Centrale des Arts et Manufactures. Il en sort ingénieur en 1913.

Lucien Fabre est mobilisé l'année suivante, avec le grade de lieutenant d'artillerie. Il est blessé en Champagne en septembre 1915 et reçoit la croix de guerre. En juin 1916, le gouvernement d'Aristide Briand fait appel à lui en qualité d'ingénieur au ministère de l'Armement et des fabrications de guerre afin de développer diverses industries militaires.

Après l'armistice, la carrière de Lucien Fabre s'accélère. En 1919, il devient administrateur de la Compagnie de chemin de fer armoricains. L'année suivante, il intègre, en qualité de secrétaire général, la Société Lorraine-Dietrich, entreprise qui produit des moteurs d'avions. En 1925, pour le compte de cette même firme, Lucien Fabre se rend en Roumanie pour fonder une société d'industrie aéronautique, puis la banque Fabre et Hassner. Il est contraint de rentrer en France, en 1930, à la suite du coup d'État du prince Carol qui met fin à la Régence.

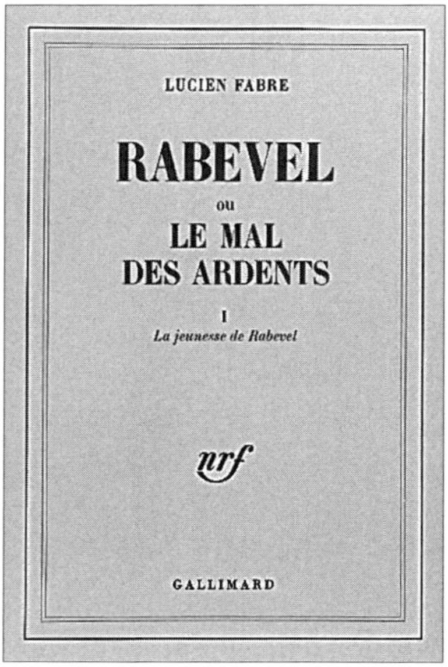

Ce passionné de littérature se voit décerner, en 1923, le prestigieux prix Goncourt pour son roman *Rabevel ou le mal des ardents*. Pour cerner la personnalité de Lucien Fabre, il convient de se référer au poète Paul Valéry, qui s'est lié d'amitié avec lui. Dans la préface de *Connaissance de la Déesse*, recueil de poésie de Lucien Fabre publié en 1919, Paul Valéry souligne la variété de ses aptitudes : ingénieur, traducteur et vulgarisateur de la théorie de la relativité d'Albert Einstein, romancier, poète, dramaturge, essayiste et philosophe !

Rabevel ou le mal des ardents relate la vie et les aventures de Bernard Rabevel, un homme prêt à tout pour parvenir à ses fins, une sorte de Rastignac de la IIIe République, très intelligent et sans état d'âme, qui écrase tous ses rivaux pour réussir à n'importe quel prix. Parti de rien, il deviendra homme d'affaires, petit magnat de la finance, armateur, puis ministre. En 1925, Lucien Fabre fait paraître un second roman, *Le Tarramagnou*, consacré à la révolte des vignerons de 1907 en Languedoc et en Roussillon.

Mais il est un aspect méconnu de ce Tarnais d'exception, touche-à-tout de génie à qui tout réussit : Lucien Fabre, l'homme politique. À la suite de son prix Goncourt, en 1923, il se lie d'amitié avec Léon Blum, leader de la SFIO et député de la Seine. Léon Blum avait remarqué l'action que Lucien Fabre avait menée lorsqu'il avait été chargé de mission pour le ministère de l'Armement. L'homme politique apprécie également que ce brillant intellectuel soit un chef d'entreprise dynamique et efficace et, qui plus est, avec des idées progressistes, imprégnées par la pensée de Jean Jaurès. Lucien Fabre est très proche de l'idéal socialiste, faisant un lien entre sa foi chrétienne et l'humanisme socialiste prôné par Jaurès.

En ce début d'année 1931, poussé et influencé par Léon Blum, il adhère à la SFIO. Le leader socialiste envisage, en cas de victoire aux

▲ *Un livre à l'immense succès.*

élections législatives de 1932, de confier le ministère de la Défense nationale et de la Guerre à Lucien Fabre. Mais, pour cela, ce dernier doit entrer en politique en devenant un élu. Fabre revient donc dans le Tarn et dans le bastion SFIO du Carmausin. En mai 1931, lors du congrès de la fédération socialiste du Tarn, à Castres, il monte à la tribune et, dès le début de son intervention, commet un lapsus : au lieu de commencer par le traditionnel « Camarades », il s'adresse aux congressistes en lançant un « Mesdames, messieurs ». Choqués, plusieurs délégués des sections socialistes tarnaises n'hésitent pas à lui rétorquer : « Ici, on dit camarades ». Si l'assistance est séduite par les indéniables qualités oratoires de Lucien Fabre, il en va tout autrement des responsables socialistes tarnais qui voient, en ce brillant intellectuel, patron d'entreprise, donc éminemment « bourgeois », un rival potentiel pouvant, à l'avenir, leur faire de l'ombre.

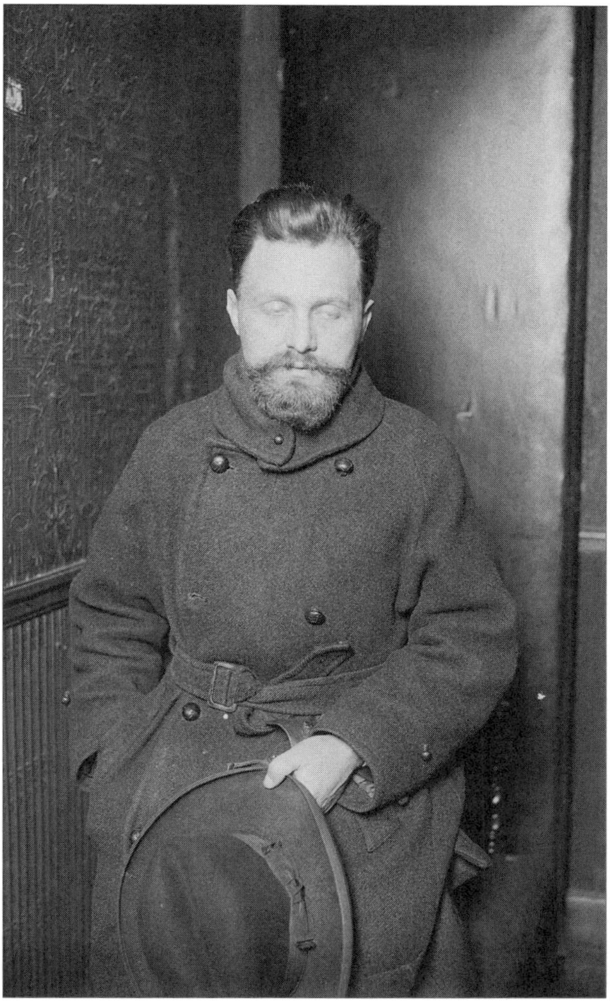

En 1931, Lucien Fabre est candidat à l'investiture socialiste au poste de conseiller général du canton de Pampelonne. Même s'il peut mettre en avant le fait qu'il est un enfant du pays, natif de Pampelonne, et de retour chez lui, ses chances d'être retenu sont vouées d'avance

Lucien Fabre lauréat du prix Goncourt, en 1923. ▲

à l'échec. Il est battu par Ludovic Maffre, agriculteur propriétaire à Pampelonne qui avait côtoyé Jean Jaurès lors de ses venues dans le Ségala. Lucien Fabre, poussé et encouragé par Léon Blum, reporte toutes ses espérances sur les élections législatives de mai 1932. Dans le Tarn, il convenait de remplacer Joseph Paul-Boncour au poste de député de la 2e circonscription d'Albi, qui comprend notamment Carmaux. Mais le souvenir de sa prestation controversée à l'occasion du congrès départemental SFIO, ne lui laisse que fort peu d'espoir d'être investi. Louis Fieu, maire de Carmaux, ancien secrétaire électoral de Jean Jaurès, est le mieux placé pour obtenir les suffrages des militants socialistes.
Dans la foulée, Lucien Fabre ne se décourage pas et, encore sur les conseils de son ami Léon Blum, il est candidat à l'investiture socialiste dans l'Aude, circonscription de Limoux. Blum, député de la 1re circonscription de Narbonne, n'éprouve que peu de difficulté pour imposer la candidature de Lucien Fabre, lequel ne pouvait pas

Portrait de Lucien Fabre réalisé en 1944 par le peintre Dimitri Béréa.

être considéré comme un parachuté étant donné qu'il avait des attaches audoises, possédant une propriété dans le village de Greffeil, dans les Corbières, à une vingtaine de kilomètres de Limoux.
En dépit d'une campagne électorale de terrain et d'un score honorable de 43,73 % des suffrages exprimés, Lucien Fabre est battu dès le premier tour des élections législatives, le 1er mai 1932, par le radical Jean Bousgarbiès, avocat, maire et conseiller général de Saint-Hilaire, qui se plaît à rappeler que, dans sa jeunesse, Lucien Fabre avait manifesté certaines sympathies pour l'Action française de Charles Maurras.
À la suite de cet échec électoral, Lucien Fabre abdique toute ambition politique et revient à ses premiers amours : les affaires et l'écriture. En 1937, il devient président du conseil d'administration de Pathé-Cinéma, jusqu'à 1939, et en reste administrateur par la suite.
Durant l'occupation, de 1940 à 1944, il retourne dans le Tarn où il dirige les établissements Multiplex à Carmaux, fabrique de meubles créée par son frère André en 1930. Il écrit notamment les pièces de théâtre *Tristan et Yseult* en 1945 et *Dieu est innocent* en 1946. Lucien Fabre fait également œuvre d'historien en rédigeant deux biographies : *Jeanne d'Arc* en 1948 et *Saint-Augustin* en 1951.
La carrière précise de Lucien Fabre est difficile à reconstituer, ayant lui-même organisé une certaine légende autour de son personnage. Par ailleurs, sa vie sentimentale s'avéra, selon certains dires, quelque peu tumultueuse. Il meurt le 26 novembre 1952 à Paris, à l'âge de 63 ans.

Pierre Fabre

Le pharmacien de Castres qui a bâti un empire

Le groupe pharmaceutique et dermocosmétique Pierre Fabre a toujours son siège social à Castres, car, c'est dans la sous-préfecture tarnaise que ce « self-made-man », cet « homme qui s'est construit lui-même », a démarré son exceptionnelle aventure. Passionné de botanique, de phytothérapie et animé d'une volonté exemplaire, Pierre Fabre a constitué, en une cinquantaine d'années, un laboratoire de dimension internationale, fort de 10 000 collaborateurs ! Le groupe est présent sur les cinq continents et les produits Pierre Fabre sont distribués dans plus de cent trente pays.

Pierre Fabre est né le 16 avril 1926 à Castres. Ses parents étaient négociants en tissus. À la suite de brillantes études primaires et secondaires dans sa ville natale, il obtient son diplôme de pharmacien à Toulouse en 1951, à l'âge de 25 ans. Grâce à son père qui lui avance une petite somme d'argent et à un prêt bancaire, Pierre Fabre rachète une officine installée place Jean Jaurès, en plein cœur de la cité castraise. Selon la tradition ancestrale chère aux apothicaires, il y conseille ses patients derrière son comptoir, s'active dans l'arrière-boutique pour réaliser ses préparations.

L'année 1958 fait figure de déclic dans sa carrière. Pierre Fabre remarque que de nombreuses femmes, qui travaillaient debout dans les entreprises textiles castraises, se plaignaient de ce qu'on appelait « les jambes lourdes » et qui était l'expression d'une certaine fatigue. Il décide d'inventer un remède qui soulagerait cette insuffisance veineuse, mais un produit à lui, qui pousserait en premier lieu dans la nature. Pendant plusieurs semaines, parfois tard, ce

féru de botanique va parvenir à le réaliser à partir d'une plante des sous-bois, le « petit houx », nommé *ruscus aculeatus* en latin et *grefol* en occitan, qui était connu pour améliorer la circulation du sang. Le veinotonique Cyclo 3, médicament innovant destiné à traiter l'insuffisance veineuse, vient de naître. Explications de Pierre Fabre lui-même : « *J'y travaillais dans mon labo, mais je n'avais pas encore de grands moyens. Le dimanche et le lundi, j'allais à la faculté de Toulouse pour mieux m'informer. Que voulez-vous, je suis un créatif ! Il faut sentir qu'un produit a de l'avenir. Nous sommes dans un métier où il y a tellement de risques ! On ne vend tout de même pas des macaronis !* »
Puis tout s'est rapidement enchaîné. « *J'ai recruté trois visiteurs médicaux pour commercialiser mon Cyclo 3,* précise le pharmacien castrais. *On produisait avec les moyens du bord. Mais, en moins de cinq ans, on a réussi.* » La petite officine de la place Jean Jaurès pouvait enfin devenir le Laboratoire Médical Pierre Fabre.

La pharmacie Pierre Fabre à Castres, au début des années 60.

Fort du succès retentissant du Cyclo 3, Pierre Fabre fonde sa société le 30 mai 1962. Les Laboratoires qui portent son nom comptent alors 8 collaborateurs. Le très dynamique pharmacien et chef d'entreprise commence dès lors à développer patiemment son groupe. Doué d'une exceptionnelle intuition, il acquiert, en 1965, la marque Klorane afin de valoriser les ressources du monde végétal et de diversifier ses activités. Médicament éthique, médication familiale et dermocosmétique deviendront ainsi les piliers du groupe. Désormais, Pierre Fabre fait ses débuts dans les traitements de la peau qui représentent, aujourd'hui, 53 % des revenus de la firme.
Mais Pierre Fabre ne s'arrête pas en si bon chemin : en 1969, c'est au tour des produits dermatologiques Ducray, puis, en 1978, ce sont les soins pour cheveux René Furtherer qui passent sous son contrôle. En 1982, il met sur le marché un médicament devenu essentiel pour soigner l'hypertrophie bénigne de la prostate, à base d'extrait lipidique de drupes du palmier-scie de Floride. Plus rien ne stoppe l'homme d'affaires tarnais qui crée, en 1989, un centre d'immunologie à Saint-Julien-en-Genevois, en Haute-Savoie. En 1990, il va impulser un nouveau souffle à l'eau thermale d'Avène issue d'une petite station thermale désaffectée à Avène-les-Bains,

Centre de recherche et développement Pierre Fabre, oncopole de Toulouse. ▼

village héraultais dans la vallée de l'Orb et qui est aujourd'hui leader dans le domaine de la dermatologie.

En parallèle, Pierre Fabre s'étend au niveau international et renforce sa position en Europe, avec l'implantation de filiales en Espagne, en Italie et en Allemagne. En 2002, il rachète les laboratoires américains Genesis Pharmaceuticals et en 2006, la société brésilienne Darrow Laboratorios, spécialisée dans les produits d'oncologie et de dermocosmétique. Cette même année, il crée un centre de recherche et développement expérimental (R&D) de 42 000 m^2 au Cancéropôle de Toulouse et investit dans des thérapies ciblées, comme les cancers de la peau.

Profondément attaché à sa ville natale, Pierre Fabre s'est efforcé à développer l'emploi dans le Castrais, le Tarn et en Midi-Pyrénées. Il agit à contresens de la logique industrielle qui préconisait le regroupement, sur plusieurs grandes zones, de l'ensemble des activités des entreprises. Il a créé, localement, plus de 4000 emplois répartis sur plusieurs sites, afin de préserver le travail de proximité. Au moment de sa mort, en 2013, le groupe Pierre Fabre qui compte 10000 salariés, dont 6 700 en France, est le troisième laboratoire pharmaceutique français, derrière Sanofi et Servier, dégageant alors

un chiffre d'affaires de 1,98 milliard d'euros.
Mais le tout-puissant chef d'entreprise Pierre Fabre n'a pas que l'industrie pharmaceutique pour centre d'intérêt. Le rugby et tout particulièrement le Castres Olympique est son autre passion. Durant vingt-cinq ans, spectateur assidu et régulier du CO, il a été le plus important mécène du club tarnais qu'il a grandement soutenu financièrement. En 1993, lors du titre de champion de France obtenu au Parc des Princes face au FC. Grenoble, Pierre Fabre est le plus heureux des hommes. Dès lors, il devient le sponsor et actionnaire à 100 % du CO, par sa holding Pierre Fabre Participations.
Outre le rugby, Pierre Fabre s'intéresse énormément à l'art et la culture, et plus particulièrement à la peinture. En amateur éclairé, il contribue à l'achat de plusieurs tableaux de grands peintres espagnols afin d'enrichir les collections du Musée Goya de Castres. Environ 600 œuvres et objets ont été répertoriés dans la collection privée de Pierre Fabre.
L'homme d'affaires castrais s'éteint le 20 juillet à l'âge de 87 ans, dans sa maison de Lavaur dans le Tarn, des suites d'une longue maladie. Célibataire et sans enfant, Pierre Fabre avait pris ses dispositions pour que l'indépendance de son entreprise soit assurée après sa disparition. La succession et la nomination des dirigeants se sont faites sous la houlette d'Yves Revol, président de Fabre Participations, holding de contrôle du groupe. Pierre Revol qui est également... président du Castres Olympique.

▲ *Pierre Fabre.*

Jean-François de Galaup de La Pérouse

Explorateur, homme de sciences et humaniste

L'écriture du nom du célèbre navigateur albigeois a fait l'objet de controverses : faut-il l'écrire en deux mots ou en un seul ? La Pérouse ou Lapérouse? Des graphies fantaisistes se sont même ajoutées : La Peyrouse ou Lapeyrouse (endroit pierreux) en référence au nom d'une ferme que possédait sa famille sur l'actuelle commune de Puygouzon. L'illustre marin signait les documents en liant les deux parties de son nom, comme le voulait l'usage au XVe siècle. L'Académie des inscriptions et belles-lettres, le ministère de la Culture, la Marine nationale et plusieurs dictionnaires ont tranché : ce sera La Pérouse.

Le 23 août 1741, au château du Gô, près d'Albi, Marguerite de Rességuier, épouse de Victor-Joseph de Galaup donne naissance à Jean-François de Galaup, aîné d'une fratrie de onze enfants. Son père, Victor-Joseph de Galaup, est écuyer et député aux États particuliers d'Albigeois. Cette ancienne famille noble s'est enrichie grâce au commerce du pastel, dit « l'or bleu ». Jean-François de Galaup commence sa scolarité au collège des Jésuites d'Albi (actuel lycée Lapérouse). Les récits de voyage racontés par son oncle, le capitaine de vaisseau Clément de Taffanel de la Jonquière, l'ont fortement influencé dans sa volonté de devenir marin.

Le 19 décembre 1756, le jeune Jean-François, âgé de 15 ans, intègre l'École navale de Brest comme garde-marine. Tout en poursuivant ses études pendant sept années dans cet établissement, il participe à la guerre de Sept Ans, qui oppose la France, alliée de l'Autriche, à la Prusse, alliée à l'Angleterre. Ce conflit qui dura de 1756 à 1763

avait pour objectif la constitution d'un empire colonial en Inde et en Amérique. La Pérouse est emprisonné en 1757-1758, puis en 1760-1762.
Promu enseigne de vaisseau le 1er octobre 1764, il effectue, de 1765 à 1769, de multiples transports de marchandises dans l'océan Indien, ainsi que plusieurs escales à l'île de France (actuelle île Maurice) où il rencontre, en 1772, sa future épouse Éléonore Broudou. En avril 1773, il entreprend une longue expédition dans l'océan Indien, puis retourne à l'île de France en mars 1774. Il accède au poste de lieutenant de vaisseau le 4 avril de la même année et regagne la France trois ans plus tard.
De 1779 à 1783, La Pérouse participe à la guerre d'indépendance américaine où la France s'est engagée. Tout d'abord chargé de transporter l'or pour financer les troupes, il se voit confier, en 1781 et 1782, la mission de prendre les forts Anglais d'York et du Prince de Galles, dans de la Baie d'Hudson (actuel Canada), qui protègent des comptoirs assurant le commerce de fourrure. Il est à la tête d'une flotte de trois navires : le vaisseau *Le Sceptre* dont il est le commandant, les frégates *L'Astrée* et *L'Engageante* aux ordres des lieutenants de vaisseau Paul Fleuriot de Langle et André-Charles La Jaille.
Ayant détruit les fortifications et s'apprêtant à partir avec les prisonniers, La Pérouse est informé que des soldats se sont enfuis et cachés dans les environs. Craignant pour leur survie, dans un geste humanitaire, il décide de laisser la moitié des vivres et des armes dans l'attente qu'ils soient rapatriés en Angleterre. Par ailleurs, il libère un officier anglais et lui restitue les cartes qu'il lui avait subtilisées en échange de la promesse d'une prochaine édition, afin que tous les marins puissent en bénéficier. C'est ce comportement profondément humain qui parvient jusqu'au roi Louis XVI qui l'apprécie à sa juste valeur.
En 1784, les victoires en Amérique de Jean-François de Galaup de La Pérouse lui valent d'obtenir la croix de Saint-Louis, plus haute distinction française. C'est alors qu'il apprend que Louis XVI envisage d'organiser une expédition scientifique dans le Pacifique et qu'il est pressenti pour la commander. Sur les conseils du ministre de la Marine, le maréchal de Castries et du directeur des ports et

armements, Claret de Fleurieu, Louis XVI convoque La Pérouse en début d'année 1785. Ce dernier, qui a été nommé comte, est chargé par le roi de mener une mission maritime d'envergure afin de rétablir la puissance économique et politique de l'empire français.

La Pérouse est choisi en raison de sa grande expérience et de ses qualités humaines, pour diriger un voyage d'exploration dans le Pacifique où de nombreuses régions demeurent inconnues, parmi lesquelles la côte ouest de l'Amérique du Nord. Jean-François de Galaup de La Pérouse, promu brigadier des armées navales en juillet 1785, a également pour mission de compléter les découvertes du navigateur britannique James Cook décédé entretemps.

Le 1er août 1785, le navigateur prend le large à Brest avec deux frégates : *L'Astrolabe*, dont il assure le commandement et *La Boussole*, dont le capitaine est Paul Fleuriot de Langle. Le voyage étant prévu pour une durée de trois ans, 350 tonneaux de vivres sont chargés sur chaque bateau, ainsi que 1 000 tonnes de matériel et des objets destinés à être échangés lors des différentes escales. L'expédition ayant une visée scientifique, environ 200 savants, des médecins, des botanistes et des cartographes sont à bord des deux navires. Les instruments d'observation et de navigation les plus perfectionnés sont embarqués, tout comme une importante bibliothèque.

En février 1786, *L'Astrolabe* et *La Boussole* franchissent le cap Horn, puis atteignent l'île de Pâques le 9 avril.

Portrait de 1778 du comte Jean-François de Galaup de La Pérouse.

La mission ayant pris de l'avance par rapport au planning imposé par le roi, La Pérouse décide de se rendre en Alaska afin d'éviter les glaces. Après une brève halte aux îles Sandwich, en mai, où James Cook fut assassiné, La Pérouse parvient, en juillet 1786, dans une zone inconnue d'Alaska et choisit de baptiser la baie découverte du nom de Port-des-Français. Les Français cartographient tout un pan de côte et le commandant ordonne de sonder la zone une dernière fois avant de se diriger vers la Californie. C'est alors que se produit la première catastrophe de l'expédition : les vingt et un marins chargés de cette mission meurent noyés, les chaloupes étant renversées par de violents remous.

En septembre 1786, les deux vaisseaux arrivent à Monterey, en Californie, afin de se ravitailler à nouveau. Durant quatre mois, jusqu'en janvier 1787, sans jamais faire escale, ils traversent tout l'océan Pacifique pour accoster à la colonie portugaise de Macao, seul territoire de Chine accessible pour les étrangers. En avril 1787, l'expédition de La Pérouse commence une nouvelle mission : cartographier la mer de Chine, zone totalement inconnue des Européens. Après avoir accompli sa tâche et au terme d'un périple sans

▲ *Louis XVI donnant des instructions à La Pérouse, le 29 juin 1785.*

mettre pied à terre, croisant au loin des navires de guerre chinois et japonais, il atteint l'île russe de Sakhaline. Depuis le détroit, qui porte aujourd'hui le nom de La Pérouse, situé au sud de Sakhaline et au nord d'Hokkaido, les vaisseaux se rendent au Kamtchatka, en territoire russe.

Poursuivant leur route, les deux bateaux descendent le Pacifique par le Sud, jusqu'aux îles Samoa. Désireux de se réapprovisionner, La Pérouse mouille le 9 décembre à Maouna, île de Tutuila, faisant partie des îles Samoa. Dans un premier temps, les indigènes, n'ayant jamais vu de Blancs, les reçoivent comme des dieux. Les autochtones devenant par la suite hostiles, Paul Fleuriot de Langle, second de La Pérouse, ainsi que onze autres marins, succombent sous des jets de pierre. Affaiblis, Jean-François de Galaup de La Pérouse et son équipage arrivent en Nouvelle-Hollande (actuelle Australie) le 26 janvier 1788. *L'Astrolabe* et *La Boussole* font escale à Botany Bay (aujourd'hui banlieue de Sydney). Une lettre est envoyée au roi pour l'informer que les deux vaisseaux devraient rentrer aux alentours de juin 1789.

Le 15 mars, La Pérouse repart en direction du nord-est. Vers la

Le naufrage de L'Astrolabe et de La Boussole vu par un illustrateur du XIXe siècle.

mi-juin, prises dans un cyclone, les deux frégates se brisent dans le Pacifique Sud, au large des îles Vanikoro, dans l'archipel des Santa Cruz, partie la plus orientale des îles Salomon. Les récifs de Vanikoro ont eu raison de l'expédition La Pérouse et de ses membres.
Le mystère de la disparition de La Pérouse ne sera percé qu'en 1826-1827 par Peter Dillon, commandant de la Compagnie des Indes orientales et en 1828 par l'officier de marine Jules Dumont d'Urville, qui retrouvent l'épave de *L'Astrolabe*. En 1964, l'explorateur des fonds marins Reece Discombe identifie celle de *La Boussole*.
La légende veut que le roi Louis XVI, au moment de monter sur l'échafaud, le 21 janvier 1793, se soit tourné vers l'un de ses bourreaux et aurait demandé : «*A-t-on des nouvelles de Monsieur de La Pérouse ?*»

Nicolaï Greschny

Artiste « Russe d'Occitanie »

Tel est le titre de l'avant-propos de l'écrivain et poète occitan Yves Rouquette écrit dans le livre *Nicolaï Greschny Des fresques aux icônes.* En quatrième de couverture de celui-ci, ses auteurs présentent ainsi ce peintre qui parcourut l'Europe fuyant l'oppression : « *Une vie frugale de bâtisseur, presque monacale, une écologie avant la lettre. Et une œuvre dispersée sur une grande partie du territoire national.* »

Nicolaï Greschny est né le 2 septembre 1912 en Estonie, à Tallinn, port situé au nord-ouest du pays, sur la côte du golfe de Finlande. Le gouvernement d'Estonie faisait en ce temps-là partie intégrante de l'empire russe. En 1917, alors qu'il n'a que cinq ans, en raison des persécutions que les bolchéviques infligent aux chrétiens, sa famille est contrainte de fuir la Russie.

Nicolaï Greschny dans son atelier à La Maurinié.

Ils émigrent en Silésie, à la frontière germano-polonaise, où la branche maternelle des Greschny possède une propriété. Son père est diacre d'origine russe et bien qu'appartenant à l'Église catholique, il n'en conserve pas moins de nombreuses coutumes de l'orthodoxie russe. Sa mère est allemande balte, née d'un père allemand et d'une mère française.

À l'âge de 7 ans, Nicolaï peint sa première fresque : une locomotive. Sous l'égide de son père qui est issu d'une famille de peintres d'icônes, il entame une formation artistique. À la mort de celui-ci, en 1922, sa mère s'occupe de son éducation. Elle lui traduit le « Podlinnik », manuel de peinture écrit en vieux russe concernant la méthode de l'iconographie. Nicolaï poursuit ses études comme pensionnaire au collège des jésuites de Wroclaw Breslau où il obtient l'« abitur », équivalent du baccalauréat. Il y prépare également son entrée au collège Russicum de Rome, fondé en 1929 par le pape Pie XI pour l'étude de la culture et de la spiritualité russes. Il en est exclu au bout d'un an pour cause de mauvaise conduite.

En 1922, Nicolaï Greschny part pour Berlin afin d'y suivre les cours des Beaux-Arts. Durant deux ans, il est l'élève du professeur Wehlter auprès duquel il développe et perfectionne ses connaissances, ainsi que la technique et la maîtrise de l'art occidental. De 1930 à 1932, il travaille en qualité de stagiaire au musée de Neisse (aujourd'hui Nysa en Pologne).

En janvier 1933, lors de l'arrivée d'Adolf Hitler au pouvoir et de l'embrigadement dans les Jeunesses hitlériennes, Nicolaï s'engage dans les mouvements clandestins de jeunes catholiques. Il réussit à infiltrer les jeunesses hitlériennes pour fournir des documents à l'Église de Rome dans le cadre d'un projet d'un livre blanc sur le nazisme. Il est finalement contraint de fuir en traversant à pied la frontière tchécoslovaque. Il est arrêté, mais ne séjourne que quelques jours en prison, étant parvenu à obtenir des papiers autrichiens.

Il se rend à Vienne en 1936 et s'y installe, étant pris en charge par une congrégation de religieuses. Avide de savoir et de connaissances, il continue de se perfectionner dans les arts, en peinture et en théologie et entretient toujours son projet d'intégrer le Russicum de Rome. Étant démuni et afin de subvenir à ses besoins, il se résout à peindre et à vendre des icônes, ce qui est contraire à la tradition orthodoxe. Par ailleurs, il réalise un Saint-Georges dans l'abbaye cistercienne de Heiligenkreuz, également appelée monastère de Notre-Dame de la Sainte-Croix. En février 1938, ayant eu connaissance de l'imminence de l'annexion de l'Autriche par l'Allemagne nazie (Anschluss), il part de Vienne sous un faux nom et fuit en train vers l'Italie. Il arrive tout d'abord à Venise, puis se rend à Rome.

Après la visite officielle à Rome du Reich führer Hitler, le 7 mai 1938, Grechny se voit contraint de quitter l'Italie. Sa demande d'asile auprès de l'ambassade de France étant refusée, les services du Vatican lui payent un billet de train pour la Lituanie. Des jésuites favorisent son départ vers l'Estonie à bord d'un wagon de marchandises. Arrivé à Riga, il y retrouve de la famille qui l'aide à rejoindre Tallinn, sa ville natale.

Toujours en 1938, il continue son périple européen. Il s'installe en Belgique pendant deux ans et suit ses études de théologie à l'Université de Louvain. L'invasion de la Belgique par les troupes allemandes oblige Nicolaï à fuir pour la France. Arrêté à Orléans, il est

Lavement des pieds, église de Rosières (Tarn). ▲

envoyé au camp de Saint-Cyprien dont il s'évade au bout de deux mois. Il parvient à obtenir un sauf-conduit pour Toulouse où il poursuit ses études et obtient une licence de théologie à l'Institut catholique.

En novembre 1942, l'invasion allemande dans le sud de la France le remet sur les routes. Il pose ses valises à Albi où il termine ses études de théologie au grand séminaire. L'archiviste Charles Bellet, rédacteur en chef de la *Revue du Tarn*, président des Amis du musée Toulouse-Lautrec, admiratif du travail de l'artiste, lui passe commande d'un triptyque et d'un Chemin de croix pour la chapelle Saint-Michel du musée.

Les Fresques de l'église Sainte-Anne (Châtel-Guyon).

Nicolaï Greschny rejoint la Résistance et lors de l'attaque de la colonne allemande du 22 août à Albi, il relève les blessés sur le Pont-Neuf.

Après la Libération, il reste à Albi et cherche à s'enraciner dans cette région qu'il a définitivement choisie. En 1948, alors qu'il parcourt la campagne albigeoise à vélo, arrivant au lieudit La Maurinié, commune de Marsal, à une quinzaine de kilomètres à l'est d'Albi, il est fasciné par des ruines.

L'année suivante, Greschny achète le hameau délabré de la Maurinié pour quarante mille francs, somme qu'il emprunte à des amis. Il entame la restauration des lieux, et en 1945, après avoir obtenu l'accord de l'archevêque d'Albi, il débute la construction d'une chapelle. Le chœur et la nef sont achevés en 1953.
Entre temps, à partir de 1949, le peintre avait commencé la réalisation de nombreuses fresques dans plusieurs régions de France et notamment en Midi-Pyrénées : dans l'Aveyron, églises des Treize Pierres à Villefranche-de-Rouergue (1952) et de Saint-Victor-et-Melvieu (1953); dans les Alpes-Maritimes, Institut Stanislas de Cannes (1954); dans le Puy-de-Dôme, église Sainte-Anne de Châtel-Guyon. Dans le Tarn, 37 églises ont été décorées par l'artiste, principalement dans le Carmausin, celles d'Alban, Blaye-les-Mines, Cagnac-les-Mines, Carmaux, Laparrouquial, Rosières, Saint-Benoît-de-Carmaux, Saint-Hippolyte, Le Ségur.
Tout au long de ces années, il poursuit l'agencement de La Maurinié. Après l'obtention de ses papiers en 1957, Nicolaï peut enfin épouser Marie-Thérèse, rencontrée en 1952 lors d'une exposition de ses œuvres à Béziers et avec qui il aura deux enfants. En 1961, il élabore les projets, les plans et les décors des chars du défilé historique de Castres.
Avec le Concile Vatican II (1962-1965), la réforme liturgique arrête des principes d'aménagement des églises, les vidant de nombreuses décorations. En conséquence, les chantiers de fresques se faisant de plus en plus rares, Nicolaï Greschny se consacre désormais aux icônes qu'il réalise au gré des commandes. En 1970, il fonde une école de peinture afin de transmettre son art et organise des stages de formation artistique où il enseigne les techniques de peinture traditionnelle, et notamment celle des icônes.
Le 24 avril 1985, Nicolaï Greschny s'éteint à l'âge de 73 ans à La Maurinié, où il repose dans sa chapelle.

Eugénie de Guérin

Toute une vie entièrement dévouée à son frère

Née le 29 janvier 1805 à Andillac, non loin de Gaillac, Eugénie de Guérin passa la plus grande partie de son existence dans le château familial du Cayla. À l'âge de 14 ans, après le décès de sa mère Gertrude-Victoire Fontanilles le 2 avril 1819, elle est investie de l'éducation de son frère Maurice de cinq ans son cadet. Sa mère mourante lui avait demandé de prendre en charge les destinées du plus jeune des quatre enfants du couple de Guérin. Lui en ayant fait la promesse, elle commence alors une vie de maman de substitution.

Avant cet évènement dramatique, le père, Joseph de Guérin, se partageait entre la gestion du petit domaine du Cayla, exploitant lui-même ses terres, et ses fonctions de maire d'Andillac. À l'automne 1818, en raison de la maladie de son épouse Gertrude, il est contraint de s'installer avec sa famille à Gaillac, afin d'être au plus près des soins médicaux que l'état de santé de sa femme nécessite. Quelques mois plus tard, la mort de madame de Guérin bouleverse la vie de la maison.

En mai 1819, Joseph de Guérin retourne au Cayla avec ses quatre enfants. Il reprend l'exploitation d'environ cinq hectares de terres agricoles qui avaient été laissées quelque peu à l'abandon. Il s'efforce de faire face à une situation financière difficile et se partage entre le Cayla et sa charge de maire d'Andillac. Le domaine du Cayla vit en quasi-autarcie, produisant ce qui est nécessaire à l'autoconsommation, Joseph de Guérin ne tirant que très peu de revenus de sa propriété.

Du haut de ses quatorze ans, Eugénie de Guérin endosse alors un triple rôle : elle console son père éprouvé par la mort de sa femme, elle est la maîtresse de maison du Cayla et la seconde mère de son frère Maurice. Elle reproduit auprès de celui-ci le schéma éducatif qu'elle avait reçu de sa mère, laquelle lui avait inculqué les principes d'un enseignement axé sur la religion, la foi et les dogmes traditionnels de la petite noblesse rurale du début du XIXe siècle.

Elle se consacre entièrement à son frère et renonce à sa vocation religieuse. Dans *Eugénie de Guérin, Journal* édité en 1934 par la librairie parisienne Lecoffre, monseigneur Émile Barhès, évêque auxiliaire d'Albi, écrit ceci dans sa lettre aux lecteurs : « *Pierre Durel, compagnon d'enfance de Maurice, avait gardé un souvenir précis des classes que la grande sœur faisait à son frère, auxquelles il se disait heureux d'avoir pu assister quelquefois.* » Par la suite, elle est présente lors des cours donnés à Maurice par l'abbé Salabert, curé de la paroisse d'Andillac. Elle s'intéresse aux études de son frère en lui faisant, notamment, répéter ses leçons.

Selon ses propres dires, elle veut être « *la vraie sœur de Maurice, par la pensée et par l'âme* ». Elle est encouragée par son père qui a à cœur, faute de pouvoir le faire lui-même, de continuer le travail éducatif commencé par son épouse et laissé inachevé à la suite de son décès prématuré. Concernant ses propres études, Eugénie de Guérin les fait avec son précepteur l'abbé Jammes que son père a mandaté au Cayla.

Portrait d'Eugénie de Guérin par Arsène Pelegry. ▲

Lorsque Maurice quitte le château en 1824 pour poursuivre ses études à Paris, elle va correspondre très régulièrement et assidûment avec lui, multipliant les lettres où elle lui prodigue de nombreux conseils. Outre la gestion de la maison familiale et les tâches ménagères, elle consacre ses temps libres essentiellement à la lecture d'ouvrages qui vont conforter ses fortes convictions religieuses, ainsi qu'à de longues promenades qui lui permettent d'entrer en communion spirituelle avec la nature.
En outre, l'absence de son frère l'amène à s'occuper des enfants d'Andillac et des hameaux environnants. Dans une lettre à son amie Louise de Bayne, le 8 janvier 1836, Eugénie écrit notamment cette phrase évocatrice : « *Ma vocation serait assez d'instruire les enfants* ». Dans cette campagne profonde tarnaise où l'ignorance est bien souvent grande, elle considère comme un devoir de venir en aide aux jeunes déshérités. Elle leur apporte conjointement l'éducation et l'instruction religieuse, se muant tour à tour en maîtresse d'école et en catéchiste.
Eugénie de Guérin est fortement marquée par le christianisme, notamment par *L'Imitation de Jésus-Christ*, un ouvrage de piété très lu à l'époque et qui fait appel à tous les croyants qui veulent vivre dans l'intimité du Christ présenté comme étant « *le seul véritable ami* ». Elle écrit des poèmes et des lettres adressées bien entendu à son frère, mais également à des amies, et en particulier à Louise de Bayne ; à partir de 1834, Eugénie de Guérin commence à rédiger un journal destiné à son frère où elle note les évènements familiaux, ses impressions de lecture, ses pensées intimes et le quotidien d'une jeune femme dans la première moitié du XIXe siècle. Elle l'achèvera en 1841, deux ans après la mort de Maurice.
À l'occasion des venues de son frère au Cayla, lors des hivers 1829-1830 et 1832-1833, l'aristocrate campagnarde Eugénie de Guérin a toutefois des contacts avec la « gentry » des salons de Gaillac et Lisle-sur-Tarn. Maurice fait comprendre à son père que la vie recluse au Cayla n'est guère propice à un éventuel mariage d'Eugénie.
Elle reste néanmoins célibataire et passe l'essentiel de son existence au Cayla, ne quittant la maison familiale que pour se rendre chez des amies à Gaillac, Lisle-sur-Tarn, Albi, Cordes et plus rarement

à Toulouse. À l'automne 1838, elle entreprend son premier grand voyage, allant à Paris pour assister au mariage de son frère Maurice avec Caroline de Gervain, le 15 novembre. Durant sa villégiature, elle réside quelques jours au château des Coques, non loin de Nevers, chez la baronne Amaury de Maistre.

Elle ne revient au Cayla que le 8 juillet 1839, avec son frère Maurice, pour l'accompagner dans la mort, sur ces terres tarnaises qui l'ont vu naître. Le décès de son frère le 19 juillet 1839, alors qu'il n'était âgé que de 29 ans, sera l'évènement majeur de sa vie et un déchirement. Même après sa mort, Maurice de Guérin demeure le destinataire du journal continué par Eugénie, à l'image de ces extraits tirés de *Eugénie de Guérin, Journal et lettres*, publié en 1855 : « *Vendredi 19 juillet, à 11 heures trente, date éternelle ! 21 juillet. Non, mon ami, la mort ne nous séparera pas, ne t'ôtera pas de ma pensée : la mort ne sépare que le corps ; l'âme, au lieu d'être là, est au ciel et ce changement de demeure n'ôte rien à ses affections. Bien loin de là, j'espère ;*

Le Château du Cayla.

on aime mieux au ciel où tout se divinise. Ô mon ami ! Maurice, Maurice, es-tu loin de moi, m'entends-tu ? »

Elle tente de faire éditer les textes de son frère, avec l'aide de Jules Barbey d'Aurevilly, le compère indéfectible de Maurice. Eugénie de Guérin meurt au Cayla le 31 mai 1848.

Dans *Eugénie de Guérin ou une chasteté ardente*, édité en 1983 chez Albin Michel, la philosophe, romancière et biographe Wanda Bannour écrit ceci à propos de son absence de vie sentimentale et amoureuse : « *Elle n'eut pas d'amant, ne se maria pas et mourut sans doute vierge à 43 ans.* »

François Mauriac, grand admirateur de l'œuvre de Maurice de Guérin, a tout particulièrement compris cet attachement si particulier et si profond de la sœur pour le frère : « *Une sœur qui ne se marie pas, c'est souvent une femme qui, ayant renoncé à sa propre histoire, à son drame particulier, s'efforce de se maintenir au centre de la vie du frère qu'elle chérit, cet inconnu dans lequel, avec une passion tenace, elle tente de ressusciter l'enfant qu'elle a bercé sur ses genoux.* »

Maurice de Guérin

Figure singulière de la littérature française

Tout comme sa sœur Eugénie, Maurice de Guérin était plus ou moins considéré, a priori, comme un poète mineur dans l'histoire de la littérature française. Pourtant, en 1936, le célèbre romancier François Mauriac s'inscrivit en faux : « *Je crois que si on le compare aux grands romantiques de son temps, cela est l'évidence. Mais je ne sens jamais le besoin de relire Chateaubriand et le personnage m'assomme. Tandis que Maurice est près de moi au même titre que Mozart ou Rimbaud* ». Depuis 1939 et grâce à la volonté d'élus, le château du Cayla situé sur la commune d'Andillac dans le Tarn, à treize kilomètres de Gaillac, où naquit Maurice le 4 août 1810, est un musée qui met à l'honneur Eugénie et Maurice de Guérin, dignes représentants de la culture du XIXe siècle. En 2012, le château-musée du Cayla a obtenu le label « Maison des Illustres ».

Portrait de Maurice de Guérin.

Maurice de Guérin, dont la famille est d'origine rouergate, est le cadet de quatre enfants. Sa mère Gertrude-Victoire née Fontanilles meurt le 2 avril 1819. De ce fait, sa sœur Eugénie, de cinq ans son aînée, va s'occuper plus particulièrement de lui et ils resteront très liés tout au long de leur vie. Sa scolarité se fait au Cayla par l'intermédiaire d'un précepteur, l'abbé Salabert. Étant destiné à la prêtrise, il entre en 1822 au petit séminaire de l'Esquile à Toulouse. Deux ans plus tard, titulaire d'une bourse, il est inscrit au collège Stanislas à Paris et loge chez un cousin. Dans cet établissement, en 1824, Maurice de Guérin fait la connaissance de Jules Barbey d'Aurevilly, futur romancier, nouvelliste, essayiste, poète et journaliste. Une profonde amitié va se nouer entre les deux étudiants.
C'est le départ d'une certaine instabilité quant à son devenir professionnel : en 1827, il fait part à son père et à sa sœur de son absence de vocation religieuse; en 1829, à l'issue de ses études au collège Stanislas, il dit pencher pour le droit. Après avoir suivi quelques cours dans cette discipline, il revient au Cayla en juillet 1830 au moment de l'insurrection dite des Trois Glorieuses. Finalement, il préfère le journalisme, retourne à Paris et débute dans la presse catholique en 1831, collaborant au journal *L'Avenir* dirigé par le prêtre et philosophe Félicité de La Mennais dit Lamennais, ainsi qu'à la *Revue Européenne*.
En 1831, il éprouve une déception amoureuse avec Louise de Bayne, une amie de sa sœur Eugénie, qu'il souhaitait épouser. On lui prête même une aventure épistolaire et également sentimentale avec la compositrice Henriette Marie de Sainte-Marie, connue sous le nom de baronne Amaury de Maistre, dont il fréquentait le salon parisien.
Il revient au Cayla en juillet 1832, à la suite de l'épidémie de choléra qui sévit à Paris, et écrit les premières pages d'un manuscrit que Barbey d'Aurevilly baptisera *Le Cahier vert*. Cette œuvre ne doit pas être considérée comme un journal intime, comme l'ont trop souvent appelé, à tort, de nombreux biographes et chroniqueurs. Dans *Le Cahier vert*, Maurice de Guérin recense ses travaux, recherches et lectures, notamment celles de Chateaubriand, Goethe et Victor Hugo. Il y fait état de son adoration quasi mystique pour la

nature. Le 30 mars 1833, il écrit : « *Il me semble qu'il y aurait des choses profondes et merveilleuses à dire sur le sacrifice de la nature dans le cœur de l'homme.* »
En décembre de la même année, il est au manoir La Chênaie en

Ille-et-Vilaine, non loin de Rennes, dans la congrégation de Saint-Pierre de Félicité de La Mennais, communauté composée de partisans du catholicisme social. Étant dans l'expectative, de Guérin intègre le groupe de poètes bretons rassemblés autour du fervent et pieux catholique Hippolyte de La Morvonnais. Celui-ci est adepte des théories du philosophe Charles Fourier selon lesquelles les hommes doivent vivre heureux, avec des occupations correspondant à leurs tendances et à leurs passions, dans le cadre de groupements harmonieux.
Lorsque Lamennais ferme La Chênaie en septembre 1834, Maurice de Guérin rentre à Paris et envisage de devenir professeur. Des répétitions de grec et de latin lui permettent de préparer l'agrégation,

La chambre de Maurice de Guérin au château du Cayla. ▲

mais néanmoins sans grande conviction. Il retrouve Jules Barbey d'Aurevilly, son ami du collège Stanislas, et mène avec lui une vie de dandy. Il publie des articles dans *La France Catholique* et l'année suivante, en 1835, il écrit *Les Pages sans Titre*, premier essai de poésie en prose en guise d'ode posthume pour Marie de La Morvonnais, fille de son ami Hippolyte de La Morvonnais.
De Guérin alterne des périodes d'écriture et de désespoir. C'est ainsi qu'en 1836, il procède à l'autodafé de ses œuvres, jetant au feu l'ensemble de ses manuscrits, à l'exception du *Cahier vert*. Puis, il se lance à nouveau dans l'écriture de recueils de poèmes en prose : *Le Centaure*, *La Bacchante*.
Le 15 novembre, Maurice de Guérin se marie avec Caroline de Gervain dont il avait fait la connaissance deux ans auparavant. Affaibli par la tuberculose, sa sœur Eugénie l'incite à rentrer au Cayla où il meurt le 19 juillet 1839, à l'âge de 29 ans. Maurice de Guérin, homme de lettres inclassable dans une quelconque chapelle littéraire, qui fut à l'initiative du poème en prose, présente la particularité de ne pas avoir eu ses œuvres publiées de son vivant.
Le 15 mai 1840, la romancière George Sand contribue à la publication de son recueil *Le Centaure* dans *La Revue des Deux Mondes*. Toutefois, la renommée littéraire de Maurice de Guérin sera longue à venir. Cela est en partie dû aux liens amicaux qui l'unissent au fantasque dandy Jules Barbey d'Aurevilly.
En janvier 1844, ce dernier parvient à réunir les manuscrits de son ami Maurice

Caricature de Jules Barbey d'Aurevilly.

de Guérin auprès de sa sœur Eugénie et projette de publier son œuvre : « *J'éditerai Guérin et j'écrirai sa vie, sa vie de plongeur sous sa cloche de cristal ! Mais vous savez ce que j'attends. J'attends un peu de bruit autour de mon nom, l'autorité d'une parole qui porte celui de notre ami, grand pour nous seuls, à sa vraie hauteur parmi les hommes.* »
Mais Barbey d'Aurevilly tergiverse et hésite, préférant éditer en 1855 le journal et les lettres d'Eugénie de Guérin, sous le titre *Reliquiae*. L'édition posthume des œuvres de Maurice de Guérin ne verra le jour qu'en 1861, grâce à l'éditeur Guillaume-Stanislas Trébutien, avec une préface signée par l'écrivain et critique littéraire Charles-Augustin Sainte-Beuve.

Jean Jaurès

Au-delà du personnage multiple, à la découverte du Jaurès intime

Jean Jaurès est très certainement le personnage historique tarnais le plus connu. Tout a été dit et écrit sur celui qui fut professeur, philosophe, journaliste, député, historien, pacifiste et humaniste. En 1885, il est élu député républicain du Tarn. En 1889, il perd son siège au parlement. En 1893, il est élu député socialiste de la circonscription de Carmaux. Battu lors des élections législatives de 1898, il retrouve son siège en 1902 et le conserve jusqu'en 1914. Mais comme de nombreux hommes politiques de la IIIe République, Jean Jaurès était très attaché au respect de sa vie privée et ne se confiait que très peu. En réponse à sa mère Adélaïde qui, un jour, lui reprocha de ne pas lui donner de ses nouvelles, Jean Jaurès lui répondit : «*Je t'en donne tous les matins dans* La Petite République *et dans* La Dépêche !»

Le 3 septembre 1859, Adélaïde née Barbaza, épouse de Jules Jaurès, donne naissance à Auguste-Marie-Joseph-Jean Jaurès, rue Réclusane à Castres. En 1856, Jules Jaurès fait l'acquisition de six hectares de terres à La Fédial, située à trois kilomètres de Castres et fait construire la maison d'habitation en 1860. Toute la famille s'installe à La Fédial. Jean prend goût à la vie rurale et apprend à parler le patois.

Il commence ses études à la pension Séjal, institution privée castraise tenue par l'abbé Rémy Séjal, lequel initie déjà le jeune Jean Jaurès aux rudiments du latin. Durant ses années au collège de Castres, Jean Jaurès lit notamment les chefs-d'œuvre de l'Antiquité et plus particulièrement les classiques grecs. De 1876 à 1878, interne au collège Sainte-Barbe à Paris, il est ensuite élève au lycée

Louis-le-Grand, en classe préparatoire à l'École Normale Supérieure. Reçu premier au concours d'entrée, il est troisième à l'agrégation de philosophie, le premier étant Henri Bergson.
En 1881, dès sa sortie de l'École Normale Supérieure, Jaurès est nommé professeur de philosophie au lycée d'Albi. Il commence à s'intéresser à la politique faisant dire à son cousin, l'amiral Benjamin Jaurès : *« Il va à la politique comme le canard va à l'eau. »* De 1881 à 1883, Jean Jaurès est profondément épris de Marie-Paule Prat. Mais le père de celle-ci lui impose un autre mari, l'avocat Fournes. Il s'en suit une seconde déception sentimentale avec l'échec de sa demande en mariage d'une cousine éloignée, Marthe Blanc. Elle préfère épouser le docteur Louis Carrade, ancien camarade de Jaurès au collège de Castres.

Par l'intermédiaire de madame Desplas, propriétaire du château de Lorac, à la fois « marieuse » et « entremetteuse », il fait la connaissance de Louise Bois, jeune fille de dix-sept ans, à la beauté sculpturale et plantureuse. Elle est la fille unique d'un couple possédant un domaine de 50 hectares, à Bessoulet, à côté de Villefranche-d'Albigeois et à quelques kilomètres d'Albi. Jean Eugène Bois est négociant en épicerie en gros. Jaurès, échaudé par son aventure avec Marie-Paule Prat, en tombe éperdument amoureux. Mais, si pour Adelaïde Jaurès, les Bois sont un plus financier pour la future carrière de son fils, pour les Bois, ce Jean Jaurès, dans un premier temps, représente une certaine mésalliance. À moins que ce talentueux et prometteur professeur ne devienne, dans un proche avenir, très certainement député, voire ministre. L'idylle entre Jean et Louise peut donc se poursuivre en toute quiétude.

Jean Jaurès dans sa bibliothèque en 1914. ▲

Entre 1884 et son mariage le 29 juin 1886 avec Louise Bois, la vie sentimentale de Jean Jaurès est complexe. Il aime Louise Bois, néanmoins, le 15 janvier 1886, il demande en mariage, sans succès, Marie Klehe, fille d'un banquier toulousain d'origine allemande.

Après leur union, la cohabitation de Louise avec Adélaïde, sa belle-mère, très attachée à son fils, n'est pas évidente pour elle. La vie familiale de Jean Jaurès à Bessoulet et à Paris, aux côtés de Louise, épouse discrète, est sans nuage, en dépit de ce qui se dit parfois ou se murmure. Louise Jaurès aide fréquemment son mari en lui servant de secrétaire. Sa vie sociale à Paris est très réduite. Louise n'accompagne que très rarement Jean Jaurès dans les réceptions, déjeuners et dîners. D'une santé relativement fragile, Louise se sent nettement mieux à Bessoulet, dans un environnement rural, qui lui apparaît plus reposant et apaisé que celui de Paris.

L'effacée Louise Jaurès joue néanmoins un rôle capital dans l'avenir politique de son mari lors des élections législatives de 1898. Le 8 mai 1898, à la suite de la création de la Verrerie ouvrière d'Albi en 1896, Jean Jaurès est battu dès le premier tour par le marquis de Solages. Le code électoral le permettant, les responsables socialistes proposent alors à Jean Jaurès de se présenter, pour le second tour, dans la circonscription du Ve arrondissement de Paris. Le candidat socialiste, Charles Gras, pratiquement assuré de son élection, accepte, bon gré mal gré, de laisser sa place à l'ex-député de Carmaux. Le mardi 10 mai, à 11 heures, Gérault-Richard apporte à la mairie du Ve la déclaration de candidature de Jaurès. À 13 heures, Jaurès se rend à la mairie et retire sa candidature. Que s'est-il donc passé chez les Jaurès entre 11 heures et 13 heures ? Des sources écrites fournies par un agent secret se faisant appeler « Blanpain » donnent des éléments de réponse : « *C'est sa femme, son beau-père et sa belle-mère qui, en déjeunant, l'ont fait revenir sur son acceptation. Mme Jaurès est cléricale pratiquante, elle a horreur de la politique, elle se vante, et le fait est exact, de n'être jamais allée à la Chambre des députés entendre son mari parler.* [...] *La politique absorbe, tue cérébralement et physiquement son mari ; elle est cause de violentes discussions dans l'intimité. Mme Jaurès a même été jusqu'à menacer son mari de quitter immédiatement le domicile conjugal s'il*

ne reprenait pas sa parole d'acceptation. »
À la suite de la première communion de sa fille, le 7 juillet 1901, Jean Jaurès fait l'objet d'une virulente diatribe dans l'hebdomadaire toulousain *L'École laïque* : il est indiqué qu'outre le fait d'avoir fait sa première communion, sa fille Madeleine serait éduquée dans une école religieuse. L'affaire est montée en épingle, tant du côté de ses adversaires socialistes, que de celui de la droite cléricale.

L'avocat et journaliste Albert Willm déclare notamment : « *Vous ne pouvez pas chaque jour dénoncer les officiers qui vont à la messe, tandis que vous confiez vos enfants aux curés.* [...] *Et bien quoi ! Jaurès, pendant que vous nous faites manger du curé, vous faites bouffer le bon Dieu à votre demoiselle ?* »
Malgré son côté très avenant, Jean Jaurès était très strict en matière d'amitié. Parmi le cercle très réduit de ses amis, il convient de citer son camarade de promotion à l'École Normale Supérieure, Charles Salomon, professeur de khâgne au lycée Condorcet et chargé de cours au collège Sévigné. Charles Salomon fut le grand confident de jeunesse et Jean Jaurès a entretenu avec lui une correspondance régulière.

Jaurès s'adressant aux mineurs de Carmaux (gravure André Rossignol). ▲

Le philosophe et sociologue Lucien Lévy-Bruhl fut aussi un authentique ami. Depuis leur rencontre à l'École Normale Supérieure, Jean Jaurès et Lucien Lévy-Bruhl se voyaient régulièrement. Au nom de cette amitié, Lévy-Bruhl a soutenu financièrement la création de *L'Humanité*. Le bibliothécaire de l'École Normale Supérieure, Lucien Herr, fit également partie du premier cercle d'amis de Jaurès, tout comme Georges Renard, professeur d'histoire du travail au collège de France, ex-directeur de la *Revue Socialiste*. Parmi ses camarades socialistes, Jean Jaurès se lie d'amitié avec René Viviani qui était président du Conseil au moment de son assassinat. Alexandre Millerand fut également un proche en dépit de ses prises de position qui eurent le don d'irriter bon nombre de socialistes. À un degré moindre, le futur président de la République Vincent Auriol et Léon Blum peuvent également être considérés comme des amis.

Jean Jaurès était un épicurien et un bon vivant qui était connu pour avoir un solide appétit. Ses préférences gastronomiques allaient vers les copieux plats du terroir : pâté de campagne, écrevisse, poularde, magret de canard, rôti de bœuf, tête de veau, etc. Jean Jaurès avait une prédilection pour la poule farcie, un mets qui lui était systématiquement servi lors des repas qui accompagnaient ses venues dans les villages de sa circonscription. Jean Jaurès appréciait aussi le bon vin.

Statue de Jean Jaurès à Suresnes.

Jean Jaurès était très certainement le politicien le plus cultivé et le plus lettré de son époque. C'était un lecteur boulimique, très assidu de la bibliothèque de la Chambre des députés, un authentique dévoreur de livres. Dans les couloirs du parlement, il était régulièrement aperçu avec un volume à la main ou dépassant de la poche de son veston. En 1961, Vincent Auriol écrivait : *« Sa mémoire et son intelligence étaient aussi vastes qu'était prodigieuse sa culture. Il lisait Virgile et Ovide dans le texte latin, Homère et Platon dans le texte grec. »* À la tribune, il prenait plaisir à agrémenter ses discours de citations littéraires issues, notamment, de ses multiples lectures d'œuvres classiques.

En ces derniers jours du mois de juillet 1914, en raison des risques de guerre avec l'Allemagne qui se précisent de plus en plus, Jean Jaurès mène son combat pacifiste à un rythme effréné. Le 25 juillet, Jaurès est à Vaise, dans le cadre de l'élection législative partielle de la 6e circonscription de Lyon. Il y prononce un discours contre la guerre qui fera date. Le 29 juillet, il se rend à Bruxelles pour la réunion du Bureau international socialiste. À 20 h 45, lors d'un meeting dans la salle du Cirque royal, Jean Jaurès prend la parole devant 7 000 personnes. Le 30 juillet, il arrive en train à Paris, en début de soirée. En ce 31 juillet 1914, Jean Jaurès s'active à un rythme effréné : à 10 heures, il reçoit son ami Lucien Lévy-Bruhl ; à 11 heures, il se rend au siège de *L'Humanité* ; à 14 h 30, il est au Palais-Bourbon ; à 16 heures, il apostrophe le ministre de l'Intérieur, le radical Louis Malvy ; à 18 heures, il décide d'aller voir, au Quai d'Orsay, le président du Conseil René Viviani, qui ne peut le recevoir ; à 19 heures, il rencontre le sous-secrétaire d'État aux Affaires étrangères Abel Ferry ; à 20 heures, il est au siège de *L'Humanité* ; à 20 h 55, il arrive au Café restaurant du Croissant pour souper avec plusieurs de ses proches ; à 21 h 40, alors que le repas s'achève et que Jaurès déguste une tarte aux fraises, le rideau brise-bise de fenêtre, derrière Jaurès, s'ouvre et Raoul Villain tire deux balles, pratiquement à bout portant. À 20 h 50, le docteur Rio Branco, dépêché sur place, prononce lentement ces mots : *« Messieurs, M. Jaurès est mort ! »*

Émile Jolibois

Un archiviste érudit, passionné par l'histoire et les arts

Claude-Émile Jolibois, communément appelé Émile Jolibois, a profondément marqué de son empreinte l'histoire du métier d'archiviste, profession ingrate et méconnue. Depuis plus d'un siècle, les chercheurs, historiens, généalogistes et autres paléographes qui ont fréquenté les salles de lecture de l'hôtel Carbonel à la préfecture du Tarn à Albi, puis rue du Général Giraud et enfin avenue de la Verrerie, l'ont considéré comme le plus important archiviste que le département du Tarn ait connu.

Émile Jolibois est né le 6 mai 1813 à Chaumont, département de la Haute-Marne. Il fait ses études secondaires au collège de la ville et obtient une place d'employé de mairie le 14 octobre 1830. En 1832, il est chargé de classer les archives communales. Devenu bachelier ès lettres, il est définitivement nommé aux fonctions d'archiviste de la ville de Chaumont.

En 1838, Émile Jolibois est membre de la commission des Antiquités de la Côte-d'Or et se fait connaître en publiant une étude très particulière sur la diablerie à Chaumont. L'année suivante, il devient professeur en classe de 4e puis de 3e au collège de Rethel. Il enseigne ensuite l'histoire à Sedan, Tours et Colmar jusqu'en 1849. Durant ces années-là, l'érudit Jolibois publie un nombre important de travaux historiques, ce qui lui vaut d'être admis à l'Académie nationale de Reims en 1842 et à la Société historique et archéologique de Langres quelques années plus tard.

Le Prince Louis-Napoléon Bonaparte ayant été élu à la présidence de la Deuxième république le 10 décembre 1848, les opinions du savant professeur de Colmar lui valent d'être mis en disponibilité le 8 août 1849. Dès lors, Émile Jolibois se tourne vers le journalisme et collabore, jusqu'en 1859 à différents journaux : *Le Rhin*, puis le *Républicain du Rhin* et enfin le *Républicain alsacien*. Devant la précarité de sa situation de journaliste et après avoir envisagé un temps de revenir dans l'enseignement, il est nommé archiviste du département du Tarn le 22 août 1859. À Albi, Émile Jolibois retourne à sa passion première : l'archivistique, et notamment la collecte, le classement, la conservation et la description des fonds d'archives. Dès sa prise de fonction au dépôt des archives départementales du Tarn, dans l'hôtel Carbonel, rue Timbal, Émile Jolibois découvre des archives communales et départementales sans rangement, et dans le plus grand désordre. En avril 1894, lui rendant hommage, son ami l'historien albigeois Auguste Vidal résume ainsi ce que le nouvel archiviste trouva : « *Peu de personnes peuvent se faire une idée du fouillis que formaient les Archives départementales au moment où Jolibois y pénétra.* [...] *De cet amas de matériaux qui jonchaient le plancher des salles, il allait faire un monument bien ordonné.* » Il entame alors un travail gigantesque, démontrant des talents d'organisateur rigoureux, méthodique et entreprenant.

Émile Jolibois. ▲

À ce titre, on peut lire sur le site internet des Archives départementales du Tarn, à la rubrique « Émile Jolibois » : « *Il rédige un récolement où il prend en compte les lacunes et l'état de désordre des séries. Sa priorité est donnée à l'accroissement des collections, intégrant notamment les archives judiciaires d'Ancien Régime. Il procède à une inspection méthodique des principales archives communales dès 1859 et entreprend leur classement. Il agit avec la même volonté et la même politique de dépôt pour les archives hospitalières, tout en sollicitant des dons. Passionné par l'histoire sociale du Moyen âge, il prend parfaitement conscience de son rôle en matière de sauvegarde des chartriers privés et des minutiers de notaires.* »

N'étant pas archiviste de profession, Émile Jolibois réussit brillamment le 16 février 1863 l'examen d'aptitude à ce métier. En 1864, il a doublé le volume des archives historiques et est à l'origine de la création d'une bibliothèque historique. En 1877, le scrupuleux et méthodique historien publie une statistique relative à l'accroissement des archives depuis 1848. Il y répertorie 6 229 articles, soit 1 633 registres, 1 000 liasses et 2 806 pièces de parchemins. Entre 1873 et 1883, il rédige 3 tomes intitulés « *Inventaire sommaire des*

▲ *Salle de lecture des Archives départementales du Tarn.*

Archives départementales» dans lesquels il inventorie les différentes séries de documents.

Le lieu où Émile Jolibois se sentait le plus à l'aise était son petit cabinet d'archiviste situé au second étage de la préfecture tarnaise. Au premier abord, il paraissait froid et rigide et était la parfaite illustration de l'image d'Épinal de ces bibliophiles représentés, tenant parfois les livres si près de leur visage qu'ils donnaient l'impression de les manger. Au XVIIIe siècle, pour les qualifier, le critique littéraire allemand Gotthold Ephraim Lessing avait utilisé la métaphore «*vers de bibliothèque*» ! Dans l'édition du 5 avril 1894 du quotidien *L'Express du Midi* et dans l'hommage que lui a rendu son ami l'écrivain albigeois et avocat parisien Jules Rolland, on le décrit ainsi : «*Avec sa barbe et ses longs cheveux blancs, il avait l'allure et la physionomie qui convenait à ce milieu. Quand il passait grave et méditatif, courbé sous le poids des jours et des années, c'était bien une sorte de prêtre qui apparaissait, le prêtre du passé, chargé de veiller à des dépôts sacrés, de donner asile aux débris des siècles et plus particulièrement aux manifestations de l'âme et de l'esprit humain.*»

Ce chrétien converti au protestantisme en décembre 1852 était un historien émérite, un grand homme de culture et un ami des arts. En novembre 1875, Émile Jolibois prend l'initiative de lancer une «*Revue historique, littéraire et scientifique du département du Tarn*», en abrégé *Revue du Tarn*. En 1878, il fonde la Société des Sciences Arts et Belles-Lettres du Tarn (SSABLT), société dite savante dont il occupe le poste de secrétaire perpétuel. Sous son impulsion, la *Revue du Tarn* est mise sous le patronage de la SSABLT et devient le lien indispensable entre ses membres dont bon nombre écrivent dans ses colonnes, où figurent également les comptes-rendus des séances de la Société.

Celui qui produisit d'importants travaux de recherche scientifique et une activité archivistique hors du commun s'éteint à Albi le 31 mars 1894. Émile Jolibois, qui créa l'Église Réformée à Albi, dont son fils devint pasteur en 1880, avait pour devise : « *Fais ton devoir, Dieu fera le reste.* »

Emmanuel de Las Cases

Mémorialiste et compagnon de Napoléon à Sainte-Hélène

Le nom du marquis Emmanuel de Las Cases est étroitement lié à l'empereur Napoléon Ier, qu'il accompagna dans son exil à l'île de Sainte-Hélène et à son ouvrage *Le Mémorial de Sainte-Hélène* publié en 1823. Marie-Joseph-Emmanuel-Auguste-Dieudonné de Las Cases vient au monde le 21 juin 1766, au lieu-dit Las Cases, commune de Blan, située à une vingtaine de kilomètres de Castres, à proximité de la Haute-Garonne. Il est le dix-septième descendant d'un seigneur espagnol venu en France à la suite de la future reine Blanche de Castille au XIIIe siècle. Le père d'Emmanuel, François-Hyacinthe, était parti à l'âge de treize ans sur les champs de bataille. À son retour en 1765, il épouse Jeanne Naves de Ranchin, jeune

La commune de Blan dans le Tarn. ▼

fille de quinze ans qui lui donne trois enfants, dont Emmanuel. Dans la campagne lauragaise, l'enfance du petit tarnais est relativement heureuse. Après des études au collège bénédictin de Sorèze, sa tante Jeanne-Marque de Berny, propose à son père que ce neveu frêle, chétif et de faible constitution, quelque peu mal dégrossi, soit placé, à l'âge de huit ans, au collège militaire de Vendôme.

En 1780, il entre à l'École militaire de Paris. Après deux années d'études, étant trop petit pour entrer dans la cavalerie (il mesurait un mètre cinquante), Emmanuel choisit la marine afin de devenir officier. À l'École d'application navale de Brest, il s'initie à la cartographie. Nommé aspirant à bord de *L'Actif*, il participe aux campagnes de la flotte franco-espagnole contre la Royal Navy, dans le cadre de la guerre de l'Indépendance américaine. En 1784, Emmanuel de Las Cases accomplit une mission d'inspection à Saint-Domingue à bord du *Téméraire*. Rentré trop tardivement en France, il ne peut participer à l'expédition de La Pérouse pour laquelle il avait été retenu.

De 1787 à 1789, Las Cases poursuit une carrière de marin transatlantique et séjourne en Martinique et à Sainte-Lucie. Il retourne en France durant l'été 1789, en pleine Révolution française. Le royaliste Emmanuel de Las Cases fait le choix de l'émigration et rejoint, en 1790, l'armée de Condé à Worms puis la cour des

frères de Louis XVI à Coblence. À l'automne 1791, les troupes de Condé étant intégrées à l'armée prussienne du duc de Brunswick, Las Cases franchit la frontière et participe au désastreux siège de Thionville. La retraite de l'armée de Condé et l'avancée des révolutionnaires français contraignent Las Cases à se réfugier à Londres. Durant ses années d'exil outre-Manche, il se consacre à l'enseignement du français au sein de la haute société londonienne et à l'écriture d'un *Atlas historique.* Il fait la connaissance de lady Clavering, une Orléanaise née Claire Gallais qui avait épousé quelques années plus tôt un jeune lord anglais et devient son amant.
En août 1799, le Languedocien effectue un séjour clandestin de plusieurs mois en Bretagne. Il y retrouve Henriette de Kergariou qu'il avait connue il y a onze ans en Martinique et avec qui il échangeait une correspondance épistolaire. Après s'être marié devant un prêtre réfractaire, il retourne en Angleterre, laissant Henriette enceinte. En mai 1802, à la suite du traité de paix d'Amiens avec l'Angleterre et de l'amnistie des émigrés, il regagne la France… en compagnie de lord et lady Clavering. Las Cases ne retrouvera son épouse et son fils qu'en… 1808. Profitant quelque peu de la fortune de lady Clavering, il se consacre à l'édition française de son *Atlas historique* qui lui permet de vivre très correctement.
L'Empire proclamé le 18 mai 1804, Emmanuel de Las Cases, comme nombre d'anciens émigrés, se rallie à Napoléon. Grâce à Joséphine de Beauharnais, épouse de Napoléon qui lui accorde une audience, il écrit une lettre de soumission à l'Empereur et il se porte volontaire lors du débarquement anglais à Flessingue, le 2 septembre 1809. Il accède au grade de capitaine à l'état-major du général d'Hartrel. De retour à Paris, Las Cases est nommé chambellan de la maison de l'Empereur le 21 décembre 1809.
En 1810, sur les instances de lady Clavering, Las Cases fait venir sa femme et son fils à Paris. Le 27 juin 1810, il sollicite et obtient les fonctions d'auditeur au Conseil d'État. Dès lors, il entame une ascension fulgurante dans les sphères napoléoniennes. Le 15 août, il devient baron de l'Empire et comte le 16 décembre. En août 1811, il décline l'offre d'Hortense de Beauharnais, fille de l'impératrice Joséphine, de devenir le précepteur de ses deux fils (dont le futur

Napoléon III), préférant poursuivre sa carrière au Conseil d'État. Durant les années qui suivent et plus encore au retour de la campagne de Russie de 1812, Las Cases est l'exemple type de la fidélité sans faille à l'Empereur Napoléon. Après la chute de ce dernier, le 3 avril 1814 et son exil forcé à l'île d'Elbe, il se retire de la vie publique et part pour l'Angleterre où il travaille à une nouvelle édition de son *Atlas historique*. À la suite du retour de Napoléon de l'île d'Elbe le 1er mars 1815, Las Cases regagne la France. Le lendemain de l'entrée de l'Empereur dans Paris et de son arrivée aux Tuileries le 20 mars 1815, et durant la période dite des « Cent jours », Las Cases reprend son service de chambellan à ses côtés. Le 23 mars, il est nommé conseiller d'État. À la suite de la défaite de Waterloo du 22 juin 1815 et à la seconde abdication de Napoléon, il va rester à ses côtés presque jusqu'à la fin de sa vie.

Emmanuel de la Cases demande à partager les épreuves de l'empereur déchu et obtient le droit de le suivre dans son exil à Sainte-Hélène, île de l'Océan Atlantique située au large de l'Angola. Son fils Emmanuel Pons de Las Cases l'accompagne. Le 7 août 1815, Napoléon et sa suite montent à bord du navire *Bellerophon* en direction de Sainte-Hélène. À son bord, Las Cases commence à noter les premiers souvenirs de Napoléon. À compter du 9 septembre 1815, toujours en mer, l'Empereur procède à des dictées de récits.

Le comportement affable de Las Cases, son érudition et sa qualité d'écoute sont

La statue d'Emmanuel de Las Cases à Lavaur.

appréciés par l'Empereur. Le 7 août, Napoléon embarque sur un nouveau navire, le *Northumberland*. Après un voyage de plusieurs mois, il arrive à Sainte-Hélène le 15 octobre 1815. Une vingtaine de personnes suivent Napoléon dans cet exil. Aux côtés du comte Las Cases (le seul homme qui parle parfaitement anglais) et de son fils, il y a là, notamment, le général et grand maréchal du Palais Bertrand, accompagné de son épouse et de leurs trois enfants, ainsi que les généraux de Montholon, avec sa femme et son fils, et Gourgaud. Napoléon ne peut se promener librement que dans un périmètre restreint et sous la surveillance de plusieurs militaires britanniques. Sir Hudson Lowe, le gouverneur de l'île gardée par trois mille hommes et quatre navires, est un geôlier impitoyable, obsédé par la crainte d'une évasion de Napoléon. Les dictées de Napoléon à Las Cases continuent.

L'intimité dont jouissait Las Cases auprès de l'Empereur attire les critiques et les jalousies de certains des exilés qui le surnomment « Le Jésuite » ou « L'Extase ». En novembre 1816, Las Cases confie au serviteur James Scott, une lettre clandestine pour lady Clavering,

▲ *Napoléon dictant au comte Las Cases le récit de ses campagnes.*

dans laquelle il dénonce les conditions de détention de l'Empereur. Celui-ci en informe sir Hudson Lowe qui, le 21 novembre, fait arrêter Las Cases et son fils Emmanuel. Après que les 925 pages de manuscrits soient confisquées et mises au secret, ils sont expulsés de l'île de Sainte-Hélène le 31 décembre 1816. Ce ne fut qu'au bout de six mois qu'ils peuvent rentrer en Europe. Refusés en Angleterre, en France, aux Pays-Bas et en Autriche, ils vivent, jusqu'en juillet 1921, entre Cologne, Francfort, Mannheim, Liège, Bruxelles et Anvers. Durant cette période, Las Cases rédige des notes sur la captivité de Napoléon à Saint-Hélène et sur l'histoire de l'Empire.
Fin juillet 1821, Las Cases obtient l'autorisation de revenir en France. Il arrive à Paris le 15 août et achète une petite maison avec jardin à Passy. En 1822, il rentre en possession de ses manuscrits et entame la rédaction des 8 volumes du *Mémorial de Sainte-Hélène ou journal où se trouve consigné jour par jour tout ce qu'a dit et fait Napoléon durant dix-huit mois* (du 20 juin 1815 au 25 novembre 1816). Ses forces et sa vue commencent à décliner. Après le décès d'Henriette, victime de l'épidémie de choléra de 1832, sa fille Ofrésie lui fait office de secrétaire et se charge, en 1835, de l'édition du *Mémorial*.
Après la chute du roi Charles X, il est élu député de la Seine en 1831. Il perd son siège aux élections de 1834 et le retrouve en 1839. En 1840, malade et presque aveugle, il est contraint de renoncer au voyage du retour des Cendres de Napoléon. Emmanuel de Las Cases s'éteint le 14 mai 1842, à l'âge de soixante-quinze ans.

Élisa Lemonnier

Fondatrice de l'enseignement professionnel féminin

Il est fort probable que très peu d'habitants de la rue Élisa Lemonnier dans le 12e arrondissement de Paris sachent qui est réellement cette personne. En effet, la traditionnelle plaque de rue sur fond bleu entouré de vert ne porte aucune mention sous le nom. Dans ce même arrondissement, un lycée polyvalent spécialisé dans les métiers de la coiffure, de la mode et de la beauté, situé 20 avenue Armand-Rousseau, s'appelle aussi Élisa Lemmonier. De quoi donner envie de découvrir qui se cache derrière ce personnage...
Marie-Juliette Élisa Grimailh est née le 24 mars 1805, à Sorèze, dans le Tarn, au sein d'une famille protestante estimée et guère fortunée. Avec leurs trois garçons et leurs deux filles, Jean Grimailh et Etiennette Rosalie Aldebert mènent une vie simple et laborieuse. En 1817, à la suite du décès de Jean Grimailh, la mère d'Étiennette Rosalie vient s'installer dans la maison familiale avec sa fille et ses petits-enfants. L'adolescente Élisa est mise en pension à la Sabartarié, commune proche de Sorèze, chez une cousine, Marie de Nairac épouse Saint-Cyr de Barrau, femme du monde peu argentée, mais cultivée et qui reçoit énormément. Durant trois ans, elle prend en charge son éducation, lui inculquant un fonds de connaissances, une première formation intellectuelle et l'art des bonnes manières. Revenue à Sorèze pour parachever des études, Élisa Grimailh intègre le collège que fréquentaient ses frères. C'est dans les salons de François Ferlus, directeur du collège de Sorèze, qu'en 1827, elle rencontre Charles Lemonnier, un jeune professeur de philosophie âgé de 22 ans et adepte du saint-simonisme.

Le saint-simonisme était un mouvement de pensée réformateur, influent au XIXe siècle, qui proposait de bâtir le bonheur de l'humanité sur le progrès de l'industrie et de la science.

À l'origine de cette théorie, il y a Claude Henri de Rouvroy, comte de Saint-Simon (1760-1825) qui met en place une doctrine des classes sociales dans laquelle il oppose une majorité de travailleurs exploitée à une minorité d'exploiteurs, notamment les oisifs, les propriétaires-rentiers et toutes les personnes qui n'entreprennent pas. Inspiré par les principes de la foi en l'Homme et en la technique, le saint-simonisme se proposait de créer les conditions inédites d'une société nouvelle, fraternelle et pacifique.
Charles Lemonnier était un disciple de Jacques Rességuier, le principal propagateur de la «*religion nouvelle*» dans le département du Tarn et dans le Languedoc. Les lois de la Restauration l'obligeant d'abjurer le protestantisme pour pouvoir enseigner, Charles Lemonnier préfère se démettre de sa chaire de professeur à la fin de l'année 1828. À l'issue d'une formation en droit à Paris, il devient avocat tout en continuant de servir la cause saint-simonienne. Charles se marie avec Élisa Grimailh à Sorèze le 22 août 1831.
De 1835 à 1845, les Lemonnier vivent à Bordeaux où Charles exerce le métier d'avocat. Il est resté un saint-simonien fidèle et son épouse s'est convertie à cette idéologie humaniste. Les revenus du couple étant modestes, Élisa fait des petits travaux de couture

Élisa Lemonnier. ▲

pour améliorer l'ordinaire. Vers la fin de septembre 1844, Charles et Élisa prennent en charge Flora Tristan, femme de lettres, militante socialiste et féministe. Elle s'éteint à leur domicile le 14 novembre 1844.

Au terme de l'année 1845, grâce à l'intermédiaire des frères Pereire, amis saint-simoniens, Charles se voit proposer le poste de directeur du contentieux du chemin de fer du Nord. La famille s'installe à Paris et Élisa découvre le faste de la capitale, mais aussi son autre face : la misère et la pauvreté d'une grande partie de la population. Dès lors, elle décide de vouer sa vie aux nécessiteux : « *Un jour, l'idée de glorification du travail traversa mon esprit comme un éclair.* » La Révolution de février 1848 est un élément déclencheur chez madame Lemonnier. Elle vit intensément ce mouvement de révolte : elle en partage les espérances, mais elle en mesure également les conséquences désastreuses pour l'emploi.

Après le 26 juin 1848 et l'écrasement des forces révolutionnaires, Élisa Lemonnier s'intéresse aux ateliers féminins créés pour combattre le chômage et fonde elle-même un atelier de couture, qui va permettre à plus de 200 mères de famille d'avoir un métier et donc un revenu. Il faut fournir les hôpitaux et les prisons de Paris en cou-

▲ *L'enseignement à destination des jeunes filles au XIX*e *siècle.*

vertures et vêtements. Mais au bout de deux mois, l'initiative est sabordée par ses ennemis politiques. À travers ce drame, Élisa prend conscience des difficultés rencontrées liées à l'absence de formation en couture de la plupart des femmes employées. Dès lors, naît chez elle la conviction de fonder un enseignement professionnel pour les femmes.

En juin 1848, avec douze autres militantes féministes, elle crée l'Union fraternelle des travailleuses. Élisa n'a de cesse de répéter aux femmes qu'elle côtoie : « *N'attendez pas que les hommes agissent pour vous ; agissez donc vous-mêmes, et quand ils vous verront à l'œuvre, ils commenceront à vous prendre au sérieux.* »

En 1852, âgée de 47 ans, elle parvient à convaincre quelques amies de financer avec elle les études professionnelles en Allemagne de trois jeunes filles. Madame Lemonnier se met en quête de nouveaux soutiens et récolte suffisamment d'argent pour créer, le 2 mai 1856, la « Société de protection maternelle », qui va permettre de payer, en Allemagne et à Paris, les études de huit jeunes femmes désargentées. À partir de mai 1862, Élisa Lemonnier propose à ses sociétaires d'aller plus loin et de fonder une école professionnelle laïque pour les adolescentes. C'est ainsi qu'est créée, le 1er octobre 1862, la « Société pour l'enseignement professionnel des femmes ». Elle s'ouvre dans un petit local, au 9 rue de la perle, dans le troisième arrondissement de Paris. La première « école Lemonnier » vient de naître !

Le cours d'Élisa Lemonnier est un externat, bon marché et laïque, qui accueille les élèves de 8 heures à 18 heures. On y donne un enseignement général, un enseignement professionnel commun et un enseignement spécialisé : couture, lingerie, dessin sur étoffe, gravure, commerce, peinture sur porcelaine. Après l'examen de sortie, les anciennes élèves sont placées par l'école elle-même qui a plus de demandes d'emploi que d'offres à proposer.

La première année, 15 élèves sont accueillies. La seconde année, ce sont

150 élèves qui s'inscrivent. Les locaux étant devenus trop étroits, l'institution déménage au 29 rue du Val Sainte-Catherine. L'année suivante, un nouvel établissement est ouvert au 72 rue Rochechouart. L'exemple des « Écoles Élisa Lemonnier » fera des émules en Suisse puis en Belgique et en Italie.

Élisa Lemonnier meurt le 5 juin 1865 à Paris, à l'âge de 60 ans. Après l'avènement de la troisième république en septembre 1870, les gouvernements successifs vont suivre le mouvement en faveur d'un véritable apprentissage d'un métier pour les femmes et donc d'une authentique possibilité d'autonomie sociale et financière. Le 21 décembre 1880, le député Camille Sée, ami de Jules Ferry, fait adopter une loi qui officialise l'enseignement professionnel féminin. En 1882, la municipalité de Paris ouvre des écoles publiques qui mettent en place l'emploi du temps et les programmes des « établissements Lemonnier ».

Jacques Limouzy

Un aventurier de l'administration et de la politique

C'est ainsi que se définissait celui qui fut une des figures les plus marquantes de la ville de Castres, tant par ses années passées à la tête de la sous-préfecture tarnaise et sur les bancs de l'Assemblée nationale, que par ses différentes fonctions gouvernementales. Avec son verbe irrésistible et son humour railleur, Jacques Limouzy était également un personnage atypique dans ce milieu aux codes bien arrêtés.

Les maisons sur l'Agoût à Castres.

Jacques Limouzy est un authentique « enfant du pays », né le 29 août 1926 à Castres et décédé dans cette même cité le 7 novembre 2021. Du primaire au secondaire, il fait toute sa scolarité à Castres : en primaire à l'institution Saint-Joseph, cursus secondaire au collège Saint-Joseph, puis au lycée Jean Jaurès. Il effectue des études de droit à la faculté de Toulouse. Licencié en droit, titulaire du certificat d'aptitude à la profession d'avocat (CAPA), il entre à l'École Nationale d'Administration (ENA) en 1956. Diplômé en 1958 de ce prestigieux établissement, Jacques Limouzy débute alors une carrière de haut fonctionnaire de l'État : chef de cabinet du préfet de l'Aurès en Algérie, en 1958 et 1959, directeur du cabinet du préfet du Doubs en 1959, préfet de la Somme en 1960, sous-préfet, chargé des affaires économiques de la Région Picardie en 1964.
Gaulliste de cœur et de conviction, il adhère très tôt à l'Union pour la nouvelle République (UNR), parti politique créé le 1er octobre 1958 en soutien à l'action du général de Gaulle. Jacques Limouzy commence un parcours politique comme chargé de mission au cabinet du ministre de l'Intérieur Roger Frey en 1966, dans le gouvernement.
Devenu un des leaders de l'UNR dans le Tarn, il se présente aux élections législatives des 5 et 12 mars 1967, dans la 2e circonscription, celle de Castres. Il l'emporte de justesse au second tour face au candidat radical Louis Brives, soutenu par la Fédération de la gauche démocrate et socialiste. L'année suivante, dans le raz-de-marée gaulliste issu de mai 1968, il est brillamment réélu au second tour, le 30 juin 1968, toujours opposé à Louis Brives. Jacques Limouzy restera député jusqu'en 2002 sous la bannière de l'UDR puis du RPR, sauf entre 1981 et 1986, lorsque la vague socialiste résultant de la victoire de François Mitterrand aux élections présidentielles du 10 mai 1981, balaye bon nombre de barons de la droite républicaine.
Repéré pour ses compétences dans la maîtrise des dossiers et son talent d'orateur à l'Assemblée nationale, Jacques Limouzy est nommé, le 20 juin 1969, secrétaire d'État auprès du Premier ministre, chargé des relations avec le Parlement du gouvernement Jacques Chaban-Delmas, poste qu'il occupera jusqu'au 5 juillet 1972.

Entre temps, ayant acquis une incontestable popularité dans sa ville de Castres, il est élu tout naturellement en tant que premier magistrat en 1971, succédant à l'avocat Lucien Coudert, figure du radicalisme tarnais. En 1977, à la surprise générale, il est battu de justesse par le docteur Jean-Pierre Gabarrou, à la tête d'une liste d'union de la gauche. À la suite du décès de celui-ci en 1985, en cours de man-

dat, Jacques Limouzy redevient maire de Castres de 1989 à 1995.
De 1973 à 1981, Jacques Limouzy est à plusieurs reprises membre des gouvernements Pierre Messmer puis Raymond Barre : secrétaire d'État auprès du ministre de l'Éducation nationale, du 5 avril 1973 au 27 mai 1974 ; secrétaire d'État auprès du Premier ministre, chargé des relations avec le parlement du 6 avril 1978 au 22 mai 1981.
Le nom de Jacques Limouzy devient célèbre dans tout l'Hexagone, à la suite de son intervention durant la séance de l'Assemblée

Jacques Limouzy à son bureau de maire. ▲

nationale du mercredi 18 mai 1977, qui fut une grande première en matière d'objets exhibés par les députés depuis la tribune de l'hémicycle. Lors du débat sur les «*importations sauvages de diverses catégories de marchandises*», en sa qualité de rapporteur d'une commission d'enquête parlementaire, il n'hésite pas à brandir devant les députés deux bikinis, l'un fabriqué en France et l'autre en Asie ! Une manière insolite et humoristique d'appuyer ses propos sur les différences de prix entre les produits français et ceux provenant de l'Asie du Sud-Est.

Voici un extrait de l'intervention de Jacques Limouzy qui figure dans le compte rendu intégral de la séance du 18 mai 1977, paru au *Journal Officiel de la République française* du jeudi 19 mai 1977 : «*(l'orateur montre aux députés quelques articles de textile léger). Voici le maillot de bain français. Voici le maillot de bain fabriqué en Corée du Sud et copié sur le modèle français : seule la couleur est différente. Il est livré au Havre venant de Séoul, au prix de 5 francs tarif extérieur compris. Le modèle français est identique. Mais pour le fabriquer, il faut déjà compter 5 francs de matières premières si bien qu'avant même de commencer le travail et sans avoir rétribué les ouvriers et les techniciens, le prix de vente du modèle coréen est déjà atteint.*»

Limouzy était lié depuis l'école primaire par une amitié indéfectible à l'industriel Pierre Fabre, créateur d'un des plus grands groupes pharmaceutiques français basé à Castres. Les deux hommes contribueront à faire prospérer la sous-préfecture du sud du Tarn, au moment de la baisse de l'activité textile.

Autre moment fort de son parcours politique, Jacques Limouzy, alors ministre, fonde en 1973 le parc naturel régional du Haut-Languedoc avec une équipe de scientifiques. Il était en effet important, à cette époque, de protéger et valoriser ce territoire rural de moyenne montagne, extrêmement riche sur le plan de la faune et la flore, avec des paysages à vous couper le souffle. Son périmètre couvre alors une superficie de 300 000 hectares et se trouve à cheval sur 64 communes héraultaises et 54 communes tarnaises. En un demi-siècle d'existence, ce parc naturel a fait l'objet de très nombreuses opérations de défense du patrimoine.

Homme d'une très grande culture, fondateur en 1977 de l'hebdo-

madaire *La semaine de Castres*, Jacques Limouzy a publié plusieurs ouvrages, parmi lesquels il convient de mentionner *Révolte des illettrés : désastres et tribulations des pédagogies nouvelles* ; *La Nation française*; *Émile Combes le fondateur spirituel de la laïcité : du séminaire de Castres à la loi de 1905*.

En 2001, il s'était confié à Gilles Carles, rédacteur en chef de l'hebdomadaire *Tarn Libre* : «*J'ai toujours aimé lire et écrire. De San Antonio à Plutarque, j'ai 600 volumes dans ma bibliothèque, dans lesquels je pioche suivant mes humeurs. Je suis issu d'une formation classique latin-grec, ce qui m'a permis un jour au Parlement de répondre en grec... à un député qui m'apostrophait en latin!*»

Paysage des monts de Lacaune au sein du parc naturel régional du Haut-Languedoc. ▲

Augustin Malroux

Un député et résistant qui n'a jamais renié ses convictions

Durant la Seconde Guerre mondiale, le Tarn a été une terre de résistance avec de nombreux maquis qui se sont opposés à l'occupation allemande. Parmi les résistants tarnais notoires, aux côtés de Guy de Rouville, Maurice Redon, Robert Montpezat, Charles d'Aragon..., figure un homme politique qui a fait preuve de courage et d'abnégation : Augustin Malroux.

Il voit le jour le 5 avril 1900 à Blaye-les-Mines au sein d'une famille de mineurs, son père Jean et ses oncles travaillant aux houillères. Sa mère Rosalie est blanchisseuse. Après avoir fréquenté l'école primaire de son village puis l'école supérieure d'Albi, Augustin Malroux entre à l'École normale d'instituteurs de Toulouse, promotion 1917-1920. Ses idées politiques socialistes s'affirment. Après avoir effectué son service militaire, il est nommé en 1922 à l'école primaire publique de Saint-Pierre-de-Cadix, puis à Cadix en 1923. De 1922 à 1926, sportif émérite passionné par le ballon ovale, Augustin Malroux est capitaine du Football Club carmausin, l'un des deux clubs de rugby de la cité minière. Le 28 août 1923, il épouse l'institutrice Paule Mauriès. De 1928 à 1936, le couple Malroux enseigne à Lafenasse, au centre du Tarn, à proximité de Réalmont.

Ayant adhéré à la SFIO, il crée une section à Lafenasse en 1928 et en assure le secrétariat. Militant très actif au sein de la fédération socialiste du Tarn, Augustin Malroux s'oppose à la ligne réformiste prônée par Louis Fieu, très influent maire de Carmaux et surtout par le député-maire d'Albi, Laurent Camboulives. Le 4 février

1934, à la suite de son action contre les éléments « droitiers » de la SFIO et après la scission des néo-socialistes, il est nommé secrétaire fédéral. Une carrière politique s'ouvre désormais à lui. Augustin Malroux se présente aux élections municipales de mai 1935 et devient maire de Blaye-les-Mines.

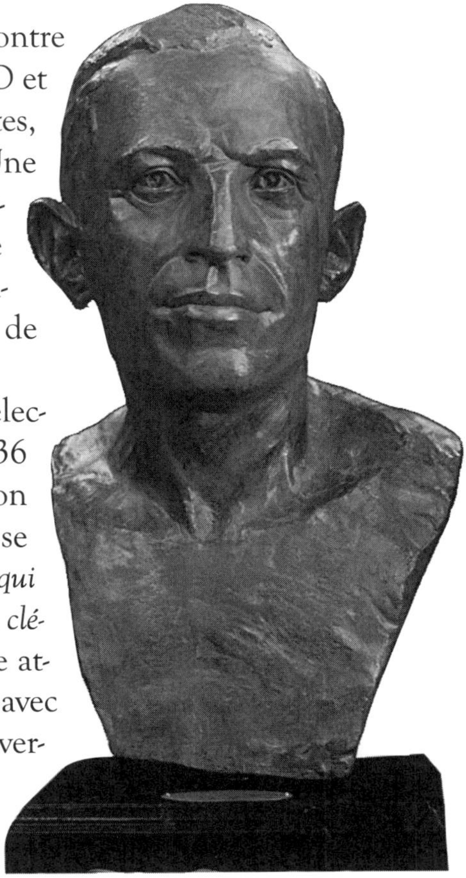

Sur la lancée, il est candidat aux élections législatives d'avril-mai 1936 dans la première circonscription d'Albi. Dans son programme, il se fait connaître comme « *un homme qui ne pactisera jamais avec une réaction cléricale et nationaliste* ». Contre toute attente, il l'emporte au second tour avec 7 853 voix contre 7 599 à son adversaire radical.

À l'Assemblée nationale, il siège à plusieurs commissions : administration départementale et cantonale, mines et force motrice, suffrage universel et aéronautique. À la suite d'une tournée de propagande dans le nord de l'Algérie, le député Malroux est violemment attaqué par la presse d'Oran pour ses positions anticolonialistes.

Le 27 février 1940, il se fait remarquer lors du débat d'interpellation demandé par Léon Blum sur l'organisation et le fonctionnement de la censure. Il critique les excès de celle-ci, qui, sous prétexte d'union nationale, fait preuve de la plus grande fermeté envers les thèses et les opinions de gauche, particulièrement en matière de laïcité. Cependant, elle omet d'exercer son contrôle sur les journaux d'extrême droite. Au cours de cette séance, Augustin Malroux est pris à partie par un certain nombre de députés de droite, notamment par Philippe Henriot : « *Il vous restera le triste mérite d'avoir le premier pris la parole pendant cette guerre contre l'union nationale* ».

Le buste d'Augustin Malroux réalisé par le sculpteur Eugène Kosine. ▲

À Vichy, le 10 juillet 1940, Malroux figure parmi les 80 députés qui refusent de voter les pleins pouvoirs au maréchal Pétain. Le même jour, il écrit une lettre à son épouse et à ses deux filles : « *Ceci est mon testament politique. Je veux que plus tard vous sachiez qu'en des heures tragiques, votre Papa n'a pas eu peur de ses responsabilités et n'a pas voulu, quelles que soient ses craintes, être parjure à tout ce qu'il a appris puis enseigné dans la vie. J'ai été élevé dans l'amour de la République. Aujourd'hui on prétend la crucifier. Je ne m'associe pas à ce geste assassin. Je reste un protestataire. J'espère le rester toute ma vie pour être digne de ceux qui m'ont précédé.* »

Dès lors, Augustin Malroux va entrer en résistance. En septembre 1940, à Paris, il participe à la réunion constitutive du Comité d'action socialiste pour la zone Nord et est chargé des liaisons avec les départements du Centre et de l'Ouest. Il est en contact régulier avec le député socialiste Louis Noguères qui a été envoyé en résidence forcée à Argentat pour s'être lui aussi opposé au vote des pleins pouvoirs à Pétain. Il met son appartement parisien à la disposition du comité exécutif du Parti socialiste pour ses réunions. Le 9 juillet 1941, il est révoqué de ses fonctions de maire de Blaye-les-Mines par le gouvernement de Vichy.

Peu de temps après, il est membre du réseau Confrérie Notre-Dame Castille et de l'OCM (Organisation civile et militaire). En août 1941, il est arrêté une première fois lors d'un franchissement clandestin de la ligne de démarcation et est interné durant une semaine à

Représentation d'un camp de concentration, extrait d'une fresque de Nicolaï Greschny (église Saint Hilaire à Fréjeville, dans le Tarn). ▼

Toulouse. Au début de l'année 1942, Augustin Malroux est chargé de constituer un groupe de combat pour Libération Nord, un des principaux mouvements de résistance. En parallèle et dans la clandestinité, il travaille à la réorganisation du Syndicat des instituteurs avec notamment ses amis résistants Georges Lapierre et René Paty. Dans son *Histoire de la Résistance en France*, le journaliste et historien Henri Noguères résume parfaitement son activité de résistant : « *Malroux s'était, de lui-même, assigné une triple mission et il s'en est acquitté, avec un infatigable courage jusqu'au sacrifice suprême. Constamment en déplacement, se partageant la tâche avec Suzanne Buisson et Froment, il maintenait la liaison avec les parlementaires socialistes qui, pour des raisons diverses, n'étaient plus libres de leurs mouvements, et qui, comme Froment et lui n'avaient pas démérité (...) De plus il effectuait, en dépit de la ligne de démarcation, de fréquentes navettes entre les deux zones, ce qui lui avait permis de compter parmi les quelques "historiques" des deux premiers noyaux des Comités d'action socialiste : CAS-zone nord et CAS-zone sud. Enfin, dès la création du mouvement de résistance "Libération" en zone sud, il avait établi et maintenu, de la même façon, une liaison permanente entre Libé-Sud et Libé-Nord.* »

Le 2 mars 1942, il est arrêté à Paris en même temps que les résistants Georges Lapierre et René Paty et se voit emprisonné à Fresnes. Le 15 septembre 1943, Augustin Malroux est déporté en Allemagne, au camp de Neuenkirchen, près de Sarrebruck, puis à celui de Bergen Belsen, où il meurt le 10 avril 1945, à l'âge de 45 ans.

Lucien Mias

Légende du rugby français et médecin novateur

L'une des façons de se rendre compte de la notoriété d'un rugbyman de haut niveau est de se référer aux journaux de la presse sportive. Concernant le Tarnais Lucien Mias, l'hebdomadaire *Midi Olympique* lui attribua l'oscar du meilleur joueur du championnat de France de rugby en 1954 et 1959. Le quotidien *L'Équipe* le désigna « Champion des champions français » en 1959. Sa renommée faisait qu'il était l'égal du footballeur Raymond Kopa, des athlètes Michel Jazy et Alain Mimoun, du cycliste Louison Bobet.

Lucien Mias au tournoi des Cinq Nations dans le crunch de février 1951.

Surnommé « Docteur Pack » en raison de ses fonctions de médecin généraliste à Mazamet et de sa science du jeu d'avants, il a marqué un tournant dans les techniques rugbystiques. Les ordonnances administrées sur les terrains par ce deuxième ligne de devoir et leader charismatique n'avaient rien de thérapeutiques ! Mais cette « grande gueule »,

comme le définissaient les journalistes sportifs d'alors, cet avant au jeu rugueux, respectait ses adversaires. Il était un authentique humaniste au sens premier du terme, à l'image des actions qu'il a accomplies dans le domaine de la médecine.
Lucien Mias est né le 28 septembre 1930 à Saint-Germain-de-Calberte en Lozère. Après avoir été instituteur dans l'Aude, ce fils de gendarme entreprend, tardivement, des études de médecine et termine major de sa promotion à la faculté de Toulouse. Il évolue à l'Étoile Sportive Narbonne, puis effectue l'essentiel de sa carrière rugbystique au Sporting Club Mazamet. À 20 ans, Lucien Mias fait ses débuts internationaux dans le mythique stade Yves-du-Manoir à Colombes, le 13 janvier 1951, face à l'Écosse (14-12), dans une équipe commandée par Guy Basquet.

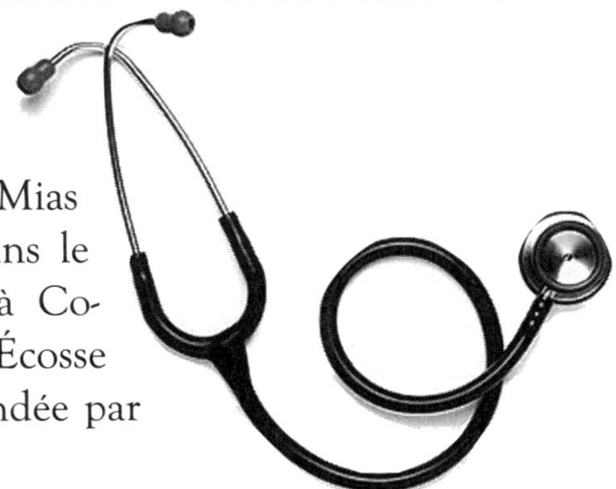

De 1951 à 1959, Lucien Mias dispute 29 matchs au poste de deuxième ligne du XV de France dont il sera le capitaine à 6 reprises. Il participe à six éditions du Tournoi des Cinq Nations, de 1951 à 1954, en 1958 et en 1959. Il a remporté le tournoi en 1954 et 1959. Afin de pouvoir continuer ses études de médecine, il met sa carrière internationale entre parenthèses de 1954 à 1957. Son doctorat en poche, Mias reprend du service avec l'équipe de France en décembre 1957 après s'être délesté de 20 kilos. Il prend sa retraite internationale le 18 avril 1959, à l'issue d'un match perdu contre l'Irlande (9-5) au stade de Lansdowne Road à Dublin. Lors de cette rencontre, il formait l'attelage de seconde ligne avec le Cadurcien Bernard Momméjat, qui évoluera au Sporting Club Albigeois à compter de 1961.
Dans l'histoire du rugby français, Lucien Mias restera plus particulièrement le premier capitaine à avoir conduit, le 16 août 1958, le XV de France à la victoire (9-5) lors du second test-match en Afrique du Sud, à l'Ellis Park de Johannesburg, face aux redoutables Springbooks. Ce jour-là, dans un combat héroïque, le docteur de Mazamet et capitaine des Tricolores a galvanisé ses troupes et a très

certainement fourni la plus grande prestation de sa carrière de rugbyman. La France entrait dans l'histoire en étant la première nation à vaincre les Springbooks chez eux dans une série de tests, l'Afrique du Sud ayant concédé le nul (3-3) au Cap le 31 juillet 1958.

Pour l'anecdote, il convient de signaler que le 15 août 1958, veille du second test-match, l'écrivain et journaliste sportif Denis Lalanne l'avait, selon ses dires, croisé totalement saoul dans un couloir de l'hôtel où résidait le XV de France. Le capitaine des Tricolores venait de boire une demi-bouteille de rhum pour... soigner ses sinus. Plus tard, l'épicurien Lucien Mias contesta la version du chroniqueur sportif, expliquant n'avoir bu qu'un grog préparé par le personnel de l'hôtel.

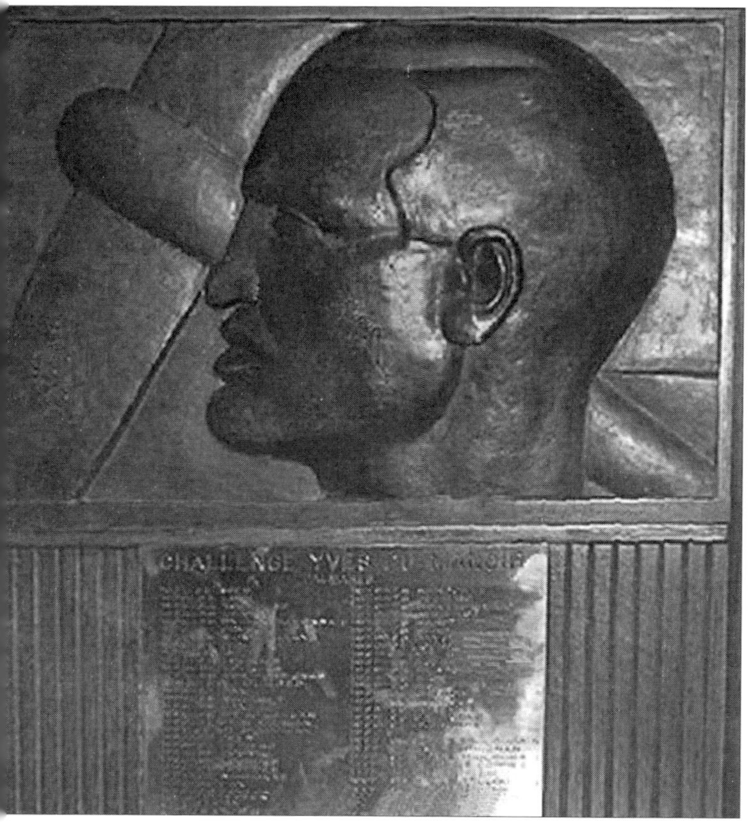

Avec le SC Mazamet, Lucien Mias dispute la finale du championnat de France de 1957-1958 contre le FC Lourdes et sa pléiade d'internationaux. C'est pour lui une défaite amère (35-8) concédée face à une équipe dont le capitaine est une autre figure charismatique du ballon ovale : Jean Prat, surnommé « Monsieur Rugby ». Néanmoins, il se consolera avec la victoire en challenge Yves du Manoir, en 1958, acquise contre le Stade montois, compétition dont il fut finaliste en 1955 et demi-finaliste en 1960, toujours avec Mazamet.

Faute d'avoir pu soulever le Bouclier de Brennus, Docteur Pack

▲ *Trophée du Challenge Yves du Manoir.*

gagna ses titres de noblesse par sa vision du jeu et son sens tactique. Il est considéré comme le révolutionnaire du jeu d'avants. Lucien Mias fut à l'origine du principe du « demi-tour contact ». Explications du journaliste Richard Escot dans l'édition du quotidien *L'Équipe* du 13 mai 2024 : « *Franchir le plus vite possible la ligne d'avantage sans souci du spectacle, et administrer des percussions dos tourné pour assurer au partenaire lancé à hauteur une bonne transmission de balle. On lui doit aussi la touche en mouvement, combinaison d'avants qui sera copiée ensuite par les All Blacks, permettant de percuter rapidement la défense adverse.* »
Le docteur Lucien Mias souhaitait que l'on ne résume pas sa vie uniquement à sa carrière rugbystique. Médecin généraliste à Mazamet de 1959 à 1987, c'est à compter de 1970 qu'il s'intéresse aux soins à prodiguer aux personnes âgées. Chef du service gériatrie de l'hôpital de Mazamet jusqu'à son départ à la retraite en 1996, il a révolutionné la prise en charge des aînés.
Avec ses nouvelles fonctions hospitalières, il prend conscience du besoin impératif d'intégrer de l'humanité au cœur du système de santé. Lucien Mias s'investit totalement dans une approche thérapeutique innovante et relationnelle des résidents. Il est à l'origine d'un projet prônant la personne âgée comme un « être bio-psycho-socio-culturel » et non un « être bio-mécanique. » Il est l'un des premiers à utiliser le terme d'« *humanitude* » (inventé par le professeur Albert Jacquard). Il convient de mettre à son actif la création de la première unité de soins de longue durée.
Après son départ à la retraite, il réalise en février 1997 le site internet Papidoc devenu aujourd'hui une référence en matière de gériatrie humaniste moderne. Papidoc est également un modèle dans le domaine de la gérontologie. « *Nous avons inventé des pratiques mais nous avons beaucoup emprunté aux travaux des soignants canadiens en avance en ces temps-là*, précisait Lucien Mias. *Nous avons voulu que les "soignants de terrain" d'autres établissements ne perdent pas de temps à réinventer ce que nous avions mis au point.* »
Lucien Mias, âgé de 93 ans, s'est éteint le 13 mai 2024 à Mazamet.

Eudoxe-Irénée Mignot

Prélat intellectuel et progressiste

En raison de son rôle départemental, mais également national, monseigneur Mignot a été le prélat tarnais le plus marquant des XIXe et XXe siècles. Son ouverture d'esprit et sa très grande compétence dans les domaines théologiques et bibliques l'ont classé parmi les évêques français de son temps les plus impliqués dans la crise moderniste qu'ait connu la religion catholique.

Eudoxe-Irénée Mignot naît le 20 septembre 1842 à Brancourt-le-Grand dans l'Aisne. Son père est instituteur dans cette petite localité située à une trentaine de kilomètres de Cambrai et sa mère est très pieuse. Initié très tôt au latin et au grec, il entre en 1856 en classe de quatrième au petit séminaire Saint-Léger de Soissons. Quatre ans plus tard, en octobre 1860, il poursuit ses études au grand séminaire Saint-Sulpice d'Issy-les-Moulineaux. Il s'y imprègne de la pensée christologique de John Henry Newman et des thèses évolutionnistes du paléontologue Albert Gaudry. Bien que sensible

Panorama d'Albi et de sa cathédrale où officia monseigneur Mignot pendant 20 ans. ▼

aux exigences scientifiques modernes, il n'en demeure pas moins attaché aux formes classiques et traditionnelles de la foi chrétienne, notamment en matière de liturgie gallicane, de plain-chant vocal et de port du rabat.

Eudoxe-Irénée Mignot est ordonné prêtre à Arras le 23 septembre 1865 par l'évêque de Soissons. Il est successivement professeur au petit-séminaire, vicaire, desservant, aumônier et curé doyen dans différentes paroisses. Un pèlerinage en Terre Sainte va le sensibiliser aux questions bibliques. Il est nommé vicaire général de l'évêque de Soissons en 1885, puis archidiacre de Laon en 1887.

Le prélat Mignot continue son ascension dans les hautes sphères ecclésiastiques : le 6 juin 1890, il est choisi pour devenir évêque de Fréjus, sur préconisation du pape Léon XIII ; le 7 décembre 1899, il est intronisé évêque d'Albi. Au préalable, en 1896, en raison de son profond attachement à Léon XIII, il avait reçu de celui-ci les titres d'assistant au trône pontifical, de Prélat de Sa Sainteté et de comte romain.

Dès sa première année dans le Tarn, monseigneur Mignot s'attache les services de l'abbé Louis Birot en qualité de vicaire général, lequel est une figure éminente du catholicisme démocratique et social. Tous deux partageaient la même vision humaniste selon laquelle l'Église se devait de se réconcilier avec son temps. Eudoxe-Irénée Mignot pense que la société dite « moderne » n'est pas a priori hostile au catholicisme et estime que les recettes anciennes, notamment le néothomisme (affirmation fondamentale de l'Être comme réalité universelle) ne peuvent mener qu'à des impasses.

Tout comme son collaborateur Louis Birot, monseigneur Mignot considère que l'Église ne doit pas être inféodée à un parti politique. Selon lui, les représentants du clergé doivent faire preuve de neutralité et s'abstenir d'intervenir lors de joutes partisanes. En 1901, devant les membres de l'institut catholique de Toulouse, il prononce un discours qui va faire date et asseoir son autorité en matière de théologie.

Il se lie d'amitié avec l'abbé Alfred Loisy auteur en 1902 de *L'Évangile et l'Église*, ouvrage considéré comme le déclencheur de la crise moderniste qui traversa l'Église catholique dans la première décennie du XXe siècle. Son œuvre a ouvert la voie à l'application de la méthode historico-critique pour l'exégèse de la Bible. Bien que ne partageant pas la totalité des thèses modernistes de Loisy, Mignot est un des rares membres de l'épiscopat français à le soutenir, au nom de l'estime qu'il lui porte. Cependant, après la condamnation du modernisme d'Alfred Loisy par le pape Pie X, lequel l'excommunie en 1908, l'évêque albigeois se détache progressivement de tout soutien à cet abbé en avance sur son temps.

Durant la période de la préparation, de l'adoption et de l'application de la loi du 9 décembre 1905 relative à la séparation des Églises et de l'État, monseigneur Mignot adopte une attitude de conciliation. Il recommande aux congrégations du diocèse d'Albi

▲ *Mgr Eudoxe-Irénée Mignot.*

de se séculariser et désapprouve un bon nombre de catholiques qui, pour des raisons politiques, réfutent les inventaires des églises.
Du 30 mai au 1er juin 1906, à Paris, en sa qualité de secrétaire général de l'assemblée générale de l'épiscopat, il fait entériner un projet d'associations fabriciennes, relatives à l'administration des paroisses et compatible avec la loi de 1905. Il s'attire ainsi les foudres du pape Pie X qui était opposé à toute forme de compromis. Ceci n'empêche pas Mignot de continuer son action de rapprochement entre les différentes couches de la société. C'est pourquoi en 1909, lors de la grève des délaineurs de Mazamet, il n'hésite pas à aller à la rencontre des ouvriers pour leur demander, non pas d'arrêter leur mouvement, mais de s'abstenir de tout recours à des actions violentes.
Indubitablement, l'évêque d'Albi occupe une place très particulière au sein du corps épiscopal français de la fin du XIXe siècle et du début du XXe. Ceci au regard de sa stature intellectuelle, de son charisme, de ses prises de position courageuses et surtout de son obstination à faire admettre la nécessité d'une rénovation de la théologie qui se doit de prendre en compte le développement des sciences survenu au XIXe siècle.
En 1962, dans son livre *Histoire, dogme et critique dans la crise moderniste*, l'historien Émile Poulat a livré une remarquable synthèse de l'action de l'évêque albigeois Eudoxe-Irénée Mignot :
« *Regrettant la condamnation de Dreyfus, hostile à l'Action française et défenseur du Sillon, Mignot est un prélat à la fois exceptionnel et discuté, un intellectuel et un progressiste qui se distingue de l'épiscopat français dans son ensemble.* [...], *mais également compromis dans la crise moderniste par son amitié avec Loisy* ». Monseigneur Mignot peut être considéré comme l'un des précurseurs du rapprochement entre l'Église catholique et la société moderne.
Il s'est éteint le 18 mars 1918 à Albi.

Jean-Joseph Moussaron

Juste parmi les Nations

La médaille des Justes est décernée par l'Institut Yad Vashem de Jérusalem aux personnes non juives qui ont sauvé des juifs durant l'occupation allemande de 1939 à 1945, au péril de leur vie. Le dimanche 4 juillet 2010, monseigneur Jean-Joseph Moussaron, qui fut archevêque d'Albi de 1940 à 1956, fut reconnu comme « Juste parmi les Nations » et de ce fait, il s'est vu décerner, à titre posthume, la médaille et le diplôme d'honneur. Il a fait partie de ces religieux courageux qui n'ont pas hésité à se dresser contre la politique menée par le gouvernement de Vichy.

Jean-Joseph-Aimé Moussaron est né dans le Gers à Tournecoupe le 11 mai 1877, au sein d'une modeste lignée paysanne issue de la petite noblesse gasconne, qui perdit le peu de privilèges qu'elle avait après la chute des comtes d'Armagnac. Ses parents artisans-cordonniers l'élèvent dans la foi catholique et veillent à son instruction. Alors qu'il est âgé de sept ans, la famille déménage à Lamothe, près de Mauvezin, où ses parents ont hérité d'une propriété agricole. Le curé du village facilite l'entrée au petit séminaire d'Auch de cet enfant intelligent et pieux.

À l'issue de brillantes études au petit séminaire, où il se distingue notamment en rhétorique, Jean-Joseph Moussaron intègre le grand séminaire et se fait remarquer par sa très grande piété et son profond humanisme. Il est ordonné prêtre le 14 juillet 1901 par monseigneur Mathieu Victor Balaïn, archevêque d'Auch. Favorablement impressionné par ce jeune homme très dévot et cultivé, l'ecclésiastique le recommande auprès des autorités religieuses de l'Institut catholique de Paris, afin qu'il puisse parachever ses études théologiques. Remarqué par un de ses professeurs, l'abbé Jean Verdier, futur archevêque de Paris, il se lie d'amitié avec lui.

Jean-Joseph Moussaron revient dans le Gers en qualité de professeur au petit séminaire d'Auch. En parallèle, il prépare une licence ès lettres à l'Institut catholique de Paris. En 1904, il est nommé premier vicaire de la paroisse Saint-Gervais de Lectoure, toujours dans le Gers, où il officiera jusqu'en 1929. Dans le contexte d'anticléricalisme lié à l'adoption et à l'application de la loi du 9 décembre 1905 relative à la séparation des Églises et de l'État, Moussaron fait preuve de clairvoyance et d'apaisement, dépassant les conflits idéologiques. Il se tient notamment en retrait de la querelle opposant laïques et catholiques.

En 1909, il prend part à l'implantation dans le Gers de l'Action catholique de la jeunesse française (ACJF). Durant la Première Guerre mondiale, il est mobilisé en tant qu'infirmier sur le front de l'Ouest jusqu'en 1916, puis à l'hôpital militaire d'Agen. Après le 11 novembre 1918, l'abbé Moussaron se fait un devoir de participer à toutes les cérémonies patriotiques et de donner des messes commémoratives de l'Armistice. À la messe du 11 novembre, il ajoute la messe de la fête du Travail, célébrée en

Mgr Jean-Joseph Moussaron.

septembre lors de la foire-exposition de Lectoure.
En 1924, il devient archiprêtre de Lectoure, puis il est nommé évêque auxiliaire d'Auch le 9 octobre 1929. Poursuivant son ascension dans la hiérarchie ecclésiastique, le 20 août 1936, il est intronisé évêque de Cahors. Dans ce diocèse rural, relativement pauvre et vieillissant, il est confronté au problème de la pénurie de prêtres qui affecte la moitié des paroisses. Monseigneur Moussaron se forge un statut de prélat charismatique et atypique, à l'image de sa neutralité face à la victoire du Front populaire aux élections des 26 avril et 3 mai 1936. Dans un même respect du pluralisme, il ne s'oppose pas au gouvernement du radical-socialiste Édouard Daladier.
Le 11 mai 1940, il succède à monseigneur Pierre Célestin Cézerac comme archevêque d'Albi. Dès 1941, Jean-Joseph Moussaron n'hésite pas à afficher sa défiance à l'égard du maréchal Philippe Pétain et se montre circonspect par rapport au régime de Vichy. Il est contre l'engagement des prêtres dans la Légion française des combattants et demande aux catholiques de ne pas y participer de manière active. Dans un même esprit, il fait part de ses réserves concernant le Service du travail obligatoire en Allemagne.
À l'été 1942, il va encore plus loin en protestant ouvertement contre les violations des droits de l'homme résultant des rafles du Vélodrome d'Hiver (Vél' d'Hiv') des 16 et 17 juillet, puis de celles de la « zone libre » du 26 août. Il est rejoint en cela par cinq autres prélats de la zone sud : Mgr Gerlier, archevêque de Lyon, Mgr Saliège, archevêque de Toulouse, Mgr Delay, évêque de Marseille, Mgr Théas, évêque de Montauban, et Mgr Vansteenberghe, évêque de Bayonne.
Lors des messes du dimanche 20 septembre 1942, célébrées dans les églises du Tarn, une lettre officielle de protestation signée « Jean-Joseph Moussaron, Archevêque d'Albi, Castres et Lavaur » est lue par les prêtres.
Intégralité de la missive :
« Nos très chers frères,
Des circonstances indépendantes de notre volonté ne nous ont pas permis de vous dire plus tôt la peine que nous ont causées les mesures de déportation prises récemment contre les Israélites réfugiés en France.

La cathédrale d'Albi où Jean-Joseph Moussaron fut nommé en mai 1940. ▶

Si dans notre département elles ont été appliquées avec autant de correction et délicatesse qu'il est possible d'en mettre en pareil cas, sur bien des points du territoire on a vu se dérouler des scènes très douloureuses. Des femmes ont été séparées de leurs maris, des enfants de leurs parents. La religion et l'humanité ne peuvent que protester contre cette violation des droits sacrés de la personne humaine et de la famille et cette méconnaissance de la loi divine de la charité.

Et que personne ne voie dans notre parole une atteinte portée au loyalisme que nous devons au Gouvernement et que nous n'avons cessé de recommander. Le Gouvernement n'est pas en cause. Loin d'avoir pris l'initiative de ces mesures aussi contraires à la tradition française qu'à l'esprit chrétien, il les a subies comme une conséquence de la défaite.

Au surplus, c'est servir son œuvre de redressement que d'affirmer, à l'heure où des catholiques même risqueraient de les oublier, les principes qui sont inscrits dans l'Évangile, que l'Église a toujours défendus et sans lesquels il n'est pas de vraie civilisation.

Prions Dieu, nos très chers frères, d'accorder bientôt à la France et au monde des jours meilleurs où les hommes, quels que soient leur race et leur pays, sauront se reconnaître et se traiter comme des frères.

† Jean Joseph, Archevêque d'Albi, Castres et Lavaur ».

Ne se contentant pas d'un appel public, monseigneur Moussaron organise clandestinement son diocèse afin que les juifs pourchassés par l'Occupant soient accueillis par l'Église et ses fidèles. En ce sens, il ordonne ainsi aux institutions catholiques tarnaises d'ouvrir leurs portes aux réfugiés juifs et à leurs familles. Seize institutions catholiques appliquent les instructions du prélat en leur offrant l'hospitalité, mais en abritant également des résistants.

Le 12 juin 1944, Jean-Joseph Moussaron est arrêté par la Gestapo, au motif qu'il a refusé de prendre les mesures de sanction demandées par la Wehrmacht

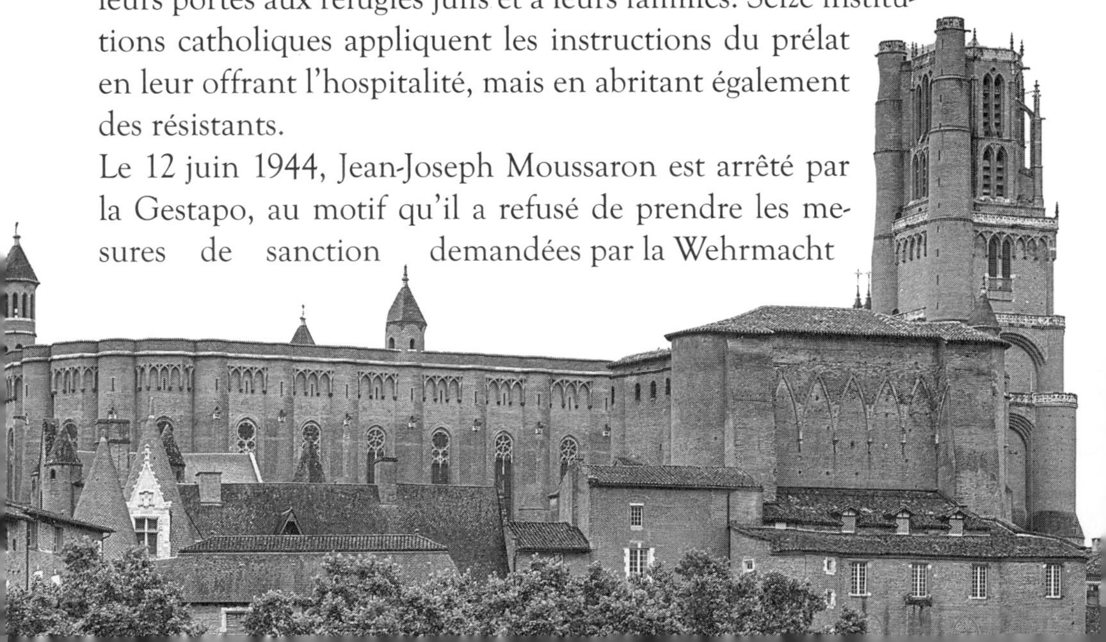

à l'encontre d'un curé doyen qui avait célébré les obsèques d'un officier de l'Armée Secrète tué par les Allemands. Il est interné à la prison Saint-Michel de Toulouse, puis libéré au bout de neuf jours grâce à l'intervention de la supérieure du Bon Sauveur, de la sœur économe et du médecin militaire allemand antinazi de la prison. Monseigneur Moussaron est décédé à Paris le 10 mars 1956. Ses obsèques sont célébrées le 15 mars, en présence d'une foule immense, de dix-neuf évêques, de plusieurs personnalités et des représentants des gouvernements français, belges et espagnols.

Marie-Louise Murat

Sœur Saint-François dite « Sœur mitraillette »

Les vieux adages « *Il faut se méfier des apparences* » et « *L'habit ne fait pas le moine* » se vérifient totalement pour Marie-Louise Murat. Née le 13 juin 1899 à Toulouse, elle est l'enfant d'Uranie Louise Murat, une mère célibataire émigrée espagnole qui exerçait le métier de domestique. N'ayant pas les moyens financiers d'élever sa fille, celle-ci se voit contrainte, au bout de quelques années, de la placer dans une maison bourgeoise de Gironde, non loin de Bordeaux, chez le médecin Pierre Mauriac. Ce dernier n'est autre que le frère de François Mauriac, alors à l'aube d'une immense carrière littéraire. La jeune fille grandit au domaine de Malagar, propriété de la famille Mauriac, sur la commune de Saint-Maixant, à proximité de Langon.

Le docteur Pierre Mauriac envisage pour elle un futur métier dans la sphère médicale. Les Mauriac étant très catholiques, Marie-Louise bénéficie d'une solide instruction religieuse. En 1921, sur les conseils de François

Sœur mitraillette.

Mauriac qui est devenu un romancier, essayiste et poète de renom, elle prononce ses vœux et l'année suivante, elle entre à la congrégation des Pauvres Filles de Jésus, à Massac-Séran, dans le Tarn, en plein cœur du Lauragais, non loin de Lavaur. En 1923, Marie-Louise Murat obtient son diplôme d'infirmière et fait ses débuts à la clinique Jaur à Albi puis, de 1924 à 1930, elle exerce à l'hôpital Pasteur à Perpignan. En 1930 et durant quatre ans, elle est infirmière à la clinique Pasteur de Béziers. Le 7 septembre 1931, elle prononce ses vœux définitifs et devient sœur Saint-François, religieuse franciscaine et infirmière.

En 1934, elle est affectée à l'Hospice Saint-François à Graulhet, dans le Tarn. Elle est formée par sœur Sophie et sœur Thimothée, toutes deux nées Marfaing et de la même fratrie dans le civil, qui se succèdent dans les fonctions de directrice de l'établissement. Au contact de ces deux religieuses présentes aux côtés des soldats durant la guerre 1914-1918, elle perfectionne sa vocation de sœur soignante totalement vouée à la charité chrétienne. Son travail consiste à traiter les patients, à assister les nécessiteux et à conseiller les pauvres. Sœur Saint-François bouscule les codes authentifiés, n'hésitant pas à aller quêter aux domiciles des riches familles graulhetoises afin d'avoir des fonds pour prendre en charge les malades démunis.

L'Hospice Saint-François de Graulhet est désormais son lieu de vie, et tout naturellement, elle en devient directrice en 1940. Après la signature de l'armistice du 22 juin 1940, la zone libre, partie du territoire français située au sud de la ligne de démarcation et de la zone occupée par l'armée allemande, est sous l'autorité du gouvernement de Vichy dirigé par le maréchal Pétain. Les troupes françaises doivent être démobilisées et désarmées. En réponse aux appels des 18 et 22 juin 1940 du général de Gaulle demandant à tous les « Français libres » de continuer le combat, la résistance s'organise en zone libre.

Sœur Saint-François rejoint celles et ceux qui, secrètement et dans la clandestinité, vont aider les maquisards à recouvrer une grande quantité des armes et munitions stockées. Elle achemine des plis relatifs au camouflage et à la récupération de cet arsenal militaire. Elle entre en contact avec les chefs de la Résistance du sud du

Tarn : le groupe Toutyva de Fernand Farssac, le maquis graulhetois Lulu du groupe Vény avec pour chef le colonel André Naudy, le groupe Vendôme du colonel Pierre Vandeven, le réseau américain Mission Jean. Elle ravitaille les maquisards, leur remet de fausses pièces d'identité, achemine des armes et des munitions. Comment fait-elle pour ne pas être inquiétée ou arrêtée ? Son principal atout est son habit marron et blanc, et son ample et large robe de bure possédant plusieurs poches intérieures. Il inspire indéniablement une certaine confiance. Qui oserait imaginer qu'une « bonne sœur » transporte tout un attirail militaire ?

Le 11 novembre 1942, les troupes allemandes envahissent la zone libre. Sœur Saint-François entre en clandestinité et devient un agent officiel de liaison de la Résistance. Elle est amenée à effectuer des missions de plus en plus périlleuses, risquant sa vie à maintes reprises. Pour avoir donné suite à l'acheminement, sous ses habits de religieuse, d'un pistolet mitrailleur en pièces détachées, les maquisards l'affublent du surnom de « Sœur Mitraillette » ! À la Libération, elle obtient le certificat d'appartenance aux Forces Françaises de l'Intérieur.

En 1946, sœur Saint-François, alias donc « Sœur Mitraillette », se rend aux États-Unis dans le but de rapatrier son neveu et ancien

Les FFI lors de la libération de Graulhet, le 18 août 1944. ▲

maquisard, le sergent André Boulet, atteint de tuberculose, afin de le faire soigner en France. Pour cela, elle a reçu une dispense spéciale de L'Église et du gouvernement français. Sa démarche est diffusée par la presse qui dévoile au grand jour le parcours original et jusque-là anonyme de cette religieuse hors norme. Le journal *Soir-Express* en fait sa une : « *Le voyage de la petite Sœur. 9000 kilomètres pour sauver un malade* ». Le phénomène médiatique « Sœur Mitraillette » embarrasse l'Église. Son ordre religieux lui reproche d'avoir plusieurs fois rompu le vœu d'obéissance et d'avoir fait courir des risques à des tiers sans le consentement de sa hiérarchie. Sœur Saint-François est exclue de l'ordre des Franciscains, ses occupations parareligieuses ayant enfreint les règles de sa communauté.

Malgré cela, « Sœur Mitraillette » décide de rester à Graulhet où elle s'installe comme infirmière libérale au 20 rue Pasteur. Elle refuse d'abandonner son habit de religieuse franciscaine et continue de soigner les petites gens et les indigents.

Ses activités de résistante et son appartenance aux Forces Françaises de l'Intérieur du 1er janvier 1943 au 23 août 1944 sont officiellement reconnues en 1947. Elle obtient la Croix de Guerre avec étoile vermeil et la médaille de la Résistance. Le 17 mars 1949, elle est promue au grade de Chevalier de la Légion d'honneur. En 1971, le titre d'Officier de la Légion d'honneur lui est remis.

Elle milite très énergiquement pour que la halle aux grains de Graulhet soit rebaptisée du nom de Jean Moulin, héros de la Résistance. En 1979, fatiguée et usée, elle arrête son métier d'infirmière et est admise à l'Hospice Saint-François où elle a tant donné. Grâce aux multiples interventions du Tarnais Gaston Vedel, héros de la Résistance, fait Compagnon de la Libération et pionnier de l'aérospatiale, Sœur Saint-François est réintégrée dans son ordre religieux en 1982. Elle s'éteint à l'hospice le 12 avril de cette année-là. Quelques mois plus tard, la rue de l'Hospice prend la dénomination de rue Sœur Saint-François.

Guillaume de Nautonier

Pasteur, astronome et géographe du roi Henri IV

À Castelfranc, commune de Montredon-Labessonnié, le château du début du XVIIe siècle, inscrit aux Monuments historiques et qui fut bâti en 1610 par Guillaume de Nautonier, est un édifice patrimonial hors du commun. Cette construction rectangulaire est cantonnée d'une tour carrée ceinturée d'une galerie de bois qui contient un chef-d'œuvre : le plus ancien observatoire astronomique de France ! De Nautonier de Castelfranc dit Le Nautonier, géographe passionné d'astronomie, avait fait construire, tout près de sa demeure, ce site scientifique à usage privé. Il est le fils de Pierre de Nautonier, trésorier général des finances de l'Église réformée de Lacaze. Guillaume naît en 1560 dans une famille aisée de confession protestante et récemment anoblie. Il reçoit une solide éducation en mathématiques, géographie et astronomie. Durant son adolescence, il se familiarise avec les traités de géométrie, de mathématiques et de cosmo-

Portrait de Guillaume de Nautonier (1607).

graphie. Il se signale par ses remarquables aptitudes en algèbre et en trigonométrie. Le destinant à embrasser une carrière religieuse, son père l'envoie à l'académie de Lausanne, en Suisse, pour parfaire sa formation théologique. En parallèle, Guillaume de Nautonier entame des recherches en mathématiques et plus particulièrement dans le domaine de l'astronomie. Il entreprend également des voyages en Italie, en Hollande, au Danemark et au Portugal, afin d'approfondir ses travaux.

De retour en France et à Castelfranc en 1583-1584, il devient pasteur à Vénès, à Montredon à compter de 1587 et à Réalmont en 1590, un an après l'accession d'Henri IV au trône de France. Le Nautonier commence des recherches sur l'aiguille aimantée ou aiguille marine, qui a la propriété de pointer le fer vers le nord. Il passe une très grande partie de ses journées dans une pièce du château, entouré de traités d'arithmétique et de géométrie, d'astrolabes, de lentilles et de boussoles. Son attention se porte plus particulièrement sur la petite aiguille, « *ce petit lopin de fer qui semble vivre et avoir jugement* » selon ses propres termes. Il formule une hypothèse basée sur le magnétisme terrestre et sur l'existence de deux pôles

Belvédère du château de Castelfranc de Montredon-Labessonnié.

magnétiques. À partir de cela, il met au point ce qu'il appelle des «*lignes d'attouchement*» et qui permettent de déterminer la latitude et la longitude.

En 1593, Le Nautonier publie un premier ouvrage très particulier, intitulé «*Excellents proverbes composés par le Roy Salomon et réduits en lieux communs selon l'ordre de l'alphabet pour le soulagement des lecteurs*».

Guillaume de Nautonier commence des recherches sur l'aiguille aimantée ou aiguille marine, qui a la propriété d'adresser le fer vers le nord.

Dans un article intitulé «*Le château et l'observatoire de Guillaume de Nautonier (1560-1620), seigneur protestant de Castelfranc (Tarn)*», Adeline Béa, chargée de l'inventaire du patrimoine au Conseil d'Architecture, d'Urbanisme et de l'Environnement du *Tarn*, résume ainsi les travaux du pasteur : «*À partir de l'hypothèse du magnétisme terrestre et de l'existence de deux pôles magnétiques, il élabore un système de tables permettant d'établir selon les lois mathématiques les latitudes et longitudes d'un lieu exprimées en degrés, minutes et secondes par le calcul de l'éloignement au nord géographique.*»

Vers la fin du XVIe siècle, Le Nautonier fait la connaissance d'un personnage éminent, un dénommé Maximilien de Béthune, qui deviendra sous le nom de Sully, le principal ministre d'Henri IV. Par la suite, il restera en contact fréquent avec lui. Ayant fait installer, en 1600, une imprimerie dans sa propriété de Vénès, à l'Ourmarié, Guillaume de Nautonier publie un ouvrage, en 1601, qui va assurer sa renommée : *Mécométrie de l'aimant, c'est-à-dire la manière de mesurer les longitudes par les moyens de l'aimant par laquelle il est enseigné un très certain moyen de trouver les longitudes géographiques en tous lieux aussi facilement que la latitude.*

L'œuvre, composée de sept livres, est dédiée au roi de France Henri IV et à son ministre Sully, mais également au souverain Jacques 1er d'Angleterre. Celui intitulé *Mécométrie de l'aimant* devient très rapidement un livre de référence pour les chercheurs européens en matière de science géomagnétique. Il est immédiatement traduit en plusieurs langues et notamment en espagnol, anglais et danois. Les théories de Guillaume de Nautonier vont être d'un grand secours à l'explorateur et l'administrateur colonial Samuel Champlain dans

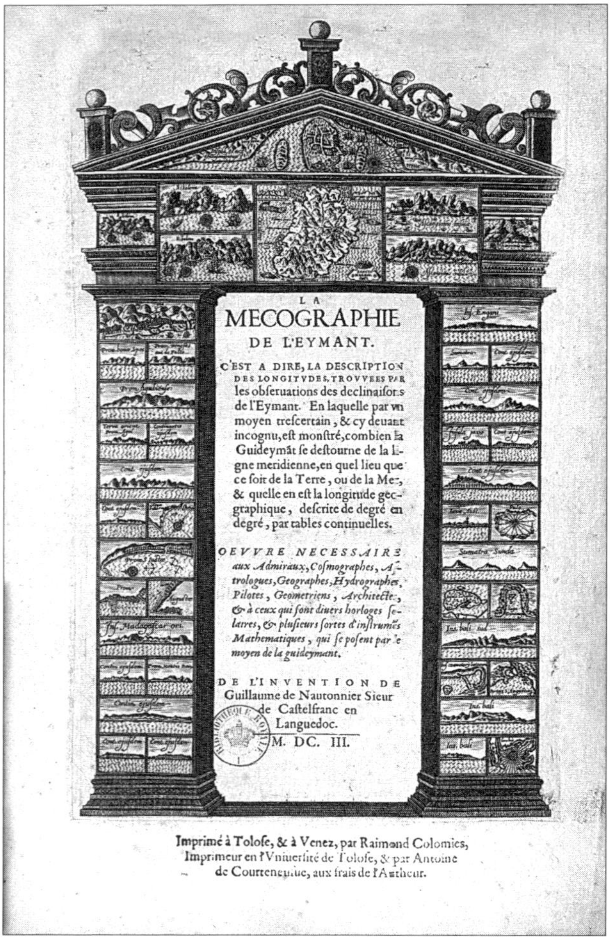

LA
MECOGRAPHIE
DE L'EYMANT.
C'EST A DIRE, LA DESCRIPTION DES LONGITVDES, TROVVEES PAR les obseruations des declinaisons de l'Eymant. En laquelle par vn moyen trescertain, & cy deuant incognu, est monstré, combien la Guideymãt se destourne de la ligne meridienne, en quel lieu que ce soit de la Terre, ou de la Mer, & quelle en est la longitude geographique, descrite de degré en degré, par tables continuelles.
OEVVRE NECESSAIRE aux Admiraux, Cosmographes, Astrologues, Geographes, Hydrographes, Pilotes, Geometriens, Architectes, & à ceux qui font diuers horloges solaires, & plusieurs sortes d'instrumẽs Mathematiques, qui se posent par le moyen de la guideymant.
DE L'INVENTION DE Guillaume de Nautonnier Sieur de Castelfranc en Languedoc.
M. DC. III.

Imprimé à Tolose, & à Venez, par Raimond Colomies, Imprimeur en l'Vniuersité de Tolose, & par Antoine de Courtenenfue, aux frais de l'Autheur.

sa réalisation de la première cartographie du Canada.

En 1609, la renommée de Guillaume de Nautonier lui vaut la reconnaissance d'Henri IV qui lui confère le titre de « Géographe ordinaire du Roi ». C'est la consécration de la carrière du seigneur-astrologue de Castelfranc. Par ailleurs, le monarque ex-protestant converti au catholicisme, le dote d'une pension de 1 200 livres. Cette somme lui permet, l'année suivante, de construire un bâtiment très particulier et très singulier aux abords du château de Castelfranc, sur un des points les plus élevés : un observatoire astronomique. Connu sous le nom de « Tour carrée » et inauguré en 1610, il est l'un des premiers observatoires recensés en France. Guillaume de Nautonier y travaillera jusqu'à son décès.

Il meurt dans son château de Castelfranc, le 16 décembre 1620, entouré de son épouse née Marie Guiraud et de ses dix enfants : deux garçons et huit filles. C'était un personnage hors du commun, malheureusement tombé dans l'oubli. Le pasteur de Castelfranc est le révélateur d'une période très riche de l'histoire de France : celles des années de paix faisant suite à la promulgation de l'Édit de Nantes en 1598. Le Nautonier est le symbole de la vitalité intellectuelle et scientifique qui était propre au milieu protestant de l'époque du roi Henri IV.

▲ *Un ouvrage de référence dans toute l'Europe.*

Louisa Paulin

Icône de la poésie occitane

Louisa Paulin occupe une place à part dans la littérature française et occitane. À Réalmont, cité tarnaise située au centre du département, l'évocation de son nom renvoie immédiatement au collège qui porte ce patronyme. Mais peu d'habitants savent réellement qui est cette femme, hormis certains qui sont en mesure d'indiquer qu'elle est née et a vécu à Réalmont, et qu'elle fut poétesse. Les décennies passant, le temps a fait son œuvre et les souvenirs issus de la tradition orale et de la mémoire collective se sont estompés.

Louisa Paulin est née le 2 décembre 1888 dans une famille de Réalmont où la coutume voulait que l'on parle l'occitan qui était la langue maternelle. Son père Pierre Paulin était cordonnier route de Castres, puis limonadier Place de la Paix. Louisa apprend le français à l'école primaire. En 1904, elle entre à l'École normale d'institutrices d'Albi où elle termine ses études secondaires. À partir de 1907, Louisa occupe divers postes d'enseignante dans plusieurs villages du Tarn : Veilhes, Saint-Sernin-lès-Lavaur, Barre et Salvagnac.

En 1908, elle se marie avec le Réalmontais Louis Baptiste Calcel, avec lequel elle aura trois enfants décédés en bas âge : Pierre, Fernand Louis, André Max. Peu après ces drames, elle découvre qu'elle est atteinte d'une neuropathie amyloïde, maladie génétique qui évolue lentement vers la cécité et la paralysie dont une partie de sa famille mourra également. Après son divorce en date du 7 février 1912, elle est nommée professeure dans l'École supérieure d'Albi puis à celle

de Tulle, poste qu'elle occupe jusqu'en 1930 où la fatigue occasionnée par sa pathologie l'incite à retourner dans le Tarn.
À compter de 1928, c'est en Corrèze qu'elle fait ses premiers pas en littérature en publiant, en français, des essais régionalistes et des contes dans *La Vie Limousine*, revue mensuelle consacrée aux arts, à la littérature, au théâtre, aux actualités, aux sports, au tourisme, aux sciences et à la vie économique. Peu de temps après sa nomination à Albi, sa santé se détériorant, la neuropathie amyloïde l'oblige à prendre sa retraite anticipée en 1932. Elle va alors s'installer dans sa maison familiale à Réalmont, près de sa mère, menant une existence solitaire entièrement tournée vers la poésie.

Dès lors, elle se consacre à l'occitan, sa langue maternelle, qu'elle parlait avec aisance, mais qu'elle ne savait pas écrire. Dans un premier temps, elle se forme auprès du poète occitan albigeois André-Jacques Boussac qui va devenir, en 1936, président de la Société des Études Occitanes. En 1934, elle suit des cours par correspondance à l'Escola Occitana avec le poète Prosper Estieu, l'instituteur et ethnographe Antonin Perbosc et l'abbé Joseph Salvat. Elle entretient des contacts suivis avec ce dernier qui la conseille dans sa démarche.

▲ *À Réalmont, la route de Castres où se trouvait la maison natale de Louisa Paulin.*

Pour Louisa Paulin, apprendre l'occitan permet d'acquérir une nouvelle forme de culture : « *Je sais l'occitan d'instinct l'ayant parlé exclusivement jusqu'à l'âge de 7 ans. La langue d'Oc est une langue superbe, d'une richesse et d'une souplesse plus étonnantes. C'est la langue même de la poésie.* »

L'abbé Salvat fait publier plusieurs de ses poèmes dans la revue bimestrielle occitane *Lo Gai Saber* et, grâce à lui, en 1937 et 1938, deux prix successifs lui sont décernés par l'Académie des Jeux Floraux, prestigieuse société littéraire fondée en 1323. En 1937, le prix de poésie de la revue littéraire *Le Goéland* lui est attribué pour son recueil intitulé *Airs villageois.* Elle est totalement inconnue des membres du jury qui ont été notamment séduits par son poème intitulé *Beau voyage.*

Toujours en 1937, l'attention du poète occitan Antonin Perbosc est plus particulièrement attirée par *Cant d'Ibèrn*, poème que Louisa Paulin avait envoyé au jury de l'Académie des Jeux Floraux. Dès lors, les deux poètes correspondent régulièrement sans jamais se rencontrer jusqu'en 1944. De cette relation épistolaire naît une tendre et profonde amitié sur fond de rénovation d'une langue reléguée au rang de patois.

En 1940, *Sorgas,* son premier recueil de poésies occitanes, est publié : Louisa Paulin l'a dédié à Antonin Perbosc. Son deuxième ouvrage intitulé *Ronda dels morts* paraît en 1941. L'hiver 1941-1942 est très difficile pour la poétesse réalmontaise. Elle a complètement perdu toute vision de l'œil gauche et le 15 janvier 1942, elle se voit contrainte d'accepter que sa paupière droite soit close afin de maintenir quelques rares sensations lumineuses. Le passage à l'écrit devenant de plus en plus pénible, elle dicte désormais ses poèmes et sa correspondance à des proches, lesquels font office de secrétaires. *Fresca*, son troisième recueil en occitan, est édité en 1942 et relate

Louisa Paulin en décembre 1937. ▲

la Croisade contre les Albigeois sur fond d'occupation allemande. Dans ses courts poèmes écrits en deux langues, on peut notamment lire ceci : « *On me dit que les invités passent à grands camions sur notre grande route, la Route d'Espagne ! Quel beau nom pour une si effroyable aventure !* » Il est suivi, en 1943, par *Violonaire d'Infern*, écrit pendant l'occupation allemande et dans lequel elle s'insurge contre toutes les formes de tyrannies.
Louisa Paulin ne verra pas la fin de la Seconde Guerre mondiale. Elle s'éteint le 23 avril 1944 à Réalmont, à l'âge de 56 ans, quelques jours avant Antonin Perbosc. Elle a influencé plusieurs personnalités littéraires tarnaises et notamment le poète René Rouquier qui fut directeur de la *Revue du Tarn* et président de la Société des Sciences Arts et Belles-Lettres du Tarn.

Henri de Paschal de Rochegude

Officier de marine, homme politique, lexicographe et bibliophile occitan

Lorsque le nom de Rochegude est évoqué, les Tarnais pensent tout d'abord au parc du même nom situé en plein centre d'Albi. Ils songent également à l'Hôtel Rochegude, ancien hôtel particulier ayant appartenu à l'amiral de Rochegude, à proximité immédiate de ce même jardin. Une promenade dans cet espace verdoyant de quatre hectares et un arrêt devant la statue d'Henri de Paschal de Rochegude renvoient directement au célèbre navigateur albigeois.

Henri de Paschal de Rochegude.

Henri de Paschal de Rochegude, selon l'état civil, communément nommé Henri Paschal ou Henri Pascal de Rochegude, naît à Albi le 18 décembre 1741, la même année que Jean-François de Galaup de La Pérouse. Il est le fils de François de Paschal de Rochegude et de Rose de Combettes de Caumon. Le jeune Henri effectue sa scolarité à l'école des Jésuites d'Albi. Il entre à l'École des gardes de la marine en 1758 et entreprend le même cursus que Lapérouse qui l'avait précédé de deux ans. Devenu officier de marine, Henri de Paschal de Rochegude embarque sur le navire de 64 canons *Le Dragon*. Il prend part au transport de troupes de renfort pour la garnison de l'île Royale par la division du capitaine de vaisseau Du Chaffault de Besné, puis au combat engagé contre l'escadre de l'amiral anglais Edward Boscawen au large d'Ouessant. Du 25 avril au 18 décembre 1759, il navigue à bord du bateau de 80 canons *L'Orient* dans la force navale du vice-amiral Hubert de Brienne de Conflans et participe à la bataille des Cardinaux livrée à la flotte de l'amiral anglais Edward Hawke. Embarqué le 16 mars 1773 sur la frégate de 32 canons *L'Oiseau*, il fait partie de la seconde expédition du capitaine de vaisseau de Kerguelen de Trémarec aux Terres australes. Le 6 janvier 1774, il aborde sur un canot dans la baie de l'Oiseau, sur la Grande Terre de l'archipel des Kerguelen, et prend officiellement possession de ce territoire au titre du roi de France. Une presqu'île et un lac de l'île porteront plus tard son nom. Il rentre à Brest le 12 septembre 1774.

Affecté lieutenant de vaisseau quatre ans plus tard, Rochegude prend part à la guerre d'Indépendance américaine, conflit qui oppose les treize colonies anglaises d'Amérique du Nord, soutenues par la France, à l'Angleterre. Du 18 avril au 27 septembre 1778, il fait partie de l'état-major de la frégate *La Résolue* et participe à la bataille d'Ouessant remportée par la flotte du

À Albi, le buste de l'amiral dans le parc Rochegude.

lieutenant général des armées navales Louis Guillouet d'Orvilliers sur celle du vice-amiral anglais Augustus Keppel. Embarqué sur la frégate *Junon* du 1er janvier au 15 octobre 1779, il contribue à la capture du vaisseau anglais *Ardent*, dans la Manche, le 17 août 1779. Dans les années qui suivent, l'officier albigeois va servir de nombreux bateaux sur différentes mers de globe, notamment dans la mer des Antilles, à Saint-Domingue, où il s'est vu confier une mission de contrôle. Mais, en 1787, désabusé et lassé par l'indiscipline qui règne dans la marine, il se retire avec le grade de capitaine de vaisseau. Dès lors, il va entreprendre une carrière politique.

Élu député suppléant de la noblesse aux États Généraux pour la sénéchaussée de Carcassonne, Rochegude siège à l'Assemblée constituante du 10 février 1790 au 30 septembre 1791, à la suite de la démission de Gabriel Dupac, marquis de Badens. En sa qualité de commissaire adjoint au Comité de la Marine, il fait adopter l'obligation, pour les enseignes de vaisseau, de passer sur les bâtiments de guerre de l'État l'une des six années de leur temps de formation.

Le 6 septembre 1792, Rochegude est élu député du Tarn à la Convention nationale et siège au sein de la Plaine, groupe modéré se situant entre les Girondins et les Montagnards. Lors du procès de Louis XVI, il se prononce pour l'appel au peuple, puis pour la détention et le bannissement, mais il n'est pas favorable à l'exécution du roi.

Au premier semestre, il effectue une inspection des côtes et des ports de Lorient à Dunkerque en compagnie des conventionnels Joseph Defermon et Claude-Antoine Prieur. Rochegude est élu député de la Somme au Conseil des Cinq-Cents où il y siège du 15 octobre 1795 au 20 mai 1798, s'occupant des affaires relatives à la Marine.

En mai 1798, il est nommé conseiller d'État et commissaire inspecteur des ports et arsenaux de la Marine jusqu'à son admission à la retraite, le 19 février 1801. Retiré à Albi, Henri de Paschal de Rochegude, érudit plurilingue qui maîtrise le latin, l'espagnol, l'italien et le catalan, se passionne pour la littérature occitane, devenant un des premiers spécialistes des troubadours. Il démontre, notamment, la continuité entre la langue des troubadours du Moyen Âge et la langue occitane moderne. Le 9 juillet 1819, il est élu maître ès-jeux de l'Académie des Jeux floraux de Toulouse, prestigieuse société littéraire créée au XIVe siècle. Sous l'anonymat, en 1819, il publie *Parnasse occitanien* et l'essai *Glossaire occitanien pour servir à l'intelligence des poésies des troubadours.*

Pendant les Cent-Jours, ayant prêté serment de fidélité à Napoléon, Rochegude est nommé conseiller général et maire d'Albi. Néanmoins, il sera décoré de l'ordre du Lys sous la deuxième Restauration.

À sa mort, le 16 mars 1834 à Albi, Henri de Paschal de Rochegude lègue à sa ville natale sa bibliothèque, comprenant 12 300 volumes imprimés et 100 manuscrits, ainsi que son hôtel particulier qui abritera de 1909 à 2001 les bibliothèques publiques d'Albi.

François-Joachim de Pierre de Bernis

Abbé galant, protégé de Madame de Pompadour

Prélat de cour, ami des arts et des belles-lettres, habile diplomate, figure emblématique de la fin de l'Ancien Régime, le cardinal de Bernis a également été associé au plaisir, au libertinage et même aux jolies femmes. Auteur de poésies légères, Voltaire l'avait surnommé « Babet la bouquetière », par allusion à son style littéraire fleuri. Religieux par nécessité, jeune abbé sans le sou, l'ambitieux Bernis est parvenu à atteindre les sommets grâce à son intelligence exceptionnelle et à son sens de l'à-propos. Moins illustre que Richelieu et Mazarin, il n'en a pas moins joué un rôle majeur sous les règnes de Louis XV et Louis XVI.

François-Joachim de Pierre de Bernis est né à Saint-Marcel-d'Ardèche, près de Nîmes, dans le Vivarais, le 22 mai 1715 au sein d'une famille noble, mais désargentée. Son père, le mar-

Portrait du cardinal François-Joachim de Pierre de Bernis.

quis de Bernis, en raison de relations de jeunesse avec le cardinal de Fleury, parvient à lui faire obtenir une bourse pour effectuer sa scolarité au collège Louis-le-Grand à Paris. Ne disposant pas de fortune personnelle pour faire une carrière militaire, l'adolescent décide de s'engager dans la voie ecclésiastique et rentre, à 16 ans, au grand séminaire de Saint-Sulpice. Bien qu'il soit excellent élève, il est contraint d'interrompre ses études en 1734, étant exclu du séminaire.

Dès lors, François-Joachim de Pierre de Bernis se tourne vers l'écriture et parvient à se faire admettre dans la haute société. En 1738, il est nommé chanoine de Brioude ce qui lui assure un modeste, mais nécessaire pécule. Son œuvre littéraire et notamment *L'Épître à mes Dieux pénates*, lui ouvre le 26 novembre 1744, à l'âge de 29 ans, les portes de l'Académie française. À partir de ce moment-là, il mène une vie facile d'écrivain à la mode.

Ses talents de conteur et de poète lui valent d'être remarqué par Jeanne-Antoinette Poisson, marquise de Pompadour et duchesse de Menars, dite Madame de Pompadour. Cette dernière devient sa protectrice et le reçoit dans son château d'Étioles. Ses relations d'amitié avec la maîtresse de Louis XV,

Portrait de Madame de Pompadour vers 1750.

et dont il est le discret conseiller et confident, lui permettent d'obtenir une pension du roi et un logement au Louvre. Madame de Pompadour va surtout lancer sa carrière diplomatique et politique dans les tout premiers cercles du gouvernement de la France.
Cependant, n'abandonnant pas les fonctions ecclésiastiques, Bernis est nommé chanoine de Lyon en 1748. Vers 1750, il demandera une ambassade. Grâce à la marquise de Pompadour, il est affecté comme ambassadeur à Venise de 1751 à 1755. Il s'y distingue par ses talents de diplomate et fait la connaissance du sulfureux libertin Giacomo Casanova, avec qui il va partager une certaine complicité qui lui assure un réel succès dans la cité des Doges. François-Joachim de Pierre de Bernis est promu ambassadeur à Madrid en 1755. Il est chargé des négociations secrètes qui aboutissent au traité de Versailles du 1er mai 1756 et qui est à l'origine de la guerre de Sept Ans, de 1756 à 1763.
C'est toujours Madame de Pompadour qui le fait accéder au Conseil du roi Louis XV en 1757, lequel le nomme ministre d'État, puis secrétaire d'État des Affaires étrangères le 28 juin 1757. Bernis n'en finit pas de gravir les échelons du pouvoir et de la notoriété. N'étant réellement entré dans les ordres qu'en 1756, à l'âge de 40 ans, il est promu cardinal par le pape Clément XIII le 2 octobre 1758. Par suite d'une décision du roi en date du 13 décembre 1758, il s'exile à Vic-sur-Aisne, non loin de Soissons, où il va demeurer durant un peu plus d'un an. En 1761, il est autorisé à quitter sa retraite et en 1764 il est de nouveau reçu à Versailles.
Durant les années de disgrâce, de 1759 à 1763, il entretient une correspondance épistolaire avec Voltaire, qu'il va continuer jusqu'en 1777. En 1764, Léopold-Charles de Choiseul-Stainville, frère cadet du ministre, abandonne l'évêché d'Albi pour celui de Cambrai. Le duc de Choiseul multiplie alors ses efforts afin que Bernis puisse prendre sa place. C'est chose faite le 29 mai 1764, avec la nomination du cardinal de Bernis comme archevêque d'Albi.
Le nouveau maître du puissant archevêché d'Albi arrive dans la cité épiscopale le 19 octobre 1764. Durant les cinq années où il est archevêque d'Albi, le cardinal de Bernis s'y révèle un excellent administrateur. Il se donne pour mission de réorganiser l'enseignement,

à la suite de la fermeture du collège en raison de l'expulsion des jésuites. Il fait ouvrir à Albi, à ses propres frais, une école de filles et un collège où la scolarité est gratuite. Il crée une école de chirurgie et une école gratuite d'accouchement. En 1767, il facilite l'installation d'une école de filature et obtient des secours financiers pour les manufactures albigeoises. Il fonde un asile d'aliénés au sein de l'hôpital d'Albi.

Profondément humaniste, l'archevêque Bernis organise la charité publique. La ville ayant été confrontée à une très forte inondation due à une impressionnante crue du Tarn en 1766, l'archevêque Bernis met en place des actions pour venir en aide aux victimes. Par ailleurs, il fait tracer et réaliser des routes, et favorise la plantation de vignes. Il n'en oublie pas pour autant son goût des mondanités. Ses considérables bénéfices ecclésiastiques lui permettent de mener

Le Palais de la Berbie, à Albi.

grand train au palais de la Berbie, où il confie à l'abbé Gabriel Cavaziez la gestion de son importante bibliothèque.
En 1769, il est envoyé par Louis XV à Rome, afin de participer au conclave où sa mission est de contribuer à l'élection du candidat soutenu par la royauté française : Lorenzo Ganganelli, le futur Clément XIV. Ce soutien avait pour but d'obtenir la suppression de l'ordre des Jésuites, ce qui sera fait en 1773. Il est ensuite ambassadeur auprès du Saint-Siège en 1775 et joue un rôle décisif dans l'élection de Pie VI le 15 février 1775.
Lorsque la Révolution française éclate, François-Joachim de Pierre de Bernis est toujours ambassadeur à Rome. En 1790, il refuse de prêter serment à la Constitution civile du clergé et pousse le pape à condamner cette même constitution. En mars 1792, il est inscrit sur la liste des émigrés et ses biens sont mis sous séquestre. Le château de Saint-Marcel-d'Ardèche où il passa son enfance est vendu aux enchères pour payer les 53 000 livres de contribution patriotique qui lui était demandées.
Privé de son archevêché et de ses abbayes, dépouillé de son patrimoine et de ses pensions par la Révolution, il meurt à Rome le 2 novembre 1794.

Maurice Pezous

Résistant, concessionnaire automobile et créateur de la MEP

Encore de nos jours, le nom de Maurice Pezous est étroitement lié à la concession Citroën à Albi, mais, bien plus qu'un vendeur de voitures, il était un ingénieur et concepteur innovant et talentueux. C'est dans la préfecture tarnaise que naît, le 24 octobre, Maurice Émile Pezous, descendant du navigateur albigeois La Pérouse par sa grand-mère maternelle. Son père, Louis Pezous, était maître imprimeur. Dès l'âge de 7 ans, le jeune Maurice est déjà passionné d'automobile. Son enfance et son adolescence sont bercées par les allers et venues dans le garage de son grand-Père Émile Couzinié qui était le mécanicien personnel de la famille Toulouse-Lautrec.

Ayant accompli de brillantes études secondaires, il entre à l'Ecole des Arts et Métiers de Cluny et obtient son diplôme d'ingénieur. De 1935 à 1945, il bifurque vers l'aviation et devient ingénieur à l'Aéronautique navale de réserve. Ces dix années passées dans l'activité aérienne le marquent profondément en influenceront sa conception de l'automobile qui était, selon ses propres dires, « un avion qui vole bas ».

Après la « Drôle de Guerre » (3 septembre 1939-10 mai 1940), Maurice Pezous refuse de travailler pour la société Hispano-Suiza qui s'était rangée derrière le gouvernement de Vichy et la collaboration. À partir de 1942, il travaille dans l'imprimerie familiale qui s'était mise au service de la Résistance. Il fait également partie de l'Armée secrète, groupe de combat issu du regroupement des trois plus

importants mouvements paramilitaires de maquis de la zone sud : Combat, Franc-Tireur et Libération-Sud.
À la Libération, Maurice Pezous ouvre un garage de mécanique générale avenue Gambetta à Albi. Quelques années plus tard, il devient concessionnaire Fargo-Chrysler qui commercialise les camions américains Dodge, véhicules de conception simple et robuste, demandant très peu d'entretien. Laissant libre cours à son imagination créatrice, le garagiste Pezous entreprend une longue série de recherches et multiplie les dépôts de brevets dans les domaines les plus divers, en dehors de l'automobile. Il crée notamment un dispositif de déroulement de la chaîne dans les métiers à tisser et un système de perfectionnement du moteur à deux temps.

En 1953, Maurice Émile Pezous met au point un coupé spécial doté du groupe moteur de la traction avant Citroën. Ce véhicule est nanti d'une carrosserie en acier et d'une structure tubulaire. L'année suivante il construit un autre coupé dont l'arrière ressemblait à la Porsche : il la baptise du nom de M.E.P 170 SL. L'appellation MEP fait référence aux initiales de Maurice Émile Pezous. Il va s'en suivre la création d'une série de coupés qu'il appelle Daphné VII, numérotés successivement de 1 à 6.
En 1957, Maurice Pezous devient concessionnaire Citroën, toujours dans son garage de l'avenue Gambetta. Si la Daphné VII n'a jamais intéressé Citroën, l'attention de cette dernière a été attirée par les talents de créateur de son concessionnaire albigeois.

La MEP X1 de Maurice Pezous. ▲

Désormais, ce passionné des courses automobiles porte ses recherches sur la création d'une monoplace. Il souhaite construire une monoplace d'initiation qui serait à un prix abordable pour les jeunes souhaitant devenir pilotes et d'un coût d'entretien minime

grâce, notamment, à l'utilisation de pièces de série à bas prix et facilement accessibles.

Maurice Pezous confie la réalisation du châssis à son ami mécanicien Raoul Rodas et la carrosserie en alu à son autre ami Albert Mazel. En 1965, la MEP X1 vient de naître. Le pilote de Formule 1 Maurice Trintignant, ardent partisan d'une monoplace d'initiation, assure la promotion de la MEP X1 en effectuant les premiers essais du bolide. Il dit en apprécier les qualités, néanmoins son verdict est sans appel : le châssis est très bon, mais elle manque de puissance et de vitesse. Maurice Pezous va alors décider d'adopter un nouveau moteur. Après de nombreux contact avec Citroën, il obtient l'autorisation de monter un moteur Panhard de 24 CT, ce qui lui permet de conserver le châssis de la X1. La MEP X2 voit le jour.

Dans l'édition tarnaise du quotidien *La Dépêche du Midi* en date du 11 février 2013, le correspondant de presse et passionné de courses automobiles Alain Rey livre une description à la fois simple et complète de la monoplace : « *Réalisée à l'aide de pièces et d'ensembles mécaniques Citroën strictement de série, la MEP X2 est une monoplace à*

▲ *Maurice Pezous et de nombreux admirateurs sur le circuit d'Albi.*

châssis tubulaire dotée d'une carrosserie en polyester moulé. Elle est donc équipée du moteur flat-twin de la Panhard 24 CT, de la boîte de vitesses de l'Ami 6, de 4 freins à disques, et de pneus Michelin XAS. Sa pointe de vitesse avoisine les 190 km/h. La MEP affiche d'excellentes qualités routières, et une tenue de route comparable à celle des monoplaces de formule internationale. »

Le 18 juin 1966, c'est un Maurice Trintignant convaincu qui ouvre les 24 heures du Mans au volant de la nouvelle MEP. Grâce au financement de Citroën et du groupe pétrolier BP, le 15 mars 1967, place de la Concorde à Paris, vingt MEP X2 sont remises à la Fédération Nationale des Clubs Automobiles. Le 24 septembre 1967, sur le circuit automobile d'Albi, a lieu la première course de ces vingt monoplaces. En 1969, le succès remporté par les MEP X2 pousse la Fédération Française des Sports Automobiles à officialiser cette monoplace en tant que voiture d'initiation sous l'appellation « Formule bleue ».

Les 20 voitures disputent 17 courses sur circuits et 7 courses de côte. Le bolide construit par Maurice Pezous est à l'origine de l'éclosion d'un pilote de talent, le jeune tarbais Roger Dubos qui s'impose à 19 reprises en 1969. Toujours désireux d'aller de l'avant, l'ingénieur et constructeur albigeois se lance dans un nouveau projet basé sur le moteur Maserati 3 litres de la Citroën SM, avec un châssis en alliage léger et une suspension hydraulique de conception Citroën. En raison, notamment de la crise pétrolière de 1974 et des limitations de vitesse pour les monoplaces d'initiation, le véhicule ne verra jamais le jour.

En 1981, Maurice Pezous prend sa retraite de concessionnaire Citroën. Malade du cœur, il décède d'une crise cardiaque le 14 novembre 1990 à Albi, à l'âge de 76 ans. Il aura l'immense mérite de permettre à de jeunes aspirants pilotes d'assouvir pleinement leur passion.

Philippe Pinel

Le père de la psychiatrie française

Dans l'histoire de la médecine, le nom de Philippe Pinel est resté comme le libérateur des aliénés mentaux dans les asiles de la Révolution française. Il est reconnu comme ayant été un précurseur dans l'élaboration de nouvelles pratiques thérapeutiques pour le traitement de ceux qui étaient appelés les « insensés ».

Il naît le 20 avril 1745 dans le petit village de Jonquières, à une douzaine de kilomètres de Castres dans le Tarn, dans une famille de médecins. Il passe son enfance à Saint-Paul-Cap-de-Joux où son père a son cabinet.

Philippe Pinel semblait voué à embrasser une carrière médicale. Néanmoins, ses parents lui font suivre un cursus classique au collège des Doctrinaires de Lavaur dirigé par des prêtres oratoriens. Profondément croyant, le jeune homme entame des études théologiques au collège de l'Esquile à Toulouse. Puis il décide d'abandonner la voie religieuse et s'oriente, dans un premier temps, vers les mathématiques, ensuite vers la médecine à la Faculté de Toulouse. Il en sort diplômé en décembre 1773. Le docteur Pinel se perfectionne à Montpellier où il fait la connaissance du médecin-chimiste Jean-Antoine Chaptal.

En 1778, il se rend à Paris dans l'espoir d'y faire carrière. La période étant difficile, il donne des leçons particulières de mathématiques et rédige des travaux de traduction de textes médicaux faisant référence. En parallèle, il fréquente les cercles intellectuels influencés par la philosophie des Lumières où il rencontre des écrivains, des lettrés et des scientifiques. Ses relations lui permettent de devenir directeur de la *Gazette de Santé*.

Ce n'est que vers 1780, à la suite de soins qu'il dispense à un ami souffrant de « manie aiguë », que Philippe Pinel commence à manifester un intérêt certain pour la psychiatrie. À compter de 1786, il traite plusieurs malades mentaux dans le cabinet du docteur Belhomme, rue de Charonne, réservé à des patients fortunés parisiens. Il fréquente régulièrement le salon d'Anne-Catherine de Ligniville Helvétius, plus communément appelée « Madame Helvétius » et se lie d'amitié avec des personnages influents : l'avocat Jacques-Guillaume Thouret, un des hommes puissants de l'Assemblée constituante et Georges Cabanis, médecin, député et franc-maçon.
En 1787, Pinel présente à l'Académie des Sciences un mémoire traitant de l'application des mathématiques à l'étude du corps humain. Il s'engage avec enthousiasme en faveur du mouvement insurrectionnel de 1789, mais devient plus modéré au moment de la Terreur.

Le 25 août 1793, sur la recommandation de Jacques-Guillaume Thouret et de Cabanis, le gouvernement révolutionnaire le nomme médecin en chef de l'hôpital Bicêtre, situé à proximité de Paris. Rapidement, il prend conscience des conditions précaires dans lesquelles vivent les malades mentaux qui voisinent avec les forçats, les criminels et les prostituées. Aucune différenciation n'est faite :

Philippe Pinel et sa famille.

tous sont logés à la même enseigne, étant entassés et enchaînés dans des loges exiguës, insalubres, immondes, obscures et sans air, sur des grabats de paille pourrie.
Partisan d'un traitement humain et moral des aliénés, il s'intéresse au travail du surveillant Jean-Baptiste Pussin, « chef de la police intérieure des loges, gouverneur des sous-employés » et faisant fonction de « gouverneur des fous ». Tout a commencé le jour où, dans « la

cour des fous », il aperçoit le surveillant Jean-Baptiste Pussin remettre un pantalon à un malade nu. Pinel est bouleversé par les gestes quasiment affectueux de cet homme. Dès lors, il se focalise sur les faits et gestes de ce geôlier aux qualités humanistes, qui retire les chaînes de certains aliénés jugés trop agités afin qu'ils puissent retrouver plus de calme et de sérénité.
En septembre 1794, devant les membres de la Société d'histoire naturelle et en public, Philippe Pinel donne lecture de son *Mémoire sur*

▲ *Philippe Pinel à la Salpêtrière.*

la manie. Rendant hommage à Jean-Baptiste Pussin, il explique que le malade mental ne doit plus être considéré comme un animal et doit avoir le statut de malade. Quatre mois plus tard, il devient professeur d'Hygiène puis de Médecine interne, dans la nouvelle école de Santé de Paris. Le 13 mai 1795, Pinel est nommé médecin-chef à l'hôpital Salpêtrière réservé aux femmes. Dès son arrivée, il fait enlever les chaînes des malades, s'inspirant des notes, observations et remarques de Pussin qui le rejoindra à la Salpêtrière en 1802. Cette libération des chaînes des femmes aliénées a fait l'objet d'un véritable mythe initié par Jean-Etienne Esquirol, son élève et successeur à la Salpêtrière, ainsi que par son fils Scipion qui ont théâtralisé cet événement à des fins professionnelles et familiales.
En 1801, Philippe Pinel rédige un *Traité médico-philosophique sur l'aliénation mentale*, dans lequel il refuse de s'attribuer le mérite de la libération des aliénés et l'octroie formellement à Jean-Paptiste Pussin : « *À mon grand regret, je n'avais pu, durant mes fonctions à Bicêtre, mettre un terme à la coutume barbare et routinière d'enchaîner les aliénés.* » Dans ce livre, il justifie sa méthode : « *Les aliénés, loin d'être des coupables qu'il faut punir, sont des malades, dont l'état pénible mérite tous les égards dus à l'humanité souffrante et dont on doit chercher, par les moyens les plus simples, à rétablir la raison égarée.* »
Membre de l'Institut en 1803, il fait partie des tout premiers récipiendaires de la Légion d'honneur créée par Napoléon. En 1805, Philippe Pinel est conscient d'avoir accompli une grande œuvre humanitaire. Il est également un homme heureux comme en témoigne une lettre datée du 4 floréal an XIII et publiée par son neveu Casimir :

Statue de Philippe Pinel, place Pinel, à Paris.

«Je viens de recevoir une nouvelle marque de confiance du gouvernement, et j'ai été nommé médecin consultant de l'Empereur avant son départ pour l'Italie...»
Après avoir été au service de l'Empire, il se rallie à la Restauration qui le décore de l'Ordre de Saint-Michel en 1818. En raison de son opportunisme politique, il est destitué de sa charge de professeur en 1822. Durant les dernières années de sa vie, il doit payer les dettes de ses fils Scipion et Charles qui ont fait de mauvaises affaires.
À compter de 1823, Philippe Pinel est victime d'accidents vasculaires cérébraux successifs qui l'entraînent progressivement vers la démence artériopathique sénile, dont il meurt le 25 octobre 1826. Il est enterré à Paris au cimetière du Père-Lachaise. Lors de ses obsèques, de nombreuses vieilles patientes de la Salpêtrière viendront accompagner leur bienfaiteur à son ultime demeure.

Henri Pistre

L'abbé qui fut « le Pape du rugby »

Dans l'histoire du clergé tarnais, l'abbé Henri Pistre fait figure d'enfant terrible de l'Église. Ce personnage totalement hors norme ne laissait personne indifférent, alliant à la fois franc-parler, verve, foi catholique et apostolique, et passion... du rugby. Le tout sur fond d'accent rocailleux de la montagne Noire tarnaise. Henri Pistre, né le 26 décembre 1900 à Mazamet, est l'aîné d'une famille nombreuse dont le père est menuisier. Élevé dans la plus pure tradition chrétienne, l'enfant de chœur se distingue de ses camarades, sachant servir la messe à l'église

L'abbé Pistre, le 10 février 1974 : le maillot du Sporting Club Albigeois sous la soutane !

de Mazamet, mais aussi jouer du coup de poing dans la cour de récréation.
Néanmoins, la foi touche très tôt le jeune Henri.
En 1912, à l'occasion des fêtes de Pâques, il est bouleversé par des prêches de missionnaires de retour d'Océanie où ils avaient évangélisé des peuplades primitives. Il contacte immédiatement les prêtres en question et leur fait part de son désir d'entrer dans les ordres. Fortement impressionnés par l'adolescent, le dimanche suivant, les missionnaires, à la place du sermon habituel, annoncent qu'ils laissent la chaire à un prédicateur âgé de 11 ans ! Dès lors, les évènements se précipitent pour Henri Pistre. Le curé de Mazamet obtient l'accord de sa famille pour qu'il puisse entreprendre une scolarité religieuse. C'est ainsi qu'il devient élève au petit séminaire de Mazamet, puis au grand séminaire d'Albi. À la fin de la Première Guerre mondiale, Henri Pistre interrompt ses études pour effectuer son service militaire au 15e régiment d'infanterie d'Albi.
Ayant remarqué ses qualités athlétiques, le capitaine Fabre l'incite à pratiquer le rugby au sein du Sporting Club Albigeois (SCA) où il débute comme trois-quarts aile, avant de glisser à l'ouverture. Sa polyvalence va ensuite l'amener à jouer devant : troisième ligne et même seconde ligne. En 1961, Henri Garcia, le journaliste sportif spécialisé dans l'ovalie, dans son livre *Les contes du rugby*, écrit à propos du futur abbé Pistre : « *Il découvrit que le rugby s'accommodait merveilleusement des textes des Saints Évangiles car, comme il le disait, "au cœur d'une mêlée, il vaut toujours mieux donner que recevoir"*. »
En juin 1922, le militaire Henri Pistre participe à un tournoi amical d'athlétisme, son premier sport de prédilection, auquel prenaient part le SCA et des petits clubs des environs. Encouragé par ses amis, le curé relève un défi et accepte de s'engager, à titre individuel. Il va disputer seul toutes les épreuves : 100 mètres, 110 mètres haies, lancer de poids, saut en hauteur, lancer de disque, saut en longueur... et au relais 4 fois 100 mètres où il court seul contre quatre adversaires. Il réussit la prouesse de terminer deuxième derrière le Sporting Club Albigeois.
À la fin de l'été 1922, il termine son service militaire avec le grade de sergent-chef, arrête le rugby de compétition et reprend sa place

au grand séminaire d'Albi. Ce qui ne l'empêche pas, néanmoins, de s'octroyer un dernier plaisir en jouant, avec le SCA, le match d'ouverture de la saison 1922-1923, contre l'US Perpignan.

Le 23 décembre 1923, Henri Pistre est ordonné prêtre en présence de tous ses anciens coéquipiers du SCA. À l'issue de la cérémonie, une délégation de joueurs s'approche du nouvel abbé et Jean Vaysse lui remet un paquet en ces termes : « *Chez nous, lorsque quelqu'un se marie, on lui fait un cadeau. Pour toi aujourd'hui, c'est comme un mariage... alors nous t'offrons ceci* ». Ouvrant le colis, l'abbé Pistre découvre douze couverts en argent. Pour les remercier, le prêtre fraîchement ordonné déboutonne le haut de sa soutane, faisant apparaître... un vieux maillot délavé du Sporting Club Albigeois.

Henri Pistre est nommé vicaire à Cordes. Puis, il est affecté à la paroisse Saint-Jacques de Castres, où sa passion pour le rugby s'amplifie dans ce lieu éminent du ballon ovale : il devient dirigeant du Castres olympique et même, en 1934, pour quelques matchs, entraîneur de la une. En 1946, il est nommé curé de Noailhac, village situé entre Castres et

L'abbé Pistre, à Mazamet, le 13 mai 1973.

Mazamet. Outre le fait d'avoir créé dans ce bourg de 600 habitants une équipe de rugby dont il est lui-même l'entraîneur, le turbulent abbé Pistre impose sa très forte personnalité en acceptant de célébrer, dans l'église Notre-Dame de Noailhac, les mariages entre protestants et catholiques, et de baptiser les enfants qui en sont issus. Par ailleurs, il n'hésite pas à avancer l'horaire des messes les jours de grands matchs, ce qui satisfait bon nombre de paroissiens. Le dimanche 10 février 1974, en l'église de Noailhac, à l'occasion de son jubilé d'or (50 ans de sacerdoce), l'abbé Pistre célèbre une nouvelle fois la messe avec le maillot du SCA sous sa soutane.

Étant reconnu comme une personnalité incontournable et célèbre dans le monde de l'ovale, surnommé « le Pape du rugby », l'abbé Pistre devient un des chouchous des médias. Le 6 janvier 1975, l'Office de Radiodiffusion-Télévision Française (ORTF) est scindé en trois chaînes publiques : TF1, Antenne 2 et France Régions 3. Sur Antenne 2, les commentaires des matchs du Tournoi des cinq nations sont assurés par le très populaire duo formé par le journaliste Roger Couderc et l'ex-ouvreur international de Dax Pierre Albaladejo. Voulant rivaliser avec ce couple mythique de commentateurs, le chef du service des sports de TF1, Georges de Caunes, décide de créer un binôme concurrent : *« Il faut donc que je trouve... quelqu'un qui serait l'équivalent de Couderc, quelqu'un de "pittoresque" et je pense à l'abbé Pistre. Un ecclésiastique qui a été joueur de rugby et bâcle un petit peu les vêpres pour être à l'heure pour le match du dimanche et qui a un parler rude. »* Mais, l'accent rocailleux du curé de Noailhac qui roule les *r* à la façon des paysans de la montagne Noire rend parfois ses commentaires difficilement compréhensibles. L'expérience ne dure qu'un an.

L'abbé Pistre meurt le 27 janvier 1981 d'une crise cardiaque. Il repose au cimetière de Noailhac où, comme un dernier clin d'œil à sa vie atypique, sa tombe indique... 1980.

Paul Quilès

Une figure du mitterrandisme dans le Tarn

Au premier abord, les liens entre le Tarn et l'homme politique Paul Quilès ne paraissent pas évidents, car rien ne prédestinait ce Parisien né le 27 janvier 1942 dans l'Ouest algérien, à Saint-Denis-Du-Sig situé à une cinquantaine de kilomètres d'Oran, à émigrer au pays de Jaurès. De son père officier de l'armée française ayant le grade de lieutenant-colonel lorsqu'il fut muté au Maroc et partit combattre en Indochine, il garda un profond attachement aux valeurs militaires. Après avoir été élève dans les prestigieux lycées parisiens Chaptal et Louis-le-Grand, il est issu de la promotion 1961 de l'École Polytechnique. Paul Quilès intègre le groupe pétrolier Shell où il exerce les fonctions d'ingénieur dans le secteur du raffinage de 1978.

Paul Quilès.

Sous l'influence de ses parents qui l'ont fortement imprégné par la matrice du catholicisme social, se considérant comme un catholique

de gauche, et après avoir milité au sein de la CFDT, il adhère au Parti socialiste en 1972. Paul Quilès est remarqué pour ses talents d'organisateur par le premier secrétaire du PS François Mitterrand, dont il devient très proche et avec qui il entretient un rapport privilégié. Dès lors, Paul Quilès s'impose comme un dirigeant essentiel du parti de la rue Solférino.

Il ne reste plus, pour ce polytechnicien à l'allure stricte, aux yeux bleus perçants et au sourire rare, qu'à s'aguerrir sur les bancs de l'Assemblée nationale. En mars 1978, le protégé de François Mitterrand est ainsi élu député du 13e arrondissement de Paris et réélu à 3 reprises, en juin 1981, mars 1986 et juin 1988.

En avril 1979, lors du congrès de Metz, en authentique soldat de la Mitterrandie, missionné par le premier secrétaire, il coordonne la résistance à l'offensive de Michel Rocard, qui comprend notamment Lionel Jospin, Pierre Bérégovoy et Jean Poperen.

Entre temps se produit un évènement décisif dans la carrière de celui

▲ *Paul Quilès, le 23 octobre 1981 au congrès PS de Valence.*

qui s'est affirmé très tôt par ses talents d'orateur sur les bancs de l'Assemblée nationale. Fin novembre 1980, François Mitterrand le nomme en effet directeur de sa campagne présidentielle et, le soir du 10 mai 1981, il est l'organisateur de la mémorable fête de la Bastille.
Le 23 octobre 1981, lors de son intervention à la tribune du congrès socialiste de Valence, il crée la polémique avec une phrase qui va rester dans les annales de l'histoire du PS : « *Mais il ne faut pas se contenter de dire de façon évasive, comme Robespierre à la Convention, le 17 thermidor : "Des têtes vont tomber". Il faut dire lesquelles et le dire rapidement !* »
Paul Quilès s'en est longuement expliqué par la suite, évoquant une phrase tirée de son contexte et concernant les entreprises susceptibles d'être nationalisées. Quant à l'allusion faite au 17 thermidor, le mitterrandiste Quilès s'était trompé de date : il évoquait un épisode de la Révolution française, le 8 Thermidor II ou 26 juillet 1794.
Sous les deux septennats de François Mitterrand, le député de Paris occupe plusieurs fonctions ministérielles de 1983 à 1988 et de 1988 à 1993 : logement, transports, défense, postes et télécommunications, intérieur.
En 1992, à l'aune des sondages catastrophiques pour le gouvernement de Pierre Bérégovoy, se profile déjà le fantôme du futur désastre électoral de 1993. Certains ténors socialistes sont à la recherche de circonscriptions présumées « faciles ». Lors des élections législatives de mars 1993, Paul Quilès devient député du Tarn, dans la 1re circonscription Albi-Carmaux, mandat qu'il occupera jusqu'en 2007. Sa venue dans le Tarn et son élection dans la circonscription de Jean Jaurès font suite à une conjonction de circonstances et notamment à la décision du député sortant Pierre Bernard, avec qui il avait des liens étroits, de ne plus se représenter. Dans les couloirs de Solférino, il se murmurait que le parachutage de ce proche de Laurent Fabius, alors premier secrétaire du Parti socialiste, dans la circonscription de Jean Jaurès, permettait ainsi de contrecarrer l'influence de Lionel Jospin, député de la Haute-Garonne depuis 1988. L'affrontement Fabius-Jospin du congrès socialiste de Rennes en 1990 avait laissé des traces...
Les élus socialistes tarnais qui espéraient, éventuellement, avoir un avenir parlementaire voient un poids lourd de la politique nationale

débarquer dans le département. Quelques années plus tard, un ex-responsable socialiste tarnais aura cette expression rugbystique imagée : « *C'est comme si, aujourd'hui, des joueurs de Fédérale 1 voient arriver dans leur club un ténor du Top 14.* » Dans un de ses articles, la rédaction départementale de *La Dépêche du Midi* se permet même de titrer « *Paul Quilès, la politique de la canonnière* ». Cette formule était plus que réductrice pour celui que la droite avait surnommé « Robespaul » à la suite de la célèbre phrase du congrès de Valence qui lui colla à la peau tel le sparadrap du capitaine Haddock.

Durant ses 14 années de député du Tarn, Paul Quilès peaufine son ancrage local dans la cité médiévale de Cordes-sur-Ciel, dont il fut le maire charismatique de 1995 à 2020. Mais il mesure très vite les vicissitudes de son implantation tarnaise, au sein même de sa famille politique. Il essuie les plâtres du dossier très complexe financièrement et très épineux budgétairement de Cap'Découverte, pôle multiloisirs aménagé depuis juin 2003 sur l'ancien site de la mine de charbon à ciel ouvert près de Carmaux. Le projet est porté par le Syndicat intercommunal de Cap'Découverte créé en 1997, dont Paul Quilès est le président et qui comprend six communes du Carmausin. Il n'hésite pas à parler de « complot » au sein même du PS lors de l'investiture socialiste pour les élections législatives de juin 2007, laquelle se déroule dans une atmosphère de règlement de compte à OK Corral. « *Dieu me garde de mes amis ! Quant à mes ennemis, je m'en charge !* » Cette phrase prononcée par le roi de Macédoine, Antigone II, et que « Robespaul » se plaisait à citer, revêt alors toute sa véracité. L'échec financier de Cap'Découverte, associé aux rancœurs des uns et à l'amertume des autres, fait que Paul Quilès est battu par l'avocat Jacques Valax, conseiller général d'Albi.

Cet épisode marque un coup d'arrêt dans la carrière politique de « Robespaul » qui, désormais, se consacre totalement à sa ville de Cordes-sur-Ciel. Atteint d'un cancer, Paul Quilès décède le vendredi 24 septembre 2021 au matin, à Paris, à l'âge de 79 ans.

Dom Robert

Moine bénédictin, maître de la tapisserie contemporaine

Lorsque le visiteur pénètre dans le musée de l'abbaye-école de Sorèze, dans la Montagne noire, au sud du Tarn, il est immédiatement fasciné par de somptueuses tapisseries très colorées, dont certaines mesurent trois mètres de large et un mètre cinquante de hauteur. Ce sont les œuvres exceptionnelles de Dom Robert, moine bénédictin.

Peu de temps avant la Seconde Guerre mondiale s'est développée en France une expression artistique qui devint rapidement très populaire : la tapisserie moderne. Jean Lurçat (1872-1966), peintre et céramiste, en fut un des initiateurs incontestés. Il inspira

Colline, carton de Dom Robert, 1971, tapisserie de basse lisse, tissage atelier Goubely-La Beauze, Aubusson, 2002.

notamment Marc Saint-Saëns et Jean Picart Le Doux. Mais c'est très certainement Dom Robert qui fut la figure la plus importante de cet art qui avait acquis ses lettres de noblesse au XVIIe siècle avec la Manufacture royale d'Aubusson.
De son nom Guy de Chaunac-Lanzac, Dom Robert est né le 15 décembre 1907 à Nieuil-l'Espoir, commune de la Vienne, en plein cœur du Poitou. Il suit des études secondaires au collège des Jésuites de Poitiers. Ses goûts le portant depuis tout jeune vers la peinture, sa famille l'oriente vers l'École nationale des arts décoratifs de Paris. De 1927 à 1929, il effectue son service militaire au 2e Régiment de Spahis marocains à Marrakech et dans l'Atlas.
Début 1929, il revient à Paris, travaille comme dessinateur de tissus dans l'atelier de la Maison lyonnaise de soieries Ducharne et fréquente les milieux artistiques des Années folles. Par l'intermédiaire de Jean Cocteau, il rencontre le philosophe chrétien Jacques Maritain, ami d'artistes comme Chagall et Rouault. Introduit dans son cercle de Meudon, Guy de Chaunac-Lanzac approfondit à son contact sa démarche spirituelle, comme de nombreux jeunes gens de sa génération, dont le musicien Maxime Jacob, qui deviendra également moine à l'abbaye d'En Calcat et célèbre sous le nom de Dom Clément Jacob.
C'est lors d'une prise d'habit d'une de ses amies, chez les bénédictines de l'abbaye Sainte-Scholastique dans le Tarn, qu'il décide en juin 1930 de devenir moine bénédictin à l'abbaye voisine, Saint-Benoît d'En Calcat. Il entre au noviciat en septembre 1930 et prend le nom de frère Robert. Il étudie la philosophie et la théologie.
En parallèle, il continue à pratiquer l'aquarelle et le dessin, croquant des moments de la vie monastique, les paysages alentours et les basses-cours. En 1937, il commence les enluminures d'un évangéliaire. La même année, il est ordonné prêtre et reçoit alors le titre de Dom Robert, appellation monastique qui deviendra son nom d'artiste.
Au début de la Seconde Guerre mondiale, il fait partie d'un groupe de reconnaissance en Lorraine. Démobilisé le 25 juin 1940, il reçoit une véritable illumination devant le spectacle d'une cour de ferme, à proximité de Carcassonne, qui lui révèle son univers pictural :

« En juin 1940, revenant de Lorraine, nous avons débarqué dans l'Aude, à Carcassonne, et c'est là, vraiment, que j'ai ressenti ce vrai coup de foudre. C'était le lendemain de l'armistice, je crois, je ne sais plus, mais ce qui est clair, c'est que l'on se promenait. Il faisait réellement très, très chaud, nous étions près d'une vaste propriété, bordée d'un très haut mur sur le bord de la route,

et là, tout à coup, j'entends le cri d'un paon. C'était formidable. On fait un vaste tour, on trouve une grande entrée, on ouvre la grille, on rentre dans cette propriété et on se trouve dans un jardin. Alors là, une fontaine, un paon... et des paons, des coqs, et des poules et des canards, c'était ravissant ! Là, cela a été quelque chose de foudroyant et je crois que j'ai soudainement acquis un style. J'ignorais complètement ce que cela deviendrait, mais cela est sorti, je me suis mis à dessiner, sans arrêt. »

De retour à l'abbaye d'En Calcat, il transcrit en aquarelles l'univers pictural qui lui a été révélé et qu'il ne cessera désormais d'explorer. L'une d'elles deviendra la maquette de sa première tapisserie. En effet, sa rencontre en 1941 avec Jean Lurçat, lequel est impressionné et séduit par ses premières œuvres, enluminures et aquarelles, décide de son destin de peintre cartonnier. Lurçat l'oriente défini-

Dom Robert devant le carton de Prairial, 1963. ▲

tivement vers la tapisserie. Sa première tapisserie, *L'Été*, est tissée par la maison Tabard à Aubusson, à partir d'une aquarelle agrandie et transcrite en carton numéroté. Ses premières productions obtiennent un grand succès, notamment *L'Été* et *L'Automne*. Ces tapisseries sont tissées à Aubusson, d'abord à l'atelier Tabard, puis à partir de 1955, chez Suzanne Goubely.

Entre 1947 et 1958, il continue son œuvre à l'abbaye de Buckfast en

Angleterre, monastère bénédictin du Devon. Durant ses années anglaises, il continue de dessiner énormément, notamment des moines, des joueurs de cricket et de polo. Pour ses tapisseries, il s'inspire de l'observation de chevaux, poneys et moutons sauvages croqués sur le vif sur le plateau du Dartmoor, et de thèmes plus exotiques glanés dans des jardins botaniques. À Londres, il rencontre les frères Georges et Charles Gimpel, qui l'exposent régulièrement dans

▲ *Le Printemps (détail), carton de Dom Robert, tapisserie de basse lisse, tissage atelier Tabard, Aubusson, 1942.*

leur galerie. En 1958, son retour à En Calcat marque le début d'une fructueuse période de créativité. L'artiste est inspiré par la faune, la flore et les cours de ferme de la Montagne noire. Le rythme de ses créations est soutenu. De 1962 à 1992, ses tapisseries sont exposées dans de nombreuses galeries, notamment à Paris, par La Demeure, puis la galerie Inard ; ses œuvres sont acquises par des institutions publiques et privées, comme le musée d'Art moderne de Paris, le musée Jean-Lurçat à Angers, le musée de la tapisserie d'Aubusson, et de belles expositions jalonnent cette période.

En 1994, après une grave chute dans un escalier, Dom Robert, très diminué, cesse toute activité. Il s'éteint à l'abbaye d'En Calcat, le 10 mai 1997, entouré de ses frères moines bénédictins.

Le 11 avril 2015, afin de lui rendre hommage et de pérenniser son œuvre, le Musée Dom Robert et de la tapisserie du XXe siècle a ouvert ses portes au sein de l'ancienne Abbaye-école de Sorèze, dans le Tarn, édifice du XVIIe siècle classé au titre des Monuments historiques. Pas moins de 1500 m^{2} sont ainsi dédiés à celui qui fut un peintre cartonnier hors pair et à l'histoire de la tapisserie du XXe siècle.

Guy de Rouville

Pol Roux, fondateur d'un maquis unique en France

Dans l'édition du Tarn du quotidien *La Dépêche du Midi* en date du 13 janvier 2017, la journaliste Sylvie Ferré évoquait en ces termes la mort de Guy de Rouville : «*figure de la Résistance dans les Monts de Lacaune, dernier grand industriel vabrais, fils unique d'une grande famille de la bourgeoisie protestante, grand sportif, pilote d'avion de tourisme et pilote de planeur*». La répétition du terme «grand» sied parfaitement à celui qui fut une personnalité de son village, de sa région et de l'histoire du département du Tarn.

Guy de Rouville naît le 12 juin 1915 à Castres, dans une lignée de notables protestants tarnais originaires des Cévennes. Son père Henry Gervais de Rouville est propriétaire d'une usine textile à Vabre. Il a pour arrière-grand-père Paul Gervais de Rouville, qui fut un éminent professeur de géologie à la faculté des sciences de Montpellier. De 1925 à 1933, Guy de Rouville fait ses études secondaires au collège Jean Jaurès de Castres et les poursuit à l'École des Roches à Verneuil-sur-Avre (Eure). En 1934, il entre en classe préparatoire au Lycée Louis-le-Grand à Paris, puis à l'École centrale des arts et manufactures de Paris. Il obtient son diplôme d'ingénieur en juillet 1939 et, le mois suivant, il épouse Odile Schlumberger, fille du banquier protestant alsacien Maurice Schlumberger et descendante de François Guizot qui fut président du Conseil sous Louis-Philippe.

Le site internet «Amicale des maquis de Vabre» retrace très exactement ce que fut l'action de Guy de Rouville de 1939 à 1945, durant le deuxième conflit mondial.

En septembre 1939, après l'envahissement de la Pologne par

l'Allemagne et le déclenchement de la Seconde Guerre mondiale, Guy de Rouville est mobilisé comme élève officier d'artillerie à Fontainebleau, puis à Tarbes lors de la création du Régiment d'artillerie. Pendant ce qui fut appelé la « drôle de guerre », il est chef de section antichar dans les environs de Soissons, puis démobilisé en août 1940.

De 1940 à 1942, il est délégué à la Jeunesse et Sports du canton de Vabre et fabricant de gazogènes à charbon de bois à Castres. Durant cette période, il devient responsable départemental puis régional du scoutisme protestant routier et le renforce avec l'aide de Robert Cook, pasteur de Vabre.

À compter de 1942, notamment par le biais de la filière du textile, la montagne tarnaise, à forte présence protestante, est un refuge pour les juifs recherchés par la police.

En août 1942, la Castraise Hélène Rulland, cheftaine d'éclaireuses israélites de France, demande à Guy de Rouville de mettre à disposition une grange qui lui appartient et qui se trouve au lieu-dit Renne, au-dessus de Vabre. Grâce à de Rouville et à Cook, 35 jeunes filles juives pourchassées y seront dissimulées avant qu'une organisation puisse les évacuer vers la Suisse. Cette grange servira de cache à des réfugiés durant deux ans.

Dans le prolongement de cette action, il crée un réseau de faux

Odile de Rouville en train de coudre un blason du Club Athlétique Vabrais (en haut). Guy de Rouville (en bas). ▲

papiers et d'accueil pour les réfractaires au Service du Travail Obligatoire en Allemagne (STO). Avec l'aide du père Gilbert Cugnasse, supérieur du petit séminaire de Pratlong, dans les Monts de Lacaune, il assure le repli des membres de l'École des cadres d'Uriage dans cet établissement religieux. Cette école, mise en place par le régime de Vichy et d'inspiration pétainiste, était censée former l'élite de la nation.
En janvier 1943, Guy de Rouville rejoint la Résistance sous le pseudonyme de Pol Roux (ou Paul Roux) et intègre les Mouvements Unis de Résistance (M.U.R.), organisation qui vient d'être créée par la fusion des trois grands mouvements de résistance non communiste de la zone sud : Combat, Libération et Franc-Tireur. En mars 1943, il fonde les Maquis de Vabre, dans les Monts de Lacaune. Il s'agit d'une organisation unique en France car elle est créée hors des réseaux de résistance structurés. François Reille-Soult, chef départemental des M.U.R. et député conservateur du Tarn, lui confie la responsabilité du secteur 10 de Combat qui regroupe 38 communes.
Durant cette période, avec son épouse Odile, il continue d'habiter à Vabre, chez ses parents, mais également au Bousquet au domicile de sa grand-mère. À compter du mois de février 1944, la maison familiale abrite environ cinq tonnes d'armes et de munitions, et en août, un officier des maquis de Vabre ainsi qu'un G.I., soldat américain, tous deux grièvement blessés. Sa femme Odile était une sorte de maquisarde à domicile : « *Somme toute, j'étais une portière-sentinelle, chargée de trier les "bons" et les "mauvais" qui, de jour comme de nuit, risquaient de sonner à la porte, réclamant sans distinction soit Guy de Rouville, soit Pol Roux. Tâche que je partageais avec ma belle-mère Louise qui assumait surtout l'intendance des repas dans une maison continuellement bourrée de suspects de passage.* »
En juin 1944, les maquis de Vabre deviennent le corps franc de la Libération du Tarn (C.F.L.) n° 10, organisation comprenant des personnes de tous horizons politiques ou religieux, et de nombreux juifs, scouts et réfugiés.
Le C.F.L. (Corps Francs de la Libération) de Guy de Rouville compte plus de 400 maquisards répartis en trois compagnies, ainsi qu'un

groupe de sabotage qui bénéficie des conseils d'André Jamme, alias commandant Castor.
À partir du débarquement de Normandie le 6 juin 1944, le corps franc de Pol Roux reçoit plusieurs parachutages d'armes et de résistants. Le rôle de la structure est d'empêcher l'ennemi de se déplacer. Le 21 août, Castres est libéré et 4 800 Allemands sont faits prisonniers.

Le 7 septembre, Pol Roux et 250 volontaires de maquis de Vabre intègrent le corps franc Bayard placé sous les ordres du commandant Pierre Dunoyer de Segonzac, dit Commandant Hugues. Ils rejoignent la 1re armée du maréchal Jean de Lattre de Tassigny à Autun en Saône-et-Loire, qui deviendra le 12e régiment de dragons de reconnaissance. Le capitaine Guy de Rouville y sert en qualité d'officier de transmission. Après la reddition de l'armée allemande, le 7 mai 1945, il est démobilisé.
Il retourne à Vabre où il demeurera jusqu'à la fin de ses jours, retrouvant ses deux métiers : chef d'entreprise dans l'industrie textile, exploitant agricole et forestier. En 1948, Européen convaincu, il est membre fondateur du Mouvement Européen (M.E.) et siège au Conseil national des instances françaises. Celui-ci a pour objectif, au-delà des appartenances partisanes, d'étudier les problèmes

Les jeunes filles juives étrangères hébergées à la jasse de Renne, été 1942. ▲

politiques, économiques, techniques et culturels posés par l'union de l'Europe.
En 1957, Guy de Rouville est parmi ceux qui contribuent à la création de la Maison de l'Élevage du Tarn et en 1961 il est le président fondateur de la Fédération Française d'Économie Montagnarde. Outre la direction de l'entreprise textile Faure-Claron à Vabre, l'ex Pol Roux se fait un devoir d'organiser, au titre de l'Amicale des anciens du maquis de Vabre, des retrouvailles régulières des membres du C. F. L. n° 10. Guy de Rouville décède à Vabre le 13 janvier 2017, à l'âge de 101 ans. Il était officier de la Légion d'honneur, Croix de guerre avec trois citations et médaille de la Résistance avec rosette.

Francis Rui

Le « Monsieur drop » du Castres Olympique

Si l'Occitanie est une terre de rugby, le Tarn en fait également et évidemment partie grâce à son club phare, le Castres Olympique (CO) qui a été quintuple champion de France de première division : 1949, 1950, 1993, 2013 et 2018.

Quelques noms célèbres ont évolué au CO : Gérard Cholley, Christophe Urios, Laurent Labit, Lionel Nallet, Hugo Mola, Jean-Marc Aué, Thomas Castaignède, Rémi Talès, Raphael Ibanez, Brice Dulin, Rory Kockott, Antoine Dupont, etc. Sans oublier les internationaux étrangers. Dans cette énumération, il convient d'inclure le discret, mais efficace Francis Rui qui passa 20 ans au CO comme joueur, dont 8 en tant que capitaine de l'équipe première.

Le capitaine du CO soulève le Brennus en 1993.

Francis Rui, né à Gimont dans le Gers, le

23 février 1959, a commencé très tôt la pratique du rugby à l'Étoile Sportive Gimontoise. Repéré par la cellule recrutement du Castres Olympique, il arrive dans la sous-préfecture tarnaise en 1976, à l'âge de 17 ans. Après avoir été le demi d'ouverture des juniors castrais, ce talentueux et prometteur buteur devient l'inamovible ouvreur de l'équipe 1. Il est employé au sein des Laboratoires Pierre Fabre.
À compter de la saison 1979-1980, le Championnat de France de rugby élite est divisé en deux groupes. Le groupe A est organisé en quatre poules de dix clubs, dont les huit premiers se qualifient pour les seizièmes de finale. Jusqu'en 1985, le CO se bat pour le maintien, n'étant qualifié pour les seizièmes de finale que lors de la saison 1980-1981. Le demi d'ouverture et buteur Francis Rui est le joueur providentiel des bleu et blanc, sauvant plusieurs fois l'équipe de la relégation.
Francis Rui se singularise par ses chaussures à bouts carrés qui ont construit sa renommée dans le monde du rugby à XV. Il est l'un des derniers buteurs à taper le ballon de la pointe du pied, et ce avec un excellent taux de réussite, alors que la plupart de ses concurrents bottent de l'intérieur du pied selon la technique mise au point par Roger Brethes.
En 1983, à l'occasion de la rencontre opposant le Castres Olympique au Sporting Club Albigeois, le sélectionneur de l'équipe de France Jacques Fouroux se trouve dans les tribunes du stade Pierre-Antoine. Il est venu superviser deux des buteurs les plus prolifiques du championnat : l'Albigeois Jean-Marc Lescure et le Castrais Francis Rui. La prestation de l'ouvreur du CO l'impressionne. Mais ce n'est pas pour autant qu'il sera retenu avec les Bleus pour les matchs à venir.
En 1988, le Castrais Pierre Fabre, fondateur d'une multinationale pharmaceutique, devient propriétaire du club et une nouvelle ère commence pour le CO. Le 4 juin 1989, à Saint-Gaudens, les Castrais remportent la finale du Championnat de France groupe B, face à Pau, sur le score de 18-9. Ce jour-là, la paire inamovible de demis Séguier-Rui fait des merveilles. L'ouvreur de Castres Francis Rui réussit un drop, une pénalité et deux transformations. Après trois saisons passées dans la catégorie inférieure, le CO

retrouve la première division.
Dès lors, la carrière de Francis Rui prend une tout autre dimension. Outre son redoutable jeu au pied et ses qualités de buteur, il est reconnu pour son sens tactique et ses talents d'organisateur. Mais il reste avant tout le très grand spécialiste français du drop goal, ce qui lui a valu le surnom de « Monsieur drop » et d'être classé par l'hebdomadaire *Midi Olympique*, durant douze années consécutives, de 1985 à 1996, parmi dans les dix meilleurs ouvreurs français. En 1992, il est le meilleur réalisateur de drops du championnat avec 19 réalisations, dont trois contre Bègles-Bordeaux en match de poule et également trois contre Colomiers en quart de finale.
Le 5 juin 1993, au Parc des Princes à Paris, c'est le couronnement de la carrière de Francis Rui, capitaine et stratège du CO, avec le titre de champion de France première division, après une finale polémique face au FC Grenoble, gagnée sur le score de 14-11. Les Castrais l'emportent grâce à deux pénalités de l'arrière Laurent Labit, meilleur réalisateur du Championnat, un drop en coin de Francis Rui et un essai contesté et contestable du All Black Gary Whetton à la 66e minute. Sur une chandelle castraise filant jusqu'à l'en-but des Isérois, Franck Hueber réceptionne le cuir et l'aplatit dans son en-

La tribune Francis Rui au stade Pierre-Fabre.

but. Problème : l'arbitre Daniel Salles n'a pas vu le Grenoblois en possession du ballon et accorde... un essai au deuxième ligne castrais Gary Whetton qui a aplati en second ! Bien des années plus tard, Daniel Salles reconnaîtra son erreur. Tout cela n'empêche pas Francis Rui de soulever le mythique bouclier de Brennus remis par le président de la République François Mitterrand et de savourer ce titre.

Francis Rui va rester l'ouvreur du CO jusqu'en 1996, avant de rejoindre le club de Castelnaudary pour deux saisons. De 1998 à 2000, il revient à Castres comme entraîneur en second, puis retourne à Castelnaudary pour manager le club qui évolue en Fédérale 3 et qui est présidé par Guy Spanghero, le frère des internationaux Walter et Claude Spanghero.

Le jeudi 21 septembre 2001 est connu pour être associé à la catastrophe de l'usine chimique AZF de Toulouse qui a provoqué la mort de 30 personnes. Le même jour, au soir, Francis Rui quitte l'entraînement du club de Castelnaudary pour rejoindre Castres. Sa voiture étant en panne, il prend place dans une Audi 80 TDI conduite par l'un de ses joueurs domiciliés à Saïx, près de Castres.

▲ *Francis Rui prêt pour le drop.*

Vers 21 h 15, à hauteur de la commune de Saint-Félix-de-Lauragais, au lieu-dit Malpas, juste avant Revel, pour une raison indéterminée, le véhicule quitte sa trajectoire et s'encastre dans un platane. Peu de temps après, Francis Rui meurt au CHU Toulouse Hôpital Rangueil. Le CO vient de perdre son enfant chéri et la ville de Castres l'un de ses symboles les plus éclatants.

Antoinette de Salvan de Saliès

La petite muse d'Alby

C'était ainsi que la poétesse albigeoise aimait qu'elle soit appelée. Elle était également désignée « La Viguière d'Alby », ayant épousé un viguier. Au XVIIe siècle, ce nom désignait un homme de loi du Midi de la France qui rendait la justice au nom d'un comte ou du roi. De même, jusqu'à la Révolution française, le nom de la cité épiscopale s'écrivait avec un « y ». Ce ne fut qu'à compter de fin 1789 que la graphie « Albi » fut utilisée.

Antoinette de Salvan naît en 1639 à Albi dans une famille de notables qui appartient à la noblesse dite « de robe ». Son grand-père était receveur des tailles et son père Étienne de Salvan est juge royal. Sa mère, Anne de Teissier, est fille d'un écuyer, titre aristocratique sous l'Ancien Régime. Antoinette reçoit une éducation en tout point conforme au rang de ses parents. Elle maîtrise parfaitement le latin et relativement bien l'espagnol et le grec. En 1661, elle se marie avec Antoine de Fontvielle, seigneur de Saliès, nommé depuis peu viguier d'Albi, de seize ans son aîné et qui appartient également à la noblesse de robe. Saliès, anciennement dénommé Saliez, est un village situé à six kilomètres d'Albi.

Dans ses fonctions de viguier, Antoine de Fontvielle est en conflit quasi permanent avec l'évêque d'Albi Gaspard de Daillon du Lude, contre lequel il mène des procès, notamment à Paris. Il meurt dans la capitale en 1672, laissant son épouse dans une situation financière difficile en raison de ses dettes et de ses démêlés judiciaires qu'il avait avec le prélat albigeois. Madame de Saliès ne se remariera pas et s'efforcera de faire face à ses difficultés d'argent durant son long veuvage.

Dans sa correspondance, elle explique que ce veuvage a favorisé sa vocation littéraire en lui donnant, pour reprendre ses propres dires, « *la liberté et l'indépendance d'écrire* ». Sa carrière littéraire commence en 1678 avec la publication de *La Comtesse d'Isembourg*, récit galant

qui obtient un certain succès. Mais sa notoriété auprès du grand public est assurée par les chroniques régulières qu'elle écrit dans le *Mercure galant*, de 1678 à 1707. Ce périodique a pour objectif de fournir aux lecteurs parisiens et provinciaux des nouvelles de la Cour et de la ville, et de rendre compte de tous les évènements mondains et littéraires. Dans le *Mercure galant*, elle publie notamment une fable intitulée *Narcisse* et dix poèmes. Épistolière très appréciée par la noblesse parisienne et provinciale, elle écrit également quinze lettres pour cette revue.

L'œuvre de Madame de Salvan est en très grande partie écrite en prose et fait d'elle une parfaite représentante de l'univers des femmes de lettres galantes dans la France du XVIIe siècle. Ses poèmes, essentiellement publiés dans le *Mercure galant*, sont avant tout des sonnets encomiastiques, c'est-à-dire à vocation élogieuse, dédiés à

Le château de Saliès. ▲

des amis. Fervente catholique, très attachée à la figure du roi auquel elle voue une admiration sans bornes, ses écrits poétiques sont des prières à l'attention de Louis XIV.

À Albi, Antoinette de Salvan de Saliès tient un salon « de gens d'esprit et de savants » qui s'inspire en droite ligne des académies de province. Son unique roman, *La Comtesse d'Isembourg*, paraît en 1678 à Paris chez l'éditeur mondain Claude Barbin. Cette nouvelle historique raconte les péripéties d'une belle et jeune princesse allemande, en butte à la jalousie autoritaire et menaçante de son vieux mari. Elle finit par lui échapper, s'enfuyant à Paris, puis à Albi où elle trouve le repos, la paix et la sérénité.

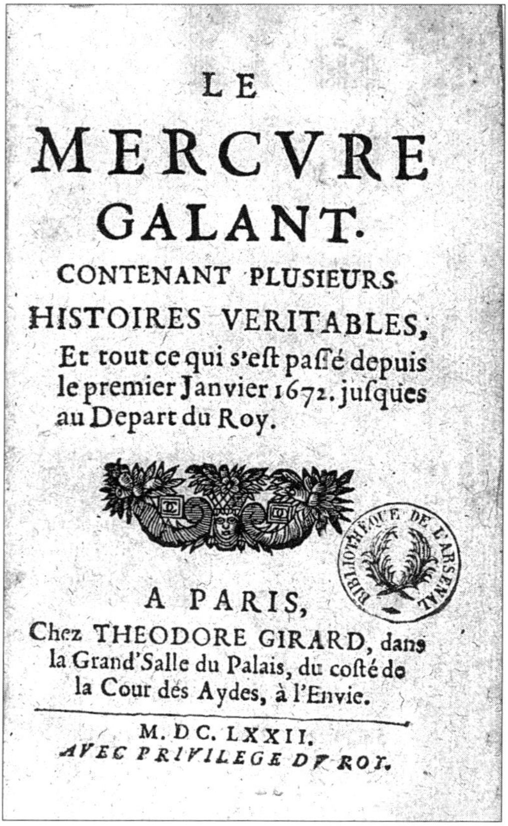
LE
MERCVRE
GALANT.
CONTENANT PLUSIEURS
HISTOIRES VERITABLES,
Et tout ce qui s'eſt paſſé depuis
le premier Janvier 1672. juſques
au Depart du Roy.

A PARIS,
Chez THEODORE GIRARD, dans
la Grand'Salle du Palais, du coſté de
la Cour des Aydes, à l'Envie.
M.DC.LXXII.
AVEC PRIVILEGE DV ROY.

L'engagement de « La petite muse d'Alby » pour la cause des femmes était bien réel. Dans son abondante correspondance, elle qualifie très souvent la gent masculine d'« usurpateurs » et dans une missive de remerciement aux académiciens italiens, elle va encore plus loin, affirmant qu'elle espère la fin de leur « empire tyrannique ». Néanmoins, Madame de Salvan de Saliès n'en était pas pour autant une révolutionnaire. Choquée et outrée par « *certaines préventions que la politique et la coutume ont mises dans l'esprit des hommes* », empêchant notamment les femmes d'exercer des charges publiques, elle se plaisait à signer ses lettres « Viguière d'Alby ».

La lecture féministe qui peut être faite de cette œuvre, appuyée sur un témoignage recueilli auprès d'une religieuse de la Visitation d'Albi, est confirmée par les positions ouvertement militantes de

▲ *Une revue dans laquelle la Tarnaise avait un grand succès.*

l'auteure. C'est ainsi qu'en juillet 1681, le *Mercure galant* fait état de son projet de fonder une « secte de philosophes en faveur des dames ». Antoinette de Salvan y développe l'idée de la nécessité « *de vivre commodément et de déterminer toutes les personnes raisonnables à secouer le joug des contraintes que l'erreur et la coutume ont établies dans le monde* ». En sont donc exclus les messieurs jugés trop courtois et prévenants pour être honnêtes, les pédants et les matamores, de même que les femmes coquettes et les dévotes !

Elle récidive dans cette recherche d'un modèle social mixte et apaisé en publiant en mars 1704, toujours dans le *Mercure galant*, les statuts d'une « Société des chevaliers et chevalières de bonne foi ». Elle mène ce projet avec son ami Claude-Charles Guyonnet de Vertron, féministe comme elle, historiographe du roi et auteur de la première histoire littéraire exclusivement consacrée aux femmes du XVIIe siècle, *La Nouvelle Pandore ou les femmes illustres de ce siècle* (1698).

Le féminisme de Madame de Saliès a été salué favorablement, puisqu'en 1689, elle devient membre de l'Académie des Ricovrati de Padoue en Italie. Il ne fut pas également un obstacle à la reconnaissance de ses talents littéraires dans les cercles légitimes et autorisés, comme en témoigne la publication de ses relations officielles à l'occasion d'évènements de la vie albigeoise : réception d'un nouvel évêque, fête religieuse, édition d'un ouvrage de piété, etc.

Antoinette de Salvan de Saliès décède le 14 juin 1730 dans son château de Saliès, à l'âge de 92 ans. Par la suite, la demeure passa dans la famille d'Aragon qui fait partie de sa descendance et dont le résistant Charles d'Aragon fut un éminent représentant.

Raymond Adolphe Séré de Rivières

Le « Vauban méconnu » de la fortification militaire

À l'évocation du nom de Séré de Rivières, les Albigeois et les Tarnais, dans leur grande majorité, pensent à la rue du centre-ville d'Albi, à proximité de la Place du Vigan. Et pourtant, le général Raymond Adolphe Séré de Rivières est le créateur d'un principe de fortifications militaires communément appelé « système Séré de Rivières ». Son illustre prédécesseur Vauban (1633-1707) est passé à la postérité. Séré de Rivières, lui, a été oublié dans les méandres de l'histoire.

Portrait de Raymond Adolphe Séré de Rivières.

Né à Albi le 20 mai 1815, Raymond Adolphe est le quatrième fils du chevalier Georges Séré de Rivières. La famille appartient à la noblesse languedocienne depuis le XVIIIe siècle. Le nom « Rivières » vient de la commune de Rivières, non loin de Gaillac ; son arrière-grand-père Jean Séré ayant acquis la Baronnie de Rivières, dans le Tarn. À 11 ans, Raymond Adolphe entre en 5e au collège Stanislas à Paris, établissement ayant obtenu une excellente réputation en vue de la préparation aux grandes écoles. Cinq ans plus tard, en 1831, il intègre le collège Royal de Toulouse pour se présenter à Saint-Cyr.

En 1833, l'étudiant est admis à cette école prestigieuse. Mais sa tante, qui fut très influente dans ses décisions de vie, parvient à le convaincre de préparer l'entrée à l'École polytechnique. Il y entre en 1835 et en sort, deux ans après, avec le grade de sous-lieutenant. Classé seulement 77e sur 107, ses choix étant limités, il continue sa formation à l'École d'application de l'artillerie et du génie de Metz où il apprend les bases et principes de la fortification militaire.

En 1841, Raymond Adolphe Séré de Rivières participe à la conquête de l'Algérie, avant d'intégrer, en 1843, la Chefferie du Génie de Toulon avec le grade de capitaine de seconde classe. Il poursuit sa carrière à la Chefferie du Génie de Perpignan, puis à celle de Castres. Au début du Second Empire, il est promu chef du Génie de la place de Carcassonne. En 1859, il fait partie du corps expéditionnaire en Italie et il est blessé lors de la bataille de Melegnano. Deux ans plus tard, Séré de Rivières est successivement nommé chef du Génie d'Orléans, de Paris-Nord en 1860 et de Nice, de 1862 à 1864.

Dans cette dernière ville, il commence un travail de fortifications qu'il reprendra sous la IIIe République. De 1864 à 1868, en qualité de chef du Génie de Metz, il fait édifier deux nouveaux forts dans le chef-lieu de la Moselle. Raymond Adolphe Séré de Rivières poursuit ses pérégrinations professionnelles à Lyon comme directeur des fortifications en 1868-1869. Jugeant celles de son prédécesseur Rohault de Fleury comme insuffisantes au vu de l'extension de la ville et de l'augmentation de la portée des canons, il est amené à réorganiser les défenses de la cité.

Le 4 septembre 1870, journée marquée par la chute de l'Empire et la proclamation de la IIIe République, le colonel Séré de Rivières, commandant de la place de Lyon, parvient à garder le contrôle de la situation face à un climat devenu semi-insurrectionnel et à mettre en route les chantiers de fortifications. Son sang-froid et ses qualités d'organisateur lui valent d'être promu au grade de général de brigade en octobre 1870. Trois mois plus tard, il poursuit son ascension dans la hiérarchie militaire en étant nommé commandant du génie du 24e Corps de l'armée de l'Est, sous les ordres du général Bourbaki. Séré de Rivières participe activement à la victoire d'Arcey face aux Prussiens, ce qui lui vaut de devenir commandant du Génie de l'armée de l'Est.

Fin avril – début mai 1871, pendant la répression de la Commune de Paris, il est à la tête du Génie du 2e corps de l'armée de Versailles

et dirige les sièges des forts d'Issy, de Vanves et de Montrouge qu'il enlève aux Fédérés. À l'automne 1871, il organise une campagne de reconnaissance de la défense française sur la frontière italienne. L'année suivante, lors du procès du maréchal Bazaine mis en cause pour la capitulation de Metz en 1870, il présente un rapport à charge, strict et accablant à l'encontre du prévenu.

En juin 1873, il est nommé secrétaire du Comité de défense créé par le président de la République Adolphe Thiers. Il s'oppose au général Frossard et expose sa conception de la réorganisation des frontières qui, selon lui, doivent être, conformément à ses propres

▲ *Fort des Basses Perches (territoire de Belfort), une réalisation de Raymond Adolphe Séré de Rivières.*

termes, « *à la fois défensives et offensives, fixes et en mouvement* ».
Les fortifications préconisées par Séré de Rivières reposent sur deux concepts principaux :

– l'établissement de rideaux défensifs à base de lignes de forts disposés de manière continue et en des points stratégiques (vallées, cols), afin d'arrêter l'avancée de l'ennemi,

– le principe de forts polygonaux, permettant un tir croisé pour une meilleure défense et entourés d'un fossé profond pour empêcher l'accès aux assaillants.

Pour la conception de ces fortifications, Séré de Rivières s'est ins-

piré du marquis de Vauban, l'ingénieur et architecte militaire de Louis XIV. Néanmoins, au vu de la défaite de 1871 lors de la guerre franco-prussienne, il a procédé à une réactualisation car elles étaient inadaptées pour faire face aux armes nouvelles.
En février 1874, Séré de Rivières devient directeur du service du Génie au ministère de la Guerre avec pour mission la construction urgente d'un nouveau système de fortification. Ce dernier va s'étendre de Lille à Toulon, en passant par Verdun, la nouvelle frontière de Lorraine, le Jura et les Alpes. Ainsi qu'à Paris et Lyon qui sont considérées comme des objectifs stratégiques.

La construction des fortifications du général Séré de Rivières s'est étalée sur plusieurs décennies et comprend trois générations de forts :

– 1874-1885 : forts construits en maçonnerie et terre, mais qui

deviennent rapidement obsolètes face à l'évolution des armes à feu,

– 1885-1890 : forts reprenant la même structure que les précédents, mais avec des améliorations techniques comme l'utilisation du béton,

– 1890-1914 : forts intégrant de nouvelles technologies telles que les tourelles blindées et les casemates de Bourges (fortification en béton armé protégeant deux canons tirant par des créneaux).

La frontière italienne voit sa défense rénovée par un renforcement des vieilles forteresses de montagne. Sur la frontière espagnole et le long de la côte atlantique, ainsi qu'à Paris, Séré de Rivières est

▲ *Les Fortifications de Bourlémont (Vosges), réalisées par Raymond Adolphe Séré de Rivières.*

à l'origine d'une nouvelle ceinture de forts, placés très en avant de ceux de 1840.

À la suite d'une cabale politique menée contre le service du Génie, Séré de Rivières est remplacé, le 10 janvier 1880, par le général Cosseron de Villenoisy, qui poursuivra jusqu'en 1885, presque à l'identique, le programme de son prédécesseur.

De 1874 à 1885, le calendrier de fortifications du général Raymond Adolphe Séré de Rivières s'est concrétisé par la construction de 196 forts, 58 petits ouvrages et 278 batteries sur l'ensemble des frontières et places stratégiques françaises ! Admiratifs devant une telle réalisation, les Allemands la baptisèrent « la barrière de fer ».

Raymond Adolphe Séré de Rivières s'éteint le 16 février 1895 à Albi. Il a été inhumé au cimetière du Père-Lachaise à Paris.

Ludovic de Solages

Le modernisateur des mines de Carmaux et l'opposant à Jean Jaurès

Le marquis Ludovic de Solages est connu pour avoir été, dès la fin du XIXe siècle, un des plus farouches opposants politiques à Jean Jaurès, dans la deuxième circonscription d'Albi. Mais ce fut également un chef d'entreprise de renom, héritier d'une dynastie qui exploita les mines de Carmaux durant plus de cent cinquante ans. Jérôme-Ludovic-Marie de Solages, plus communément appelé Ludovic de Solages, né à Carmaux le 20 juillet 1862, est le fils du marquis Gabriel de Solages et d'Alix de Courtarvel. La lignée de Solages appartient à une vieille famille du Rouergue (Aveyron) où ils avaient acquis une certaine notoriété dès le XVIIIe siècle.

En 1752, le grand-père de Ludovic, Gabriel de Solages, ayant découvert des gisements de charbon à Carmaux, le roi Louis XV lui accorde le privilège de leur exploitation pour une durée de vingt ans. La concession est prorogée à deux reprises. En vertu de la loi du 21 avril 1810 organisant la propriété minière, qui indiquait que toute concession devenait une propriété perpétuelle, disponible et transmissible, François-Gabriel de Solages, fils du chevalier, fonde l'entreprise des Mines et de la Verrerie de Carmaux, de Solages, père et fils. En 1888, après les décès de son grand-père et de son père, Ludovic de Solages entre au conseil d'administration de la Société des mines de Carmaux.

Après de brillantes études, notamment au collège jésuite de Vaugirard et avoir mené une vie mondaine, Ludovic de Solages épouse Marie-Louise Reille, fille du baron René Reille et de Geneviève Soult de Dalmatie. René Reille, chef de file des conservateurs tarnais, était député de la 2e circonscription du Tarn (Mazamet), grand capitaliste et président du conseil d'administration des Mines de Carmaux.

À la suite du décès de son épouse en 1891, Ludovic de Solages se remarie avec Marguerite de Pechpeyrou-Comminges de Guitaut, petite-fille du maréchal d'Empire Jean-de-Dieu Soult. Le marquis de Solages va connaître une remarquable réussite professionnelle. En 1895, grâce au baron Reille, il devient président de la Compagnie des Mines et de la Verrerie de Carmaux, fonction qu'il occupera jusqu'en 1927.

À la tête des mines, il poursuit une politique industrielle de type paternaliste en faveur des ouvriers et de leurs familles. Dans ce système d'assistanat que le marquis de Solages applique à la lettre, l'ouvrier est tributaire de l'entreprise notamment en matière de logement, de scolarité et de santé. Au moyen de la mise en place d'œuvres sociales, le patron doit, par-dessus tout, développer le sens moral grâce à la religion. Aux côtés de Charles Pérès qu'il avait nommé directeur des mines de Carmaux, il entame un vaste programme de modernisation des mines en multipliant les constructions.

De 1893 à 1899, il entreprend le creusement des puits de Sainte-Marie, ainsi qu'un important projet d'électrification de l'ensemble de la Houillère. Durant la Première Guerre mondiale, il fait bâtir la centrale électrique du Pré-Grand. En 1920, il vend sa ferme de Fontgrande, à Saint-Benoît-de-Carmaux, afin de créer le hameau de Fontgrande et le parc du Pré-Grand sur un terrain de quatre hectares. Il procède à l'agrandissement des écoles et de la Clinique Sainte-Barbe construite par la Société des mines de Carmaux en

Le marquis de Solages en 1898. ▲

1882-1883, pour les familles des mineurs. En 1921, Ludovic de Solages fonde la Compagnie générale industrielle qui va assurer l'exploitation des usines de transformation de la houille et de la centrale électrique.

En parallèle, il poursuit son ascension dans les milieux d'affaires en étant vice-président de la Société des verreries de Carmaux, fondateur de la Compagnie générale industrielle de Paris, administrateur de la Compagnie du canal de Beaucaire et membre du comité de direction du Comité central des houillères de France.
En 1888, à l'âge de 28 ans, le patron d'entreprise décide d'aborder la carrière politique : il est élu conseiller municipal de Blaye-les-Mines, commune de la proche banlieue carmausine. L'année suivante, profitant de ses qualités d'administrateur dynamique, il devient conseiller général du Tarn. Fort de ce succès, il se présente aux élections législatives et est élu député dans la 2e circonscription d'Albi (cantons de Carmaux et du Ségala). À la Chambre, le royaliste-marquis de Solages se rallie à la République et siège sur les bancs des conservateurs.

▲ *Illustration de 1892 sur la grève des mineurs à Carmaux.*

Mais, en 1892, sa vie politique brillamment entamée connaît un coup d'arrêt inattendu, à la suite de la grève des mineurs de Carmaux qui prend une ampleur considérable et un très net caractère politique avec le soutien de Jean Jaurès. La presse se fait largement l'écho de cette situation et certains journaux font courir le bruit qu'une solution au conflit pourrait être trouvée à condition que le marquis de Solages abandonne son mandat de député. Ne voulant pas, selon ses propres dires, « *être un obstacle à la reprise du travail qui faisait vivre un si grand nombre d'ouvriers* », il consent à démissionner. Néanmoins, les forces en présence ne parviennent pas à s'accorder sur une issue à la grève.
Alors que de Solages semblait être résolu à se tenir à l'écart du monde politique, la grève des verriers de Carmaux en 1895 et la création, l'année suivante, de la Verrerie Ouvrière d'Albi avec le soutien du député Jean Jaurès, le ramènent sur le devant de la scène. Pour faire échec à celui-ci, les conservateurs tarnais pensent que le recours à Ludovic de Solages s'impose pour reconquérir le siège de la circonscription de Carmaux. Cédant aux nombreuses sollicitations de ses amis politiques, il accepte d'être candidat contre Jaurès aux élections législatives de 1898 et est élu dès le premier tour, totalisant 6 702 voix contre 5 115 à son adversaire socialiste. À la Chambre des députés, il siège au sein du groupe des républicains indépendants et se manifeste peu, tant à la tribune que lors des séances publiques.
Aux élections législatives de 1902, le député sortant de Solages affronte de nouveau Jean Jaurès, mais sans succès, ce dernier étant réélu dès le premier tour, en obtenant 6 544 voix contre 6 154 au patron des mines de Carmaux. Malgré cette défaite, il se représente en 1906 sous l'étiquette Action libérale et se voit à nouveau battu par Jean Jaurès.
À la suite de ces derniers échecs électoraux, il décide de se consacrer uniquement à ses activités professionnelles. Jérôme-Ludovic-Marie de Solages s'éteint le 15 juin 1927, à l'âge de 64 ans, dans son château de La Cour, à Souday, petit village du Loir-et-Cher.

Jean-de-Dieu Soult

Pur produit des guerres révolutionnaires et de l'Empire et politicien opportuniste

Jean-de-Dieu Soult, né le 29 mars 1769 à Saint-Amans-la-Bastide dans le département du Tarn, à huit kilomètres de Mazamet, dans le massif de la montagne Noire, est l'une des très rares personnalités françaises à avoir son nom accolé à celui d'une commune de l'Hexagone. En effet, cette ancienne bastide royale du XIIIe siècle, nommée Saint-Amans-la-Bastide jusqu'en 1852, répondra ensuite à la dénomination de Saint-Amans-Soult.

Aîné des garçons d'une famille de sept enfants dont le père était notaire à Saint-Amans-la-Bastide, Jean-de-Dieu Soult est tout naturellement promis à un métier de juriste, ayant appris quelques rudiments de ce métier du droit. Mais la mort du *pater familias* en 1779 a un impact déterminant sur sa future vocation. En 1785, à l'âge de 16 ans, il s'engage comme simple soldat dans le régiment de Royal-Infanterie à Saint-Jean-d'Angély. En raison de ses origines roturières, Jean-de-Dieu Soult est voué à une modeste carrière militaire, mais les guerres révolutionnaires vont lui assurer une ascension rapide.

Il occupe le poste de sergent en 1791, de sous-lieutenant l'année suivante, il intègre l'état-major du général Hoche à la fin de l'année 1793. Sa bravoure à la bataille de Fleurus, le 26 juin 1794, lui vaut de devenir général de brigade. Incorporé dans l'armée de Sambre-et-Meuse, Soult accède au grade de général de division en 1799 et sert, sous la direction de Masséna, dans l'armée d'Helvétie et dans celle d'Italie. Le 13 mai 1800, il est blessé et fait prisonnier à la bataille de Monte-Cretto. Après sa libération, il procède à la pacification du Piémont en qualité de commandant militaire. Jean-de-Dieu Soult participe à l'expédition du général en chef Murat contre les troupes napolitaines qui se termine le 6 février 1801 par l'armistice de Foligno, puis il a en charge l'administration militaire des Pouilles.

Lorsqu'il revient à Paris en 1802, il devient l'un des quatre généraux appelés au commandement de la garde consulaire. Deux ans plus tard, c'est la consécration, Soult est élevé au rang de maréchal d'Empire. Le 2 décembre 1805, le 4e corps de la Grande Armée, avec à sa tête Soult, est l'un de ceux qui contribuent le plus à la victoire d'Austerlitz. Soult y gagne le titre de *« premier manœuvrier d'Europe »*, décerné par Napoléon. Néanmoins, certains émettent des doutes quant à sa valeur militaire, l'accusant même de manquer de courage physique. Le général Thiébault va même jusqu'à affirmer que Soult a usé d'un subterfuge pour ne pas assister et prendre part à la bataille d'Austerlitz !

L'année suivante, le 14 octobre 1806, le Languedocien contribue à la défaite que Napoléon Ier inflige aux 50 000 Prussiens du prince de Hohenlohe, au terme de la campagne de Saxe. Le maréchal

Jean-de-Dieu Soult, peint en 1805. ▲

Soult participe à la victoire d'Eylau des 7 et 8 octobre 1807, puis il démontre ses facultés de tacticien à Greussen en infligeant une cinglante déroute au maréchal prussien Kalkreuth.
Austerlitz, Iéna, Eylau, Magdebourg, Wolfersdorf, Königsberg : sa carrière se confond désormais avec les hauts faits de l'empereur. En 1808, Jean-de-Dieu Soult reçoit le titre de duc de Dalmatie. Il est aux commandes du 2e corps de la Grande Armée en Espagne (1808-1814), se taillant une renommée de militaire-organisateur, méthodique et opiniâtre. À son passif : dans la péninsule ibérique, il participe au pillage des œuvres d'art conservées dans les églises et les monastères et acquiert une réputation de dureté envers ses soldats.
Lors de la première Restauration (1814-1845), l'opportuniste Soult se rallie aux Bourbons et reçoit en récompense le ministère de la Guerre qu'il occupe du 3 décembre 1814 au 11 mars 1815. Néanmoins, tandis que Napoléon débarque à Golfe Juan le 1er mars 1815, il se remet au service de l'empereur durant les Cent-Jours.

▲ *Le maréchal Soult au combat.*

Il est nommé pair de France et major général de l'armée.
Lors de la seconde Restauration, ses tergiversations et volte-face lui valent d'être contraint à l'exil et rayé de la liste des maréchaux. Cependant, en 1820, Louis XVIII lui rend sa dignité de maréchal et Charles X l'élève à la pairie le 5 novembre 1827, dignité de pair attachée à un grand fief et relevant immédiatement de la couronne.
En 1830, Jean-de-Dieu Soult se rallie à Louis-Philippe qui fait de lui son ministre de la Guerre de 1830 à 1834. Sa répression de la première insurrection des canuts, à Lyon (23 novembre 1831 - 3 décembre 1831), lui vaut l'hostilité des républicains. De 1832 à 1834, tout en étant ministre de la Guerre, il occupe la présidence du Conseil des ministres. Ce cumul de fonctions se renouvelle à plusieurs reprises : de 1839 à 1840, lorsqu'il conjugue la présidence du Conseil des ministres avec le portefeuille des Affaires étrangères ; de 1840 à 1847, où il est de nouveau ministre de la Guerre.
La présence répétée de Soult à la tête du ministère de la Guerre se justifie par ses compétences professionnelles, les seules qui ne lui étaient pas contestées par ses contemporains, contrairement à son savoir-faire militaire. Dans le *Mémorial de Sainte-Hélène*, Napoléon en témoigne : « *Il est bien plus encore un excellent ordonnateur, un bon ministre de la Guerre* ».
Cependant, ses nominations plus surprenantes à la présidence du Conseil des ministres s'expliquent par le fait qu'elles aient coïncidé avec des périodes de crises ministérielles et de fortes tensions sociales. La fermeté, la sévérité et la dureté de l'ex-duc de Dalmatie étaient supposées répondre aux besoins du moment.
En 1847, pour raisons de santé, Jean-de-Dieu Soult quitte la vie politique et se voit attribuer par Louis-Philippe la dignité honorifique de maréchal général des camps et des armées du roi. Toujours spécialiste des changements d'opinion, lors de la révolution de février 1848, Soult se déclare républicain et se retire dans le Tarn, dans sa ville natale de Saint-Amans-la-Bastide.
Il décède le 26 novembre 1851 au château de Soult-Berg, en étant couvert de distinctions.
À sa mort, il est à la tête d'une fortune considérable avec, notamment un domaine de près de 516 hectares, à Saint-Amans-la-Bastide

pour une valeur immobilière évaluée à 740 000 francs. Dès la Restauration, il avait investi dans les houillères de Rochebelle et de Trénys, la Compagnie des fonderies et forges d'Alais à Alès dans le Gard, le canal d'Aigues-Mortes, la papeterie à Mazamet. La totalité de ses placements, en terres et en actions, atteignait la somme d'environ deux millions de francs. L'ensemble des tableaux, composé de ses saisies en Espagne, comportait à sa mort cent cinquante-sept pièces, ce qui constituait la plus grande collection de peintures espagnoles, hors de l'Espagne : il possédait, notamment, quinze œuvres de Murillo et dix-huit de Zurbarán.

Il avait épousé en 1796 Jeanne-Louise-Élisabeth Berg qui lui donna deux enfants affublés de prénoms ciblés : Napoléon-Hector Soult de Dalmatie et Joséphine-Louise-Hortense Soult de Dalmatie.

Georges Spénale

Ce Tarnais qui fut président du Parlement européen

Dans les années 70, jusqu'à sa mort en 1983, nombreux étaient les Tarnais qui considéraient que Georges Spénale était plus connu en Europe que dans leur département. Alain Poher, président de la République française par intérim, présentait Georges Spénale en ces termes : « *Cet homme, élu dans la circonscription de Jaurès, dont la vie était discrète en toutes circonstances, mais exceptionnelle en tous points* ». Avec ses costumes en velours côtelé et son éternel cigare aux lèvres, ce politicien différent, écrivain et poète à ses heures, était une personne humble, simple et abordable, très proche des

Georges Spénale à l'âge de 62 ans.

gens. Dans un article du quotidien *La Croix*, le supérieur du séminaire de Saint-Sulpice, ville dont Georges Spénale fut le maire… socialiste, écrivait ceci : « *Cet homme a le don de rendre aimable ce qu'il pense et ce qu'il dit. Il convertit, par sa façon d'être, n'importe qui à son idéal, car ses opinions ne paraissent jamais en contradiction avec les vôtres, tellement elles sont imprégnées d'humanité.* »

Georges Spénale, né en 1913 à Carcassonne, a passé son enfance à Rabastens, dans l'ouest du Tarn, où son père était employé des postes. Après des études secondaires au lycée Ingres à Montauban, il s'inscrit en faculté de droit où il obtient une licence. En 1934, il entre à l'École nationale de la France d'outre-mer, dont il sort diplômé en 1937. Dans cet établissement, il se lie d'amitié avec son camarade de promotion Pierre Messmer, futur Premier ministre de Georges Pompidou, une relation indéfectible qui va durer pendant plus de quarante ans.

En 1937, Georges Spénale est affecté au bureau des affaires économiques en Guinée, puis il est nommé administrateur adjoint de la France d'outre-mer en 1939 et chef de subdivision en Haute-Volta en 1941. Il est ensuite chargé des affaires réservées auprès du gouvernement de la Côte d'Ivoire de 1949 à 1951. Ayant obtenu le titre d'administrateur en chef des colonies en 1951, il poursuit sa carrière au Cameroun comme directeur de cabinet du Haut-commissaire jusqu'en 1955.

Georges Spénale rentre en France pour occuper des fonctions administratives au ministère de la France d'outre-mer : chargé des affaires politiques, puis responsable de la Société de radiodiffusion de la France d'outre-mer. Le 17 avril 1956, il succède à son ami Pierre Messmer comme directeur du cabinet de Gaston Defferre, ministre de la France d'outre-mer. Il est notamment chargé de veiller à l'application de la loi-cadre qui réforme profondément le mode d'administration des anciennes colonies et prépare l'émancipation des territoires de l'Union française. Georges Spénale achève sa carrière en Afrique comme Haut-commissaire de la République française au Togo de 1957 à 1960. En 1967, il reçoit le titre de gouverneur honoraire de la France d'outre-mer.

À la fin des années 50, Spénale commence à s'intéresser à la politique et s'inscrit au Parti socialiste SFIO en 1960. Deux ans après, il est investi candidat de la troisième circonscription du Tarn, celle de Gaillac-Lavaur. Se présentant comme un « homme neuf » qui a

accompli une carrière administrative, qui « ne doit rien à la politique » et qui a fait la preuve de ses compétences en Afrique, il l'emporte au second tour, le 25 novembre 1962, dans une triangulaire face à Henri Yrissou, député sortant, maire de Gaillac, partisan de l'Algérie française et au candidat gaulliste Jean Maynard. Élu d'une circonscription rurale, le député Georges Spénale se consacre tout particulièrement aux problèmes du monde agricole : modernisation de l'agriculture, aménagement du territoire dans les campagnes, soutien au revenu agricole.

En parallèle, il assoit son implantation locale en étant élu conseiller

Le siège du Parlement européen, dont Georges Spénale fut le 13e président. ▲

général du canton de Rabastens en 1964 et maire de Saint-Sulpice l'année suivante. Le spécialiste des questions internationales est élu représentant de la France au Parlement européen le 17 décembre 1964. Président de la commission des finances de 1967 à 1974, président du groupe socialiste en 1974 à 1975, Georges Spénale accède à la présidence du Parlement européen le 11 mars 1975, au quatrième tour de scrutin. Afin de démocratiser l'Europe en construction, grâce à son action infatigable auprès des États membres, il est à l'origine de l'élection du Parlement au suffrage universel. Durant les deux ans passés à la tête de l'institution européenne, jusqu'en mars 1977, il a été l'artisan des accords de Lomé et n'a cessé d'œuvrer pour l'amélioration des relations entre celle-ci et les autres institutions européennes : le Conseil des ministres et la Commission. Le démocrate-chrétien Emilio Colombo, ancien président du Conseil italien, lui succédant, Georges Spénale devient premier vice-président du Parlement européen, et le demeure jusqu'en juin 1979.

Il est réélu député lors des élections législatives de mars 1967, sous l'étiquette de la Fédération de la gauche démocrate et socialiste (FGDS). Au Palais Bourbon, en complément des problèmes liés à l'agriculture et à la viticulture (Gaillac étant dans sa circonscription), la question de la décentralisation est au centre de ses préoccupations. Aux législatives des 23 et 30 juin 1969, il fait partie des 57 députés socialistes et radicaux qui ont échappé à la débâcle électorale de la FGDS.

▲ *Georges Spénale, président du Parlement européen, en visite à Singapour (1975).*

Avec deux succès électoraux, 1973 est une année faste pour Georges Spénale : il entre au Conseil régional de Midi-Pyrénées, dont il deviendra le vice-président en 1975, et il est réélu pour un quatrième mandat à l'Assemblée nationale. Dans sa campagne électorale, il réaffirme son attachement à l'Europe en tant que puissance économique et puissance politique garantissant la paix, et se fait le chantre de la décentralisation comme outil de revitalisation économique des territoires.

Changement de cap en 1977 avec sa candidature aux élections sénatoriales du 25 septembre 1977. Georges Spénale conduit la liste d'« Union de la gauche socialiste et démocrate » et est élu sénateur du Tarn dès le premier tour de scrutin, obtenant 529 voix sur les 906 grands électeurs inscrits. Au Palais du Luxembourg, un grand nombre de ses interventions sont consacrées à l'Europe et notamment à la place des campagnes françaises dans le Marché commun et à l'élargissement de la communauté européenne à l'Espagne, au Portugal et à la Grèce. Le 25 février 1981, à Luxembourg, il reçoit le prix Joseph Bech pour son action au service de la construction européenne.

Tout au long de sa carrière parlementaire, Georges Spénale a tenu à être un élu local : conseiller général du canton de Rabastens de 1964 à 1976 et maire de Saint-Sulpice-la-Pointe durant trois mandats, de 1965 à 1983.

Georges Spénale décède au cours de son mandat sénatorial le 20 août 1983, à l'hôpital de la Pitié-Salpêtrière à Paris, des suites de ce qu'il est coutume d'appeler « une longue maladie ».

Louis-Casimir Teyssier

Défenseur héroïque de Bitche et conteur occitan

Louis-Casimir Teyssier, plus célèbre sous le nom de colonel Teyssier, est passé à la postérité en raison de sa défense héroïque de la citadelle de Bitche lors de la guerre de 1870 contre la Prusse. Néanmoins, outre ce fait d'armes, l'Albigeois issu d'une famille comptant plusieurs générations de militaires est une personnalité multiple qui avait plusieurs cordes à son arc.

Le 25 août 1821, Cécile Mulequiès, fille de service originaire de Lisle-sur-Tarn, non loin de Gaillac, donne naissance à un enfant de sexe masculin prénommé Louis-Casimir et déclaré « fils de père inconnu ». Celui-ci n'est autre que Jean-Marie Auguste Teyssier, lieutenant d'infanterie, appartenant à la garde impériale et ami de l'amiral Rochegude. Il ne reconnaît la progéniture qu'en 1830 et n'épouse Cécile Mulequiès que le... 3 juillet 1857, à l'âge de 71 ans !

Après sa scolarité primaire, Louis-Casimir entre au collège d'Albi à l'âge de 9 ans. Ses études devaient l'amener à devenir géomètre du cadastre, mais à 21 ans, en 1842, il embrasse la carrière militaire. Il rejoint le 21e régiment d'infanterie de ligne à Cherbourg comme simple soldat. Dans ce même régiment, Louis-Casimir Teyssier gravit les échelons : caporal en 1845, sergent en 1848, sous-lieutenant en 1852, lieutenant puis capitaine lors de la guerre de Crimée (1853-1856).

Le 8 septembre 1855, le lieutenant Teyssier est gravement blessé durant l'assaut de Sébastopol : éclat de pierre à la tête, coup de feu à la main droite, boulet de canon à la cuisse droite ! Laissé pour mort, il est fait prisonnier de guerre et rentre de Crimée le 15 décembre

1855. Placé trois jours après au 98e régiment d'infanterie de ligne, il fait la campagne d'Italie. Lors de la bataille de Montebello, il est à nouveau touché, une balle lui ayant traversé la poitrine de part en part.

Le 6 novembre 1867, Louis-Casimir Teyssier est promu chef de bataillon au 73e de ligne. Il reçoit la Croix d'officier de la Légion d'honneur le 12 mars 1870. Peu de temps après, lors de la déclaration de guerre entre la Prusse et la France, il obtient le commandement de la place forte de Bitche, en Lorraine, sur la frontière de la Bavière Rhénane.

Le 4 août 1870, l'armée du Rhin du général Mac-Mahon est battue à Wissembourg, puis à Reichshoffen le 7 août. Des soldats rescapés se réfugient dans la forteresse de Bitche, portant les effectifs de la place forte à 2 400 militaires. La défense dispose de 53 canons dont, seulement 17 sont utilisables.

Sous les ordres du colonel Kohlermann, les Prussiens assiègent Bitche. Le 22 août, 1 850 hommes, 113 chevaux, 13 véhicules et 4 pièces d'artillerie à obus incendiaires arrivent pour neutraliser la place. Après plusieurs sommations, Louis-Casimir Teyssier refuse de se rendre. Fin août, les Prussiens commencent à effectuer des travaux de retranchement. Afin de harceler l'ennemi, les soldats français effectuent des sorties nocturnes.

Le 2 septembre, bien qu'averti de la débâcle de Sedan et de la capture de l'empereur Napoléon, Teyssier décide de ne pas divulguer l'information.

Le 11 septembre, les 3 788 Bavarois de Kohlermann installés sur les collines des alentours et qui disposent de 24 pièces d'artillerie au total, intensifient les bombardements, entraînant la riposte immédiate des canons français.

Le 13 septembre, environ un millier d'habitants quittent Bitche pour fuir

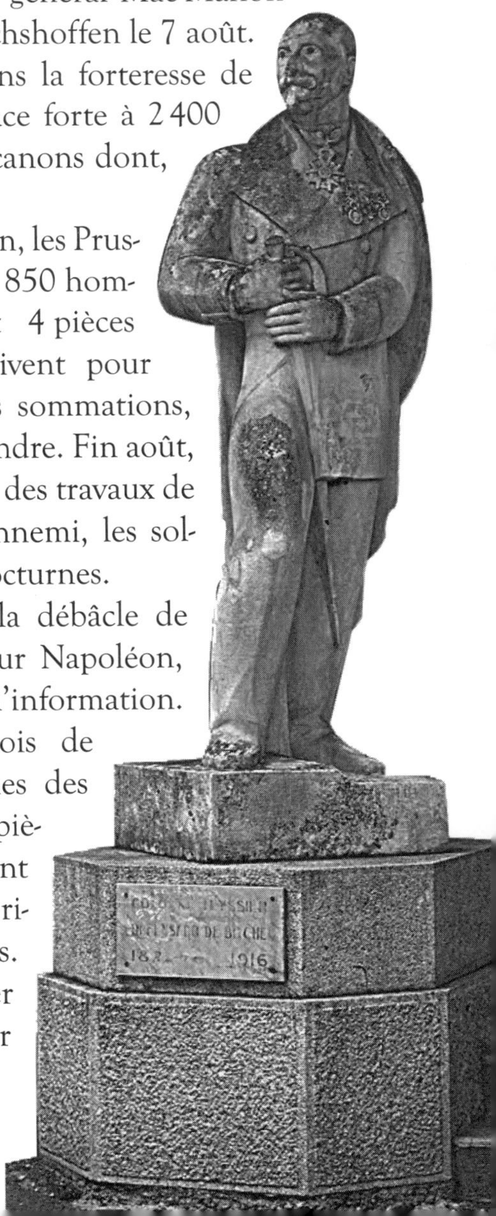

Le buste du lieutenant-colonel Teyssier, présenté à la citadelle de Bitche.

les combats. Dans la citadelle transformée en une authentique ville militaire, les Français continuent de résister malgré les tirs d'artillerie quotidiens.

Le 21 septembre 1870, après 10 jours de bombardement et 7 100 projectiles tirés, le comte de Bismarck-Hohen, général-gouverneur d'Alsace, ordonne de cesser le feu, le siège étant devenu trop coûteux en hommes et en matériel. Les Prussiens vont se limiter à un blocus de la ville de Bitche, coupant les routes et les voies de communication, et interdisant tout ravitaillement.
Les semaines et les mois s'écoulent. Bravant les interdits, les villageois des alentours de Bitche parviennent à ravitailler la garnison. Fin décembre, 4 334 militaires et civils demeurent à Bitche. Malgré la signature de l'armistice le 28 janvier 1871, Teyssier, qui a été promu lieutenant-colonel, continue de refuser toute reddition. Ce n'est que le 25 mars 1871, après un siège de 230 jours, qu'il livre enfin la ville aux Prussiens, sur ordre du gouvernement d'Adolphe Thiers.

▲ *Bitche, la citadelle imprenable.*

Pour avoir résisté durant sept mois, avec moins de 3 000 hommes contre 20 000 Prussiens bien mieux équipés, Louis-Casimir Teyssier est entré dans l'histoire de France.

Le 19 mai 1871, il est promu commandant de la place de Marseille, ville où il espère terminer paisiblement sa carrière militaire. Néanmoins, sans être consulté, il est nommé l'année suivante commandant du fort de Vincennes. C'est un colonel Teyssier fatigué qui demande et obtient, par décret du 14 octobre 1880, sa mise à la retraite pour ancienneté de service. Revenu dans sa ville natale d'Albi, Louis-Casimir Teyssier commence alors une nouvelle vie à dominante intellectuelle, historique et patrimoniale. Il devient membre de la Société des Sciences Arts et Belles-Lettres du Tarn (SSABLT), société dite savante fondée à l'initiative de plusieurs personnalités. Ce dernier, fin 1875, avait créé, à ses frais, la *Revue historique, littéraire et scientifique du département du Tarn*, qui se transformera, par la suite, en *Revue du Tarn*. Teyssier écrit de nombreuses contributions dans la revue, laquelle va très vite se rapprocher de la SSABLT.

Le 20 décembre 1880, il est élu président de la SSABLT, fonction qu'il occupera jusqu'en 1916. Il donne des communications très pointues en histoire de l'art, en archéologie, en ethnologie, en linguistique, ainsi que sur des sujets scientifiques.

Homme de lettres et de culture, membre du Félibrige fondé en 1854 par le poète provençal Frédéric Mistral, l'Albigeois Teyssier s'intéresse de très près à la culture populaire occitane. En 1913, la SSABLT publie son recueil de seize contes intitulé *Contes choisis en langue albigeoise*. Il s'agit de récits que Teyssier a écrits en occitan, issus de la tradition orale et qui décrivent la vie quotidienne dans l'Albigeois au XIXe siècle. À travers ses textes, outre son talent de conteur, le colonel Teyssier pose une vision d'ethnographe sur la culture, les us et coutumes, ainsi que sur la société de la fin des années 1890 et le début des années 1900.

Louis-Casimir Teyssier s'éteint le 1er novembre 1916 dans sa ville d'Albi. Le souvenir de ce militaire héroïque et de cet homme de culture reste présent dans la préfecture tarnaise : la rue de Villeneuve où il habitait a été débaptisée à sa mort pour devenir rue de Bitche, l'une des plus grandes avenues d'Albi porte son nom, la caserne du quartier de la Madeleine est appelée Teyssier, et une statue a été érigée en sa mémoire, derrière le Théâtre municipal, au début de l'avenue Colonel-Teyssier.

▲ *Le buste du lieutenant-colonel Teyssier, présenté à la citadelle de Bitche.*

Henri de Toulouse-Lautrec

Vision légendaire de Paris et nouvelle esthétique du portrait

Henri de Toulouse-Lautrec, peintre et illustrateur, est mondialement connu pour ses portraits et caricatures, mais également pour être atteint d'une maladie génétique rare. Il souffrait de pycnodysostose qui se caractérise par trois types de symptômes : malformation osseuse crânienne, fragilité osseuse, fractures répétées et réduction de la stature. Au cours de son enfance, Henri a ainsi présenté une série de fractures qui ont entraîné un infléchissement de sa croissance, ce qui lui a valu d'être surnommé « petit bonhomme » par ses camarades de collège. Cette maladie avait pour cause une union consanguine ; ses parents, le comte Alphonse de Toulouse-Lautrec-Monfa, sous-lieutenant de cavalerie, et Adèle Tapié de Celeyran étant cousins

Henri de Toulouse-Lautrec, en 1894.

germains. Cette pratique était courante dans la noblesse du XIXe siècle, pour des raisons de fortune et de patrimoine.
Henri de Toulouse-Lautrec naît le 24 novembre 1864 à Albi, dans une famille aristocratique. Il est le descendant en droite ligne des comtes de Toulouse qui furent, jusqu'au XIIIe siècle, parmi les plus puissants féodaux du royaume. Ses parents se séparent en 1865 et le très jeune Henri est confié à la garde de sa mère. Il grandit entre Albi, le château du Bosc, demeure aveyronnaise de ses grands-parents à Camjac, et le château de Celeyran, situé à proximité de Salles-d'Aude et appartenant à la famille Mangau-Tapié.
En 1872, sa mère et lui déménagent à Paris. L'enfance heureuse de Toulouse-Lautrec bascule en 1874 lorsque sa maladie affectant le développement des os est diagnostiquée. Lors des vacances de Pâques 1878, au château du Bosc, alors qu'il n'est âgé que de treize ans, il s'entrave malencontreusement dans une cravache et fait une mauvaise chute qui entraîne une fracture du fémur gauche. L'année suivante, un autre accident lui occasionne une fracture du fémur droit. Dès lors, les symptômes de sa maladie génétique commencent à se manifester. Elle ralentit son rétablissement et il gardera comme séquelle son allure étrange et sa petite taille de 1 mètre 52. Durant ces deux longues périodes de convalescence, l'adolescent Henri de Toulouse-Lautrec redécouvre le dessin, une pratique qui n'était jusque là qu'un passe-temps et une distraction. Élève du lycée Condorcet à Paris, il échoue au baccalauréat. Bien qu'il soit admissible à la session de Toulouse, le jeune homme décide d'arrêter ses études. Il choisit alors d'opter pour la voie artistique après avoir perfectionné ses talents et sa technique de dessinateur lors de ses moments d'immobilisme.
En 1882, la peinture devant être son métier, il commence par l'étudier auprès de René Princeteau. Par la suite, il entre dans l'atelier de Léon Bonnat, puis dans celui de Fernand Cormon, à l'École des beaux-arts où il restera jusqu'en 1886. Chez ce dernier, le jeune homme se lie d'amitié avec les peintres Louis Anquetin, Émile Bernard, Paul Sérusier et Albert Grenier. Lautrec rencontre Vincent Van Gogh dont il réalise, en 1887, un superbe portrait au pastel qui se trouve au musée Van Gogh d'Amsterdam.

Après avoir quitté l'atelier de Cormon, habitant Montmartre, Henri de Toulouse-Lautrec mène une vie de bohème. Il est habitué à fréquenter les maisons de « tolérance », les cabarets et les music-halls, notamment Le Moulin Rouge, le Moulin de la Galette. Son immersion dans le quartier de Montmartre forge le style résolument moderne de Toulouse-Lautrec qui n'a de cesse de puiser son inspiration dans son environnement proche.
Après la fameuse Butte, il s'installe aux Champs-Élysées. Néanmoins, tous les soirs, il retourne faire la fête à Montmartre, où il a toujours une table réservée : au Moulin-Rouge, au Rat-Mort, ainsi qu'aux bals du Moulin de la Galette et de l'Élysée-Montmartre. Sa fréquentation assidue des cafés-concerts et autres cabarets, des bals populaires et des maisons closes lui fournissent ce dont son inspiration artistique a besoin. Les danseuses et chanteuses, La Goulue (tableau *La Goulue arrivant au Moulin Rouge*, 1892), Jane Avril (tableau *Jane Avril dansant*, 1892) et Yvette Guibert (tableau *Yves Guibert salue*

Le tableau « Bal au Moulin-Rouge » (1890).

le public, 1894) deviennent ses modèles favoris. Selon des dires, il veut « *faire vrai et non idéal* » et demeure en marge de toute école. Cette vie de bohème dure jusqu'à 1899. Durant la période 1884-1899, Toulouse-Lautrec fait preuve d'une très grande instabilité, à l'image des multiples déménagements entrepris dans la capitale. Menant une vie de plus en plus décadente, il devient alcoolique et

s'abandonne avec délectation à la bonne chère, l'alcool et les femmes. À ceux qui font état de son penchant trop prononcé pour la dive bouteille, il leur rétorque avec humour : « *Je boirai du lait quand les vaches brouteront du raisin* ».

Vers 1890, il se détache de l'impressionnisme qui est à son apogée et se rapproche des peintres indépendants, comme Pierre-Auguste Renoir. Mais son maître incontesté est Edgar Degas. C'est à lui qu'il doit son sens aigu de l'observation des mœurs du Paris de la nuit. Toulouse-Lautrec souffre d'irritabilité croissante, de pertes de mémoire, d'actes incontrôlés et de delirium tremens. La syphilis, contractée auprès d'une prostituée rousse et qu'il soigne au mercure, fait des ravages dans son corps miné par l'alcool. À partir de

▲ *Toulouse-Lautrec dans son atelier en 1895.*

1898, il est victime d'hallucinations.
En février 1899, à la suite d'une ultime crise de delirium tremens, Toulouse-Lautrec est interné pour désintoxication dans une clinique de Neuilly. Dans cet établissement, il réalise de mémoire une série de 39 dessins sur le cirque. En mai de la même année, informée de son état de santé de plus en plus alarmant, sa mère, la comtesse Adèle, vient le récupérer pour le ramener chez elle. À sa sortie de la clinique, fier de son travail, il déclare : « *J'ai acheté ma liberté avec mes dessins.* »
Il séjourne ensuite au Crotoy, dans la Somme et fait le portrait de l'Anglaise du Star, un bar mal famé du Havre. Il demeure en Gironde, à Taussat puis à Malromé. En 1900, ses lithographies sont présentées à l'Exposition universelle de Paris. Il vit en Normandie, où il cherche à revoir l'Anglaise du Star, puis dans le Bordelais. Il passe l'hiver avec Paul Viaud à Bordeaux, où il loue un appartement et un atelier. Sous l'inspiration des spectacles du Grand-Théâtre de la ville, *La Belle Hélène* d'Offenbach et *Messaline* d'Isidore Cohen, dit Isidore de Lara, il réalise une ultime série de chefs-d'œuvre. Il expose à Bordeaux, à l'invitation de la Société d'art moderne.
Rentré à Paris fin avril 1901, il range son atelier, détruit certaines peintures, en signe d'autres et quitte Paris, à la mi-juillet, pour la villa Bagatelle de Taussat. Victime d'une hémorragie cérébrale et quelques mois plus tard, d'une attaque d'apoplexie, il est conduit chez sa mère au château de Malromé. Henri de Toulouse-Lautrec y meurt le 9 septembre : il n'a pas 37 ans.
Toulouse-Lautrec, c'est près de quatre cents lithographies et affiches, des milliers de croquis, de dessins et quelques centaines de peintures.
Danièle Devynck, qui fut conservatrice en chef du Musée Toulouse-Lautrec d'Albi, de 1987 à 2019, a très bien résumé la place du peintre tarnais dans l'histoire de l'art, lors d'un interview qu'elle donna aux organisateurs de l'exposition « *Toulouse-Lautrec résolument moderne* » du Grand Palais à Paris : « *C'est quelqu'un qui côtoie le bouillonnement artistique des 20 dernières années du XIX*e *siècle, impressionnisme quelques temps et pointillisme de Seurat. Il connaît Louis Anquetin et Émile Bernard et s'intéresse au cloisonnisme. Il se nourrit de toutes*

démarches artistiques pour prendre un chemin personnel. Ce qui le guide de façon sous-jacente, c'est le japonisme. Proche des Nabis, il n'établit pas de hiérarchie entre les supports de création, puisqu'il va réaliser aussi bien des décors de théâtre qu'un projet pour un vitrail. Son regard est très ouvert sur tous les moyens d'expression et c'est l'un des plus grands lithographes de son temps. Toulouse-Lautrec ouvre vraiment l'art du 20ᵉ siècle tout en n'ayant aucun élève ni aucune appartenance à une école. »

Léo Trouilhet

Un inventeur et chef d'entreprise de talent

En 1956, *Sélection du Reader's Digest* consacrait un numéro spécial à trente-deux chefs d'entreprise français, que la rédaction considérait comme les plus marquants de l'après-guerre. Parmi eux figurait un certain Léo Trouilhet, président fondateur de Calor, société particulièrement dynamique et innovante. François Léonce Achille Trouilhet, plus communément appelé Léo Trouilhet, est né à Rodez, le 23 avril 1881. Il est le fils d'Achille Alexandre Trouilhet, voyageur

Léo Trouilhet montre à ses ingénieurs le rasoir électrique Calor N° 795.

de commerce, continuellement en déplacement et de Mathilde Louise Delrieu qui l'assiste dans son travail. Tous deux meurent durant l'année 1901. Les attaches familiales de Léo demeurent à Moularès, petit village du Ségala tarnais, au nord du département du Tarn, où il est confié, dès son plus jeune âge, à sa tante prénommée Lucie.

Après des scolarités primaires à Moularès et secondaires dans le Tarn, Léo Trouilhet réalise de brillantes études supérieures, devenant un ingénieur doublement diplômé : École nationale supérieure des Arts et Métiers d'Aix-en-Provence, promotion 1897 et École supérieure d'électricité (Supélec) de Paris. Le jeune homme s'installe à Lyon où il est ingénieur dans une entreprise de lampes électriques. En parallèle, il se penche sur les conditions de vie des familles dans leurs tâches journalières. Il s'aperçoit que la mutation sociale de la société du début du XXe siècle a pour conséquence la recherche d'une augmentation de la productivité dans les travaux de la maison au quotidien, il est convaincu que la machine se doit de pallier le manque de bras. Son idée maîtresse est d'aider les ménagères françaises à diminuer au maximum les corvées domestiques. C'est ainsi qu'il effectue des investigations expérimentales en matière d'électricité appliquée à la vie quotidienne.

En 1910, Léo Trouilhet dépose officiellement la marque Calor, mais il n'y a pas encore d'entreprise qui porte ce nom. S'inspirant du fer à résistance électrique de l'américain Henry W. Seely (1882) et du fer AEG à arc (1897), les recherches de Léo Trouilhet aboutissent, en 1913, à l'invention du fer à repasser électrique, qui facilite et améliore le repassage. Le fer électrique Calor est doté d'une poignée de bois pour éviter les brûlures. En 1917, avec les Lyonnais François Bagneux et Gaston Duveau, il dépose une demande de brevet pour un nouveau fer à repasser avec une résistance électrique intégrée. Pour le commercialiser, les trois hommes créent la société Calor, qui s'installe à Lyon, dans le quartier de Monplaisir, rue Antoine Lumière. Dès le premier mois, 775 fers électriques sont fabriqués par quinze personnes.

Ayant toujours pour objectif de simplifier la vie de la femme au foyer, le PDG de Calor décide de diversifier ses produits. Les catalogues Calor proposent les premiers radiateurs paraboliques (1919);

les bouilloires électriques, les chauffe-fers à friser et les couvertures chauffantes (1923), l'aspirateur Aspirator (1925), les sèche-cheveux pistolets (1926). Les appareils de chauffage deviennent rapidement la locomotive d'une entreprise qui ne cesse de prospérer.
En 1932, Léo Trouilhet est l'unique dirigeant de Calor. Il travaille et habite à Lyon, mais n'en a pas pour autant oublié Moularès, le village de son enfance et son adolescence. Il y revient assez régulièrement et, vers 1932-1935, il achète une grande maison dans la rue principale. Ceci afin de s'y sentir à l'aise et pour inviter bon nombre de ses amis des villes à venir découvrir le monde rural, la vie à la campagne et ce village du Ségala qu'il chérit tant.
En 1936, pour mieux répondre aux obligations de sa notoriété devenue européenne, la société Calor déménage dans une ancienne forge, toujours à Lyon, chemin des alouettes. Les usines du groupe s'étendent sur 111 886 m² et emploient 1 050 salariés ! Léo Trouilhet continue d'accroître la gamme des produits de la marque : les batteurs et cafetières électriques voient le jour en 1938. Après la Seconde Guerre mondiale, l'entreprise lyonnaise amorce un nouveau virage en se spécialisant dans le petit électroménager.
En 1947, les rasoirs électriques deviennent un des articles phares des catalogues de Calor. Portant toujours un vif intérêt pour les fers

Publicité de 1922. ▲

à repasser, elle fabrique, en 1958, le Vapomatic, premier fer à repasser à vapeur. Le succès de Calor est indissociable du tout électrique et de la volonté clairement affichée par Léo Trouilhet de rendre ses produits accessibles à toutes les bourses.
En 1959, à l'âge de 78 ans, Léo Trouilhet cède les rênes de Calor à son neveu, Maurice Trouilhet, jusqu'alors président-directeur général. Dès lors, les difficultés de l'entreprise commencent, ses successeurs se révélant incapables de poursuivre la voie tracée en 1917. En 1972, la société est rachetée par le groupe SEB, principal concurrent de Calor en matière de petit électroménager.

À compter de son départ à la retraite, Léon Trouilhet se rend très régulièrement à Moularès, y séjournant durant plusieurs semaines, voire plusieurs mois, loin des milieux mondains lyonnais. Totalement intégré à la population, cet homme de taille moyenne, relativement trapu, toujours habillé de blanc et coiffé d'un chapeau, ne passe pas inaperçu. Surtout lorsqu'il circule à 20 ou 30 km/h dans Moularès, au volant de son énorme et imposante Chrysler, se faisant un plaisir et un devoir de saluer tous les villageois.
Détaché des affaires de Calor, il peut donner libre cours à sa passion : la peinture. Lorsqu'il croise un Moularésien, il lui arrive très souvent de l'interpeller : « *Arrêtez-vous, s'il vous plaît ! Est-ce que je peux vous croquer ?* » En cas de réponse affirmative, il descend de

▲ *Publicité des années 30.*

voiture, prend ses outils et s'empresse de dessiner une esquisse de portrait. Cet adepte de l'art figuratif peint des paysages et des scènes de la vie rurale.
À Moularès, le richissime Léo Trouilhet met en application ses principes humanistes : pour les habitants, il est un bienfaiteur. À chaque naissance et à chaque mariage, il offre une bouilloire ou un fer à repasser ; à chaque élève reçu au certificat d'études, il fait don d'un rasoir. Bien entendu, ce sont toujours des objets Calor ! Durant la Seconde Guerre mondiale, tous les mois, il fait parvenir aux prisonniers de guerre de la commune de Moularès, retenus en Allemagne, un colis de victuailles. Le feu d'artifice annuel, organisé le soir du 15 août, à l'occasion des fêtes du village, par les jeunes du comité des festivités, est payé intégralement par la société Calor.
Léon Trouilhet s'éteint à Moularès le 3 décembre 1969. Une foule immense participe à ses obsèques. Deux avions sont affrétés au départ de Lyon, avec à leur bord, plus de 120 personnes, cadres et ouvriers de la Maison Calor.

Gaston Vedel

Pionnier de l'aéropostale, résistant et déporté

La vie de Gaston Vedel, un Tarnais qui a traversé les plus grandes aventures et souffrances du XXe siècle, est digne d'un roman. C'est ce que cet homme d'exception fit, dans une certaine mesure, en écrivant à 77 ans un ouvrage autobiographique où les noms des personnes sont modifiés, à commencer par lui-même où il devient Gilbert Verdier. Dans la préface écrite par son ami le romancier et grand reporter Joseph Kessel, celui-ci raconte : «*J'étais en mesure, plus que les autres, de reconnaître dans la première partie, une authenticité absolue, la richesse et la fraîcheur de la mémoire, le talent du récit.*»

Gaston Vedel est né le 22 novembre 1899 à Carmaux, dans une famille de drapiers et merciers. Fils unique ayant perdu son père très tôt, proche de sa mère, le jeune Gaston poursuit des études secondaires au séminaire d'Agen. En 1913, lors de manœuvres militaires effectuées sur un terrain d'entraînement des troupes à pied ou à cheval, il est fasciné par un avion qui vole à deux cents mètres d'altitude, un monoplan Blériot. L'adolescent s'écrie alors : «*Moi aussi, un jour, je serai aviateur*.» Sa vocation vient de naître.

En 1917, devançant l'appel, Gaston Vedel contracte un engagement militaire pour une durée de cinq ans, dans le but de devenir pilote. Durant ce qui fut appelé la guerre de position, il passe six mois dans la Marne, notamment dans les tranchées de Fismes. En 1918, il postule à une formation de pilote militaire. Il est admis à l'École d'aviation de Dijon, puis obtient son brevet à Istres en juillet 1919. Nommé sous-officier instructeur au camp d'Avord dans le Cher, non loin de Bourges, il accepte de former les pilotes élèves étrangers. De 1920 à 1922, il instruit sur les bases aériennes de Nancy, Luxeuil-Saint-Sauveur en Haute-Saône et Cazaux en Gironde. Arrivé à la fin de son obligation militaire de cinq ans, il quitte l'armée en 1922 avec le grade de sergent.

Désirant continuer sa carrière dans l'aviation civile, Gaston Vedel

rencontre à Toulouse Didier Daurat, le chef d'exploitation des lignes aériennes Latécoère. Avec une lettre d'engagement de ce dernier, il se présente, le 1er janvier 1923, à l'entrée des établissements Latécoère, à Toulouse Montaudran où le préposé lui fait remarquer que c'est jour férié ! Peu de temps après, le pilote est engagé dans la fameuse Aéropostale. Sur la ligne Toulouse-Casablanca, en décembre 1924, il est blessé lors du crash de son avion, un vieux Breguet 14. Ce type d'avion, issu des surplus de guerres, était utilisé pour les lignes intérieures et internationales à courte distance. Le verdict médical est sans appel : Gaston Vedel ne pourra pas voler pendant trois années ! Il est licencié de l'Aéropostale.

Après un passage à la Compagnie Française d'Aviation, en 1930,

L'avion Blériot de 1910 qui fascina tant Gaston Vedel. ▲

il est détaché par le Gouvernement français auprès du Négus en Éthiopie afin de former les premiers pilotes éthiopiens, créer des aérodromes et assurer des transports urgents. En 1934, l'invasion de l'Éthiopie par les troupes de Mussolini met un terme à son activité. Contraint de rentrer en France, Gaston Vedel retourne à l'Aéropostale en qualité de chef d'escale de la base de Barcelone pendant toute la durée de la guerre civile espagnole. À ce poste-clé, il côtoie des personnalités du monde entier et notamment l'aviateur Jean Mermoz à la veille de sa disparition, mais également les écrivains André Malraux et Joseph Kessel avec lesquels il conservera des liens.

En 1939, à la suite de la création d'Air France, il est nommé chef de base de Tunis El Aouina et de l'hydro-base de Kéréddine jusqu'au début de l'année 1940. En avril de cette année-là, Air France le détache en mission spéciale au Proche-Orient afin de remettre en état de marche la base d'Istanbul. La défaite de juin 1940 le contraint de rester à Beyrouth durant plusieurs mois, où, avec son épouse Odette, ils adressent leur adhésion à la France Libre. De retour en France en décembre 1940, il est limogé par Air France et commence son action résistante dès 1941, en faisant, dans la clandestinité, de la propagande gaulliste dans le Lot-et-Garonne.

Gaston Vedel.

En 1942, Gaston

Vedel entre en contact avec Pierre Fourcaud, officier des Forces françaises libres et fondateur du réseau de renseignement Brutus. Affilié à ce dernier, il développe un sous-réseau Brutus dans le Sud-Ouest (Brutus-Vidal) en recrutant notamment des volontaires dans les milieux aéronautiques. Toujours secondé par sa femme, il organise la propagande, la réception d'armes parachutées depuis Londres et l'évasion d'agents vers l'Espagne. Il prépare également le sabotage de voies de communication dans le Tarn-et-Garonne et le Lot-et-Garonne.

En novembre 1942, grâce à l'action efficace de Gaston Vedel, son sous-réseau Brutus-Vidal s'étend de la Gironde jusqu'à la Méditerranée. En mai 1943, s'il échappe à la Gestapo venue l'arrêter à son domicile d'Agen, il n'en est pas de même pour son épouse Odile qui est déportée en Allemagne au camp de Ravensbrück. Traqué et activement recherché par les Allemands, Gaston Vedel entre dans la clandestinité sous le nom de Vidal et poursuit son activité au sein du réseau Brutus depuis Marseille.

Début 1944, pour raison de sécurité, il s'installe à Paris et prend contact avec le réseau Darius chargé de collecter des renseignements de nature militaire. Il y développe une structure de surveillance des activités allemandes et de la Milice à Paris, en région parisienne et en Normandie.

Le 4 juillet 1944, lors d'une réunion avec plusieurs membres de son

état-major, rue de Tocqueville à Paris, il est arrêté par la Gestapo. Après avoir été torturé, il est emprisonné à Fresnes. Le 15 août 1944, Vedel est emmené gare de Pantin afin d'être déporté au camp de concentration de Buchenwald où il arrive le 20 août. Le 3 septembre, il est déplacé à Dora puis à Ellrich. Le 20 novembre 1944, dans un état critique, quasiment mourant, Gaston Vedel est ramené à Dora. Il est libéré le 11 avril 1945 par l'armée américaine et rapatrié vers la France, par avion, le 19 avril 1945.
Pris en charge par une délégation d'Air France, il est installé dans un hôtel de la compagnie à Paris où il est rejoint, un mois plus tard, par Odette Vedel qui avait été libérée du camp de Ravensbrück. Gaston Vedel est réintégré au sein d'Air France et nommé à la base de Marseille. En 1946, il est mis à la disposition du représentant officiel du gouvernement français à Rabat où il est chargé de créer une société d'aviation franco-marocaine, Air Atlas, qui deviendra par la suite Royal Air Maroc. Gaston Vedel démissionne en 1948.
Réformé de guerre, sa vie prend une direction totalement différente à partir de 1954 où il intègre le mouvement anticommuniste français qui devient l'Office national d'Information pour la

▲ *Mémorial de Buchenwald.*

Démocratie française en 1956. Le couple Vedel retourne dans le Tarn au début des années 60, plus exactement à Saint-Paul-Cap-de-Joux, petite commune située entre Castres et Lavaur dont il est maire de 1965 à 1977.
Vers la fin de son existence, Gaston Vedel se questionne : « *Qu'est-ce que je fous encore ici ? Les autres sont partis. Il ne me reste plus qu'à témoigner.* » Ce qu'il fait en écrivant un ouvrage autobiographique, préfacé par Joseph Kessel et publié chez Gallimard en 1976 : *Le pilote oublié.*
Gaston Vedel s'éteint à Saint-Paul-Cap-de-Joux le 22 juin 1993.

Fernand Verdeille

Le sénateur-chasseur

Bien qu'il fût un homme politique influent dans le Tarn, Fernand Verdeille est surtout connu pour la loi de 1964 sur la chasse qui porte son nom et pour la Librairie des écoles qu'il ouvrit en 1938 à Albi et qui était communément appelée Librairie Verdeille. Né le 26 septembre 1906 à Penne dans le Tarn, d'un père fabricant de licols et militant socialiste, Fernand Verdeille est scolarisé à l'école publique de Beaumont-de-Lomagne dans le Tarn-et-Garonne. En 1923, il rentre à l'école normale de Montauban. Il adhère alors aux Jeunesses socialistes puis, en 1928, à la SFIO. Titulaire du brevet supérieur et du certificat d'aptitude pédagogique, Fernand Verdeille est nommé instituteur en 1926 à Bruniquel où il exercera jusqu'en 1937.

Il intègre très rapidement le bureau départemental du Syndicat national des instituteurs, puis devient membre de la fédération du Tarn de la SFIO. Après la scission néo-socialiste de 1924, il est appelé par le secrétaire départemental Augustin Malroux pour réorganiser le parti dans le Tarn. Candidat aux élections législatives du 26 avril et du 3 mai 1936 dans la circonscription de Gaillac, Fernand Verdeille est battu au second tour. Muté en 1937 à l'école primaire supérieure de Montauban, il

Fernand Verdeille, un homme passionné par les livres.

démissionne de l'éducation nationale un an plus tard, pour devenir propriétaire, avec son épouse Suzanne, de la Librairie des écoles à Albi.

Durant la Seconde Guerre mondiale, Fernand Verdeille sert comme officier d'infanterie, combat en Alsace, puis est démobilisé en juin 1940. En liaison avec les organisations de la résistance tarnaise, il participe à la restructuration de la fédération de la SFIO clandestine. À la Libération, il reçoit la croix de guerre 1939-1945 avec palme. Un avenir politique s'ouvre désormais à lui. Il devient secrétaire fédéral du Tarn de la SFIO et directeur de l'hebdomadaire socialiste *Le Républicain du Tarn*.

Durant toute sa carrière politique et jusqu'à sa mort en 1974, il cumule différents mandats locaux : conseiller général du canton de Vaour de 1945 à 1974, président du Conseil général du Tarn de 1945 à 1955, maire de Penne de 1946 à 1965, puis de Vaour de 1965 à 1974. Fernand Verdeille devient conseiller de la République dès la naissance de cette Assemblée en 1946. Celle-ci étant transformée en Sénat à la suite de la Constitution du 4 octobre 1958 instituant la Ve République, il est réélu sénateur sans interruption. En parallèle, il assume d'autres fonctions : vice-président de la commission de l'Intérieur en 1951, membre de la commission de la France d'outre-mer en 1953, vice-président de la commission des lois en 1958.

Passionné de chasse qu'il pratique assidûment dans les forêts de sa Grésigne natale, aux confins des départements du Tarn et du Tarn-et-Garonne, Fernand Verdeille se fait surtout connaître de l'hémicycle et du grand public comme étant spécialiste des questions cynégétiques. C'est l'incontournable « Monsieur chasse » du Sénat dont il devient président du groupe interparlementaire de la chasse, de la pêche et de la protection de la nature. Il est également membre du Conseil supérieur de la chasse ainsi que du conseil d'administration des domaines du château de Chambord. Défenseur de la France champêtre, il est à l'origine de la réintroduction du cerf en forêt de Grésigne.

La loi n° 64-696 du 10 juillet 1964 relative à l'organisation des associations communales et intercommunales de chasse agréées porte le nom de « loi Verdeille ». Le sénateur tarnais a voulu mettre en place une loi d'inspiration écologiste qui avait comme objectif, selon ses propres dires, « *le maintien et le développement de la chasse populaire qui doit être à la disposition de tous les chasseurs sans distinction de fortune, qu'ils soient propriétaires ou non, ruraux ou citadins* ». Fernand Verdeille la perçoit comme la codification du droit de chasse donné au peuple

par la Révolution et de la protection de la nature. Pendant deux ans, de 1963 à 1964, en commission et séance publique et au cours de nombreuses auditions, le sénateur Verdeille s'emploie à compléter et à enrichir le texte avant de le soumettre au vote des parlementaires.

La « loi Verdeille » régit le droit de chasse dans 9 200 communes. Elle mentionne que partout où se sont créées ces associations de chasse communales (ACCA), il est fait obligation aux propriétaires de parcelles de moins de 20 hectares d'un seul tenant (ou 40, voire 60 selon les départements) d'ouvrir leurs terres aux chasseurs. En cas d'opposition, tout propriétaire se doit d'assurer par ses propres moyens la « garderie » de son terrain, sa signalisation et la destruction des

▲ *Un chasseur tarnais dans les années 40.*

nuisibles. La liste des communes et départements régis par cette loi est arrêtée par le ministre de l'Environnement après demande des conseils généraux et des communes.
La loi pensée et façonnée par le sénateur-chasseur tarnais n'a donc pas pour effet de supprimer le droit de chasse, attribut du droit de propriété, mais vise seulement à en atténuer l'exercice exclusif par les détenteurs. Les requérants ont uniquement perdu la faculté d'expulser autrui de la chasse sur leur fonds.
Une fois la loi adoptée, en raison notamment de nombreux détracteurs parmi les propriétaires privés et les défenseurs de la cause animale, il a fallu plusieurs années de discussions et de tractations dans les bureaux des administrations centrales pour que les décrets d'application puissent être pris. Par ailleurs, comble du paradoxe, la « loi Verdeille » ne fut pas mise en œuvre dans le Tarn, faute d'entente entre les associations de chasseurs et les organisations agricoles !
Fernand Verdeille meurt le 19 octobre 1974, durant son mandat sénatorial. Lors de son éloge funèbre, le vice-président du Sénat, André Méric, vanta les mérites de celui qui, pendant 28 ans, « *apporta avec son accent de rocaille le bon sens, l'expérience et la solidité des hommes fortement enracinés dans la terre de nos provinces* ».

Jeanne-Émilie de Villeneuve

Religieuse, missionnaire et sainte

Le dimanche 5 juillet 2009, plus de 6000 chrétiens venus de toutes les régions de France, mais également d'Amérique latine, d'Afrique et des Philippines, étaient présents dans le parc de Gourjade à Castres pour assister à la béatification de Jeanne-Émilie de Villeneuve, lors d'une messe solennelle présidée par monseigneur Angelo Amato, préfet pour la congrégation pour la cause des saints. La religieuse castraise avait été reconnue comme étant à l'origine de la guérison miraculeuse d'une jeune guinéenne en 1995. Le 15 février 2015, le pape François la canonise à la Basilique Saint-Pierre de Rome : Jeanne-Émilie de Villeneuve est déclarée officiellement sainte par l'Église catholique.

Jeanne-Émilie de Villeneuve est née à Toulouse le 9 mars 1811, dans une famille aisée. Elle est la troisième des quatre enfants du marquis Louis de Villeneuve, officier de marine et agronome, et de la marquise Rosalie d'Avessens. Dès son plus jeune âge, elle demeure au château d'Hauterive, près de Castres, où sa mère, malade, s'est retirée pour se soigner. En 1825, alors qu'elle n'est âgée que de 14 ans, sa mère Rosalie meurt. Trois ans après, sa sœur Octavie décède à son tour.

Après avoir vécu avec ses autres sœurs à Toulouse, chez sa grand-mère, Jeanne-Émilie revient à Hauterive en 1830 et réside avec son père Louis, alors maire de Castres depuis 1826. Émilie de Villeneuve ancre désormais sa vie spirituelle dans une grande proximité avec la Vierge Marie, qu'elle considère comme sa confidente et sa compagne de route. Mais, elle n'en est pas pour autant une personne mystique et éthérée.

Son action caritative est très appréciée par les habitants du village. Les contacts qu'elle entretient avec le père jésuite Leblanc l'ouvre aux questions sociales dans une période marquée par la révolution industrielle où elle voit une partie de la population plonger dans la misère.
Elle envisage un temps de rejoindre les « Filles de la Charité », congrégation religieuse féminine catholique fondée au XVIIe siècle par Saint Vincent de Paul. Mais, après un délai de réflexion imposé par son père, elle crée, le 8 décembre 1936, avec l'accord de son évêque et en collaboration avec deux compagnes, la congrégation des sœurs de Notre Dame de l'Immaculée Conception dans un quartier populaire de Castres. Selon ses propres dires, l'objectif est *« de ne servir que Dieu en servant les plus pauvres »*.
La communauté religieuse est nommée « les sœurs bleues », en raison de la couleur de leur habit. Dans la maison de Castres, Jeanne-Émilie de Villeneuve accueille les femmes pauvres, les plus

Château d'Hauterive.

démunies, les laissées pour compte de l'industrialisation : jeunes ouvrières, femmes malades, détenues, prostituées. Rapidement, la congrégation ouvre un second établissement à proximité immédiate de Castres, à Saïx, qui est consacrée à l'éducation des enfants, au catéchisme et au soin des malades.

Celle qui est communément appelée Émilie de Villeneuve souhaite développer hors de France l'ordre des Sœurs de Notre-Dame de l'Immaculée Conception. Elle répond favorablement aux sollicitations de François Libermann, prêtre fondateur de deux congrégations religieuses missionnaires pour l'évangélisation de l'Afrique, et de Jean-Rémi Bessieux, missionnaire pour le compte de la congrégation du Saint-Esprit. L'égérie des « sœurs bleues » veut apporter la parole du Christ *« là où il n'est ni connu ni aimé »*, notamment en Afrique Noire. En janvier 1848, elle envoie des religieuses de sa congrégation au Sénégal. L'année suivante, en juillet 1849, plusieurs « sœurs bleues » partent pour le Gabon. En avril 1950, c'est au tour de la Gambie d'accueillir les religieuses castraises. Jusqu'à sa mort,

▲ *Une classe chez les « sœurs bleues » de Castres, au Gabon (Libreville) en 1951.*

Émilie reste en lien étroit avec les communautés africaines naissantes, avec lesquelles elle entretient une importante correspondance. En 1851, à sa demande, Émilie de Villeneuve renonce à ses fonctions de supérieure générale de la congrégation des sœurs de Notre Dame de l'Immaculée Conception. À la suite de sa requête, elle est remplacée par sœur Hélène Delmas. Trois ans plus tard, le 2 octobre 1854, elle meurt lors de l'épidémie de choléra qui ravage Castres.
Deux miracles obtenus par la prière de Jeanne-Emilie de Villeneuve ont permis sa béatification puis sa canonisation : celui d'une jeune africaine, musulmane, en Espagne, en 1995 et celui d'une petite fille au Brésil, en 2008. Concernant Binta Diaby qui souffrait d'une péritonite aiguë, des « sœurs bleues » qui accompagnent la malade lui mettent une relique d'Émilie de Villeneuve entre les mains et commencent une neuvaine. Alors que les prières de neuf jours ne sont pas terminées, la guérison totale de l'adolescente guinéenne se produit. Pour ce qui est du second miracle, la fillette brésilienne Emily Maria de Souza âgée de neuf mois a vu son état clinique s'améliorer considérablement au lendemain d'une neuvaine à sœur Émilie de Villeneuve. Sa croissance s'est effectuée de manière normale, comme une enfant de son âge et les médecins ont constaté l'absence de toute conséquence neurologique. Le 25 sep-

Jeanne-Emilie de Villeneuve.

tembre 2014, le congrès des consulteurs-théologiens considère la guérison de l'enfant comme un miracle obtenu par des prières faites avec persévérance afin d'obtenir l'intervention de Dieu.
Ces deux guérisons non expliquées par la science, octroyées par les autorités théologiques compétentes, restent encore aujourd'hui un mystère et sont indiscutablement à l'origine de la canonisation de cette grande « sœur bleue ».

Léontine de Villeneuve

L'Occitanienne de Chateaubriand

Situé sur la commune de Castres, sur les rives du Thoré, se dresse l'imposant château d'Hauterive inscrit au titre des monuments historiques. Il existait au XIIIe siècle et fut reconstruit en grande partie au début du XVIIe siècle. La structure médiévale de l'édifice est en majeure partie sauvegardée. Cette grande demeure à cour fermée conserve une porterie du XIVe siècle avec des archères en bêche, des douves et des éléments de décor des XVIe et XVIIe siècles. Au XIXe siècle, le château d'Hauterive a perdu son aile sud et la cour s'ouvre sur un parc réaménagé. C'est dans ce lieu que vécut Léontine de Villeneuve dite « l'Occitanienne », sœur d'Émilie de Villeneuve, religieuse qui fut béatifiée, canonisée et déclarée sainte.

Le château d'Hauterive.

Léontine de Villeneuve naît le 31 janvier 1803, rue place Mage à Toulouse. Elle est la fille aînée de l'officier de marine marquis puis comte Louis de Villeneuve, et de Rosalie d'Avessens de Saint-Rome, arrière-petite-fille du baron Pierre-Paul Riquet, concepteur et réalisateur du Canal du Midi. Adolescente, elle partage son temps entre sa demeure toulousaine durant la belle saison et le château familial d'Hauterive pendant l'hiver.

À Toulouse, elle fréquente les salons et notamment celui de la marquise de Pins qui est sa meilleure amie dans la Ville rose. Monsieur de La Martinière, habitué du salon et qui avait fait la connaissance de Léontine, la décrivit ainsi : « *C'est une femme capricieuse et attirante au regard prompt, la bouche dédaigneuse et le sourire spirituel. Malgré ses manières hautaines, elle reste d'une aimable simplicité. Il y a dans toute sa personne de l'abandon et de la dignité, de l'innocence et de l'art.* »

Léontine de Villeneuve s'intéresse à la littérature préromantique et à ce qui, dans le premier tiers du XIXe siècle, était communément appelé « les choses de l'esprit ». Elle s'enthousiasme plus particulièrement pour les œuvres de François-René de Chateaubriand, écrivain à la mode et auteur à succès qui fut, plus tard, considéré comme étant à l'origine du courant littéraire dit romantique. Le roman *Atala* (1801), *René* (1802) et *Génie du Christianisme* (1802) sont ses livres de chevet.

Au château d'Hauterive, elle se lie d'amitié avec Coraly de Gaïx qui voue, comme elle, une profonde admiration à Chateaubriand, ce romancier qui décrit si bien la nature et qui sait admirablement analyser les sentiments. Dans ses écrits, Coraly de Gaïx livre un portrait intéressant de son amie Léontine : « *Une imagination féconde, une âme tendre et délicate, un esprit très remarquable... Aimant l'étude avec passion, elle passera d'une gaieté folle à une lecture sérieuse et trouvera autant de plaisir à celle-ci qu'à celle-là.* »

L'imagination débordante de ces deux jeunes filles âgées de 16 ans les amène à oser écrire à leur idole, François-René de Chateaubriand. Ce courrier ne sera jamais envoyé. Néanmoins, Léontine de Villeneuve va continuer d'entretenir, par la suite, une correspondance épistolaire : soixante-dix lettres ont été dénombrées. Chateaubriand ayant la réputation d'être galant homme, il répond à sa jeune admiratrice

et ils s'écrivent durant deux années.
En août 1829, le vicomte de Chateaubriand se trouve pour plusieurs jours en cure à Cauterets, dans les Pyrénées, à une trentaine de kilomètres de Lourdes. Sachant que l'écrivain était là-bas, Léontine de Villeneuve fait le déplacement afin de le rencontrer. Ainsi, à quelques encablures de la frontière espagnole, lui âgé de 61 ans et elle de 26 ans, vont se voir pendant trois semaines durant, échangeant quotidiennement sur différents sujets, notamment sur la politique pour laquelle se passionne Chateaubriand, et bien entendu sur la littérature. Leurs rencontres furent, plus tard et selon les dires de Léontine, empreintes de chasteté et dépourvues de toute arrière-pensée.
De retour chez elle à Toulouse et au château d'Hauterive, Léontine de Villeneuve prépare son mariage avec le comte Adolphe de Castelbajac, dignitaire des Jeux floraux et président de chambre à la cour d'appel de Toulouse. Elle l'épouse le 24 novembre 1829, à la cathédrale Saint-Étienne de Toulouse.
Madame de Castelbajac reverra deux fois Chateaubriand : à Toulouse, en 1838, où il vient assister à une séance de l'Académie des Jeux Floraux et passe trois jours au foyer des Castelbajac ; à Paris, en 1847, où Léontine lui rend visite dans sa retraite de la rue du Bac.

LE ROMAN DE
L'OCCITANIENNE
ET DE
CHATEAUBRIAND
PUBLIÉ PAR
LA COMTESSE DE SAINT-ROMAN
NÉE CASTELBAJAC
Avec 70 lettres inédites de Chateaubriand

Préface de ROBERT DE FLERS, de l'Académie française

Avec un portrait

PARIS
LIBRAIRIE PLON
PLON-NOURRIT ET Cie, IMPRIMEURS-ÉDITEURS
8, RUE GARANCIÈRE - 6^e

Tous droits réservés

Le roman qui révéla les échanges épistolaires entre Chateaubriand et Léontine de Villeneuve. ▲

En 1848, lors de la publication des *Mémoires d'outre-tombe*, œuvre la plus connue de Chateaubriand, autobiographie mémorielle, Léontine de Castelbajac découvre avec stupeur, en lisant l'ouvrage, que celui qui était parfois qualifié de « vieux beau » dans les milieux mondains de l'époque, n'avait pas hésité à raconter leur aventure commune, leur correspondance et leur rencontre dans les Pyrénées !
Dans *Mémoires d'outre-tombe*, le romancier devenu membre de l'Académie française et qui allait mourir quelques semaines après sa parution indique que celle qui est mentionnée sous le nom de « l'Occitanienne » l'aurait suivi, un soir, jusqu'à son logis à Cauterets. Chateaubriand conclut ainsi : « *J'allais rendre ma visite respectueuse à la naïade du torrent. Un soir qu'elle m'accompagnait lorsque je me retirais, elle voulut me suivre ; je fus obligé de la ramener chez elle dans mes bras. Jamais je n'ai été si honteux : inspirer une sorte d'attachement à mon âge me semblait une véritable dérision ; plus je pouvais être flatté de cette bizarrerie, plus j'en étais humilié, la prenant avec raison pour*

▲ *Pendant longtemps, on s'est demandé qui se cachait derrière la mystérieuse Occitanienne de Chateaubriand.*

une moquerie. J'ai laissé s'effacer l'impression fugitive de ma Clémence Isaure. La brise de la montagne a bientôt emporté ce caprice d'une fleur ; la spirituelle, déterminée et charmante étrangère de seize ans m'a su gré de m'être rendu justice ; elle est mariée... »

Par peur du scandale, Léontine met à l'abri les lettres qu'elle a reçues de Chateaubriand, en fait des copies et les confie à plusieurs de ses proches, afin de pouvoir justifier ses dires au cas où son nom viendrait à être révélé.

Tous les biographes de l'auteur des *Mémoires d'outre-tombe* se sont évertués en vain, au fil des années, à identifier « l'Occitanienne ». Jusqu'à ce qu'en 1924, Louis de Santi, dans *La vie politique et littéraire*, puis Victor Giraud, dans *Le Gaulois*, lèvent le voile en révélant l'existence de documents probants dans les archives de la famille de Castelbajac.

Les lettres de Chateaubriand que Léontine de Villeneuve, épouse de Castelbajac, avait pieusement conservées sont sa justification et la preuve irréfutable que leur liaison, le grand bonheur secret de sa vie, avait été purement amicale. Elle avait également rédigé le récit de cette chaste aventure. Tous ces documents furent révélés par *Le Figaro* en novembre 1924. En décembre, la librairie parisienne Plon édite *Roman de l'Occitanienne*, sous-titré « Souvenirs de famille et de jeunesse publiés par sa petite-fille la Comtesse de Saint-Roman née Castelbajac ».

La vie de Léontine de Castelbajac ne saurait être réduite à cet épisode romanesque. Elle se livra à l'écriture, étant notamment l'auteure d'un roman et de souvenirs de famille, œuvres méconnues et tombées dans l'oubli. Léontine de Villeneuve s'éteint à l'âge de 94 ans, rue du Jardin-Royal à Toulouse.

Bibliographie non-exhaustive

Pierre Amalric

NAU (Jean-Yves) : *Pierre Amalric*, in *Le Monde*, 15 juin 1999.

ROQUES (Jean) : *Le docteur Amalric était un homme hors du commun*, in *La Dépêche du Midi*, édition du Tarn, 12 juin 1999.

ROYER (Jean) : *A la mémoire de Pierre Amalric*, in *Journal français d'ophtalmologie*, volume 23, n° 1, janvier 2020, pages 7-8.

Louis d'Amboise

CABIÉ (Edmond) : *Testament de Louis Ier d'Amboise*, extrait de *Revue du Tarn 1942*, Imprimerie Nouguiès, 1892, 22 pages.

LACGER (Louis de) : *Louis d'Amboise Évêque d'Albi 1474-1503 Le réformateur religieux*, Imprimerie coopérative du Sud-Ouest, 1954, 86 pages.

Charles d'Aragon

ARAGON (Charles d'), PIKETTY (Guillaume) : *La résistance sans héroïsme*, Éditions Tricorne, 2001, 258 pages.

RAMOND (Michel) : *Saliès, un village dans les coteaux*, Éditions Mairie de Saliès, 2017, 65 pages.

Francisco Bajen

BLANCOTTE (Bernard), *Regards sur Francisco Bajén*, Éditions Revue du Tarn, 1980, 91 pages.

ROQUES (Jean) : *Bajén ou la poésie du silence*, Éditions Odyssée, 1999, 141 pages.

Rose Barreau

GOUPIL-TRAVET (Maria) : *Braves combattantes, humbles héroïnes*, La Revue d'histoire militaire, 8 octobre 2022.

HENNET (Léon) : *Rose Barreau de Sémalens, Tarn, volontaire de la République en 1793*, *Revue du département du Tarn*, 33e année, 25e volume, janvier-février 1908, pages 1-22.

Arthur Batut

CAZALS (Rémy) : *Arthur Batut*, in *Dictionnaire biographique des protestants français de 1787 à nos jours*, tome 1, Les Éditions de Paris Max Chaleil, 2015, page 198.

DESACHY (Sylvie), NÈGRE (Serge) : *Arthur Batut : regards d'un humaniste photographe (1846-1918)*, Éditions Privat, 2008, 171 pages.

Éric Béchu

PRÉVOT (Jérôme) : *Roman d'un club-Albi : les années Béchu*, in *Midi Olympique*, 18 août 2020.

VERDIER (Jacques) : *Décès d'Éric Béchu*, in *Midi Olympique*, 15 janvier 2013.

François Joachim de Bernis

DESPRAT (Jean-Paul) : *Le Cardinal de Bernis, la belle ambition*, Paris, Perrin, 2000, 748 pages.

MONTÈGRE (Gilles) : *Le Cardinal de Bernis, le pouvoir de l'amitié*, Éditions Tallandier, 2019, 864 pages.

Paul Bodin

ASSIÉ (Max) : *Il était une fois Paul Bodin*, Éditions Bleu Pastel, 2016, 256 pages.

ASSIÉ (Max) : *Le viaduc du Viaur Chef d'œuvre de Paul Bodin*, Éditions Bleu Pastel, 2017, 84 pages

ASSIÉ (Max) : *Le viaduc du Viaur et Paul Bodin*, Éditions Un Autre Reg'Art, 2022, 200 pages.

Marcel Bescos
LHOPITAULT (Jean-André) : Albi. *Le champion Marcel Bescos n'est plus*, in *La Dépêche Midi*, édition du Tarn, 19 juillet 2013.

Lucie Bouniol
AUGÉ (Jean-Louis) : *Lucie Bouniol, une femme pour l'art,* Édition Privat, 2014, 80 pages.
CANONICA (Claude) : *Lucie Bouniol,* Édition art et caractère, 2006.

Émile Combes
ALQUIER (Georges) : *Le président Émile Combes*, Imprimerie Vaissière, 1962, 242 pages.
ASSIÉ (Max) : *Émile Combes, la loi de séparation, Jean Jaurès*, in *Revue du Tarn*, n° 245, printemps 2017, pages 69-85.
MERLE (Gabriel) : *Émile Combes,* Éditions Fayard, 1995, 668 pages.

Lucien Fabre
ASSIÉ (Max) : *Lucien Fabre et la politique*, in *Revue du Tarn*, n° 266, juin 2022, pages 115-119.
BLANC (Jordi), MOATI (Alexandre) : *Lucien Fabre 1889-1952 Homme de sciences et de lettres,* in *Revue du Tarn*, N° 228, hiver 2012, pages 585-654.
GALLARDO (Christine-Colombe) : *Lucien Fabre au miroir de son œuvre,* Éditions Musidora, 2021, 84 pages.
NAVES (Lucien) : Lucien Fabre (1889-1952), in *Revue du Tarn*, n° 41, mars 1966, pages 23-43 ; n° 42, juin 1966, pages 169-189 ; n° 43, septembre 1966, pages 284-294.

Pierre Fabre
PENAN (Hervé) : *Histoire des laboratoires Pierre Fabre,* Éditions Privat, 2014, 352 pages.
OLIVIER (Philippe) : *Botanical expertise Pierre Fabre,* Éditions Privat, 2015, 152 pages.
ARCHE Joëlle, BERTHOUIEU (Cécile), GOMEZ (Élodie), RUFFIÉ (Paul), SAINT PAUL (ÉRIC) : *La collection Pierre Fabre*, Éditions Privat, 2024, 192 pages.

Nicolaï Greschny
ASSÉMAT (Gilbert) : *Des fresques de Nicolaï Greschny,* Éditions du Lion de Juda, 1992, 222 pages.
ASSÉMAT (Gilbert), BERTRAND (Pierre), GRESCHNY (Michaël et Claire) et autres : N*icolaï Greschny, Des fresques aux icônes*, Éditions Vent Terral, 2019, 156 pages.

Jean Jaurès
ASSIÉ (Max) : *Il était une fois Jean Jaurès*, Éditions Grand Sud, 2014, 262 pages.
ASSIÉ (Max) : *Jean Jaurès Du Tarn au Panthéon*, Éditions Un Autre Reg'Art, 2022, 432 pages,
CANDAR (Gilles), DUCLERT (Vincent) : *Jean Jaurès*, Éditions Fayard, 2014, 688 pages.
GOLDBERG (Harvey) : *Jean Jaurès*, Éditions Fayard, 2014, 642 pages.

Émile Jolibois
ALLÉGRE (Victor) : *La carrière mouvementée d'un professeur républicain,* in *Revue du Tarn*, 1971, pages 307-321.
PORTAL (Charles), ROLLAND (Jules), TEYSSIER (Louis Casimir), VIDAL (Auguste) : *Claude-Émile Jolibois (1813-1894) Sa vie, son œuvre* », supplément à *Revue du Tarn*, avril 1894, imprimerie Nouguiès à Albi, 48 pages.
ROLLAND (Jules) : *Émile Jolibois*, in *L'Express du Midi*, N° 824, édition du 5 avril 1894, page 2.

Paul Quilès
ASSIÉ (Max) : *D'Épinay à l'Élysée, 11,12, 13 juin 1971-10 mai 1981,* Éditions Un Autre Reg'Art, 2021, 120 pages.

ASSIÉ (Max) : *Paul Quilès, figure du mitterrandisme et du Tarn*, in *Revue du Tarn*, N° 264, décembre 2021, pages 19-21.
CABANIS (André), REGOURD (Serge) : *Paul Quilès ou comment rester socialiste*, Éditions Le Cherche Midi, 2015, 222 pages.
MARRE (Béatrice), QUILÉS (Paul) : *On a repris la Bastille ! 10 mai 1981*, Fondation Jean Jaurès, 2011, 114 pages.

Jean-François de Galaup de Lapérouse
BELLEC (François) : *Lapérouse*, Éditions Taillandier, 2018, 144 pages.
BÉRARD (Pierre) : *Lapérouse dans la marine et les colonies du Roi 1756-1788*, Association Lapérouse Albi, 2004, 296 pages.
PIOUFFRE (Gérard) : *Lapérouse le voyage sans retour*, Éditions Librairie Vuibert, 2016, 240 pages.
PONS (Anne) : *Lapérouse*, Éditions Gallimard, Folio Biographies, 2010, 310 pages.

Eugénie de Guérin
BANNOUR (Wanda) : *Eugénie de Guérin ou une chasteté ardente*, Éditions Albin Michel, 1983, 346 pages.
BARTHÈS (Émile) : *Eugénie de Guérin-Avant la mort de son frère*, Librairie Lecoffre, 1929, 356 pages.
ZYROMSKI (Ernest) : *Eugénie de Guérin*, Éditions Armand Colin, 1921, 214 pages.

Maurice de Guérin
HUET-BRICHARD (Marie-Catherine) : *Maurice de Guérin*, Éditions Pierre-Guillaume de Roux, 2018, 289 pages.
HUET-BRICHARD (Marie-Catherine), SORIANO (Alain) et autres : *Colloque Maurice de Guérin revisité*, in *Revue du Tarn*, n° 221, printemps 2011, pages 3-186.
ZYROMSKI (Ernest) : *Maurice de Guérin*, Éditions Armand Colin, 1921, 288 pages.

Emmanuel de Las Cases
BIGET (Jean-Louis) sous la direction de : *Actes du colloque Las Cases*, in *Revue du Tarn*, janvier-mars 1996, n° 160, pages 589, 686.
GAUBERT (Jean-Pierre) : *Las Cases : l'abeille de Napoléon*, Éditions Loubatières, 2003, 370 pages.
REINACH-FOUSSAMAGNE (Hélène de) : *Un confident de Napoléon Ier Las Cases sous l'Ancien régime*, Éditions Revue des questions historiques, 1911, 56 pages.

Élisa Lemonnier
RAMOND (René), RAMOND (Pierre) : *Élisa, une Saint-simonienne au siècle des Ferlus*, Éditions Anne-Marie Denis, 2008, 215 pages.

Jacques Limouzy
ALLAIRE (Martine), MIGNAVAL (Pierre) : *Jacques Limouzy (note biographique)* », Institut national de recherches pédagogiques, vol. 41, nos 1-2, 2000, pages. 122-123.
BOUYSSOU (Pierre) : *Hommage à Jacques Limouzy*, in *Revue du Tarn*, N° 264, décembre 2021, pages 21-23.
CÉLARIES (Christophe) : *Jacques Limouzy : une vie au service du bien commun et de l'intérêt général*, in *La semaine de Castres et du Tarn*, 8 novembre 2021.

Augustin Malroux
MALROUX (Anny) : *Avec mon père*, Éditions Revue du Tarn, collection Rives du Tarn, 1991, 290 pages.
MALROUX (Anny) : *Augustin Malroux*, in *Revue du Tarn*, n° 143, automne 1991r 1981, pages 515-539.

Eudoxe-Irénée Mignot
LACGER (Louis de) : *Mgr Mignot*, Éditions Bloud et Gay, 1933, 155 pages.
SARDELLA (Louis-Pierre) : *Mgr Eudoxe-Irénée Mignot*, Éditions du Cerf, 2004, 752 pages.

Lucien Mias
ESCOT (Richard) : *Légende du rugby français, Lucien Mias est mort*, in *L'Équipe*, 13 mai 2024.
ROUSSILLE (Bernard) : *Lucien Mias est passé de Docteur Pack à Papidoc, in La Dépêche du Midi*, édition du Tarn, 16 mai 2024.

Jean-Joseph Moussaron
BORDES (Maurice) : Mgr *Moussaron, un prélat du « dernier printemps de l'Église »*, in *L'Information Historique*, Éditions Arman Colin, 1994, volume 54, pages 28-34.
PYRDA (Pierre-Jean) : *Mgr Moussaron au paradis des Justes*, in *La Dépêche du Midi*, édition du Tarn, 5 juillet 2010.

Marie-Louise Murat
LALANNE (Émilie) : *Sœur Saint-François (1899-1982) alias « Sœur Mitraillette dans la Résistance »*, mémoire de maîtrise, Université de Toulouse-Le Mirail, 2003.
MAZENS (François) : *Sœur Saint-François – Sœur Mitraillette*, in *Mémoires Graulhet le blog*, http://memoiregraulhet.eklablog.com

Guillaume de Nautonier
BÉA (Adeline) : *Le château et l'observatoire de Guillaume Le Nautonier (1560-1620), seigneur protestant de Castelfranc (Tarn)*, in *Patrimoine du Sud*, mis en ligne le 1er mars 2017.
MANDEA (Miora), MAYAUD (Pierre-Noël) : *Guillaume Le Nautonier, un précurseur dans l'histoire du géomagnétisme*, in *Revue d'histoire*, tome 57, n°1, 2004, pages 161-173.
VENE (Marc) : *Guillaume le Nautonier, ministre du culte, astronome, géographe du roi*, Éditions La Duraulié, 1990, 305 pages.

Maurice Pezous
PELISSIER (Bernard) : *MEP Maurice Émile Pezous, l'élite albigeoise*, Éditions Un Autre Reg'Art, 2017, 48 pages.
REY (Alain) : *MEP : la folle histoire des bolides créés à Albi*, in *La Dépêche du Midi*, édition du Tarn, 11 février 2023.

Louisa Paulin
NAVES (Lucien) : *L'œuvre occitane de Louisa Paulin, in Lucien Naves, paysan du Ségala*, Éditions Subervie, 1969, 50 pages.
VERNY (Marie-Jeanne) : *Louisa Paulin (1888-1944) : de la vie à l'œuvre*, Éditions Vent Terral, 2017, 252 pages.

Philippe Pinel
PIGEAUD (Jackie) : *Aux portes de la psychiatrie : Pinel, l'Ancien et le Moderne*, Éditions Aubier, 2001, 379 pages.
SÉMELAIGNE (René) : *Philippe Pinel et son œuvre. Au point de vue de la santé mentale*, Éditions L'Harmattan, 2001, 170 pages.

Henri Pistre
GARCIA (Henri) : *Les contes du rugby*, Éditions La Table Ronde, 2007, 224 pages.
Dom Robert
GRUNNE (Dominique de) : *Dom Robert Tapisseries*, Éditions Julliard, 1980, 96 pages.
GUÉRIN-GASC (Sophie), HAMONVILLE (David d'), PORTEVIN (Thierry) : *Les Saisons de Dom*

Robert Tapisseries, Éditions Hazan, 2018, 200 pages.

Henri de Paschal de Rochegude
FABRE (Robert) : *Henri de Paschal de Rochegude,* in *Revue du Tarn*, N°135, automne 1989, pages 401-427.
GINOUILLAC (Raymond) : *Henri Paschal de Rochegude*, Centre Occitan Rochegude, 2012, 96 pages.

Guy de Rouville
CALS (Michel) : *Vabre, Village des Justes,* Éditions Un Autre Reg'Art, 2019, 272 pages.
PAUL-ROUX (Odile de) : *De la Chouette au Merle Blanc*, Éditions Amicale des Maquis de Vabre, 2013, 39 pages.

Francis Rui
BENAOUDA (Karim) : *100 ans de Castres Olympique*, Éditions Fayard, 2006, 190 pages.

Antoinette Salvan de Saliès
GOUVERNET (Gérard) : *Œuvres complètes-Antoinette Salvan de Saliès*, Éditions Honoré de Champion, 2004, 510 pages.
PILON (Edmond) : *Une précieuse albigeoise au XVIIe siècle : Antoinette Salvan de Saliès*, in *Revue du Tarn*, n° 34, 15 mars 1944, pages 311-320 ; n° 35, 15 juin 1944, pages 362-369.

Raymond Alphonse Séré de Rivières
LE HALLÉ (Guy) : *Le système Séré de Rivières ou le témoignage des pierres*, Éditions Ysec, 2007, 224 pages.
ORTHOLAN (Henri) : *Le général Séré de Rivières Le Vauban de la revanche*, Éditions Giovanangeli artilleur, 2022, 624 pages.
REVUE DU TARN : *Colloque Séré de Rivières*, in *Revue du Tarn*, n° 161, printemps 1996.
TRUTTMANN (Philippe) : *La barrière de fer L'architecture des forts du général Séré de Rivières*, Éditions Gérard Klopp, 2017, 544 pages.

Ludovic de Solages
CHATRIOT (Alain), DAUMAS (Jean-Claude), JOLY (Hervé), FRIDENSON (Patrick), *Dictionnaire historique des patrons français*, Éditions Flammarion, 2010, 1 614 pages.
GORGUES (Gérard), *Les réalisations de la famille de Solages en Carmausin et en Albigeois*, in *Revue du Tarn*, n° 240, hiver 2015, pages 295-604.
TREMPÉ (Rolande), *Du Royalisme à la République ou le « ralliement » du Marquis de Solages*, in *Annales du Midi*, année 1959, tome 71, n° 45, pages 59-70.

Jean-de-Dieu Soult
COMBES (Anarchasis), *Histoire anecdotique de Jean-de-Dieu Soult, Maréchal-Général, Duc de Dalmatie, 1769-1851*, Éditions Huc et Bertrand, 1869, 236 pages.
GOTTERI (Nicole) : *Le Maréchal Soult,* Bernard Giovanangeli Éditeurs, 2000, 805 pages.
HULOT (Frédéric) : *Le Maréchal Soult*, Éditions Pygmalion, 2003, 256 pages.

Louis Casimir Teyssier
BELOT (Léon) : *Le colonel Teyssier défenseur de Bitche*, Éditions Corbières et Julien, 1911, 140 pages.
GUESQUIN (Eugène) : *Bitche et ses défenseurs (1870-1871), hommage au colonel Teyssier,* Éditions Coulommiers,1900, 502 pages.
REVUE DU TARN : *Le colonel Teyssier*, in *Revue du Tarn*, n° 257, printemps 2020.

Henri de Toulouse-Lautrec

DEVINCK (Danièle) : *Henri de Toulouse-Lautrec au Musée d'Albi*, Éditions Grand Sud, 2009, 120 pages.

DEVINCK (Danièle), FRÈCHES-THORY (Claire), ROQUEBERT (Anne), THOMSON (Richard) : *Toulouse Lautrec*, Éditions Réunion des Musées Nationaux, 1992, 558 pages.

PERRUCHOT (Henri) : *La vie de Toulouse-Lautrec*, Éditions Marabout, 1981, 356 pages.

SEMMER (Laure-Caroline) : *Toulouse-Lautrec*, Éditions Larousse, 2019, 128 pages.

Léo Trouilhet

ASSIÉ (Max) : *Léo Trouilhet fondateur de la société Calor*, in *Revue du Tarn*, n° 240, hiver 2015, pages 617-628.

LOUDE (Michel) : *Léo Trouilhet et Calor L'éthique et le progrès*, Jacques André Éditeur, 2019, 146 pages.

ROUQUIER (René) : *Un grand industriel Tarnais, Léo Trouilhet (1881-1969)*, in *Revue du Tarn*, n° 104, hiver 1981, pages 501-503.

Fernand Verdeille

BARJOU (Jean-Piere) : *Fernand Verdeille, sénateur-chasseur*, in *Le Monde*, 26 décembre 1998.

PENNETIER (Claude) : *Verdeille Fernand, Jean, Géraud*, in *Le Maitron*, https://maitron.fr

Georges Spénale

BORNIA (Richard) : *Qui est Georges Spénale, ce Tarnais méconnu qui a révolutionné le Parlement Européen ?*, in *La Dépêche du Midi*, édition du Tarn, 26 mars 2023.

Gaston Vedel

GAUBERT (Jean-Pierre) : *Ailes et eux : Vedel m'a dit : Mermoz, Saint-Exupéry, Kessel, et les autres*, Éditions Fast, 1996, 259 pages.

LAMENDIN (Henri) : Vedel, aviateur, et ?, Éditions Souvenirs, 2013, 130 pages.

Émilie de Villeneuve

BERNOVILLE (Gaëtan) : *Émilie de Villeneuve fondatrice des Sœurs Bleues de Castes*, Éditions Grasset, 1949, 283 pages.

DUHAMELET (Geneviève) : *Les Sœurs Bleues de Castres*, Éditions Grasset, 1934, 269 pages.

Léontine de Villeneuve

CONTE-STERLING (Graciela) : *La muse Occitanienne de Chateaubriand Léontine de Villeneuve*, Éditions L'Harmattan, 2018, 270 pages.

GRESLÉ-BOUIGNOL (Maurice) sous la direction de, BIGET (Jean-Louis), BRU (Henri), CAZALS (Rémy), CONTIS (Alain), DURAND-DELGA (Michel), FABRE (Robert), FAURY (Jean), LE POTTIER (Jean), LE POTTIER (Nicole), LEVY (Alain), MARCHAL (Gaston-Louis), VANEL (Jean) : *Les Tarnais Dictionnaire biographique*, Fédération des Sociétés Intellectuelles du Tarn, Albi, 1996, 418 pages.

Crédit photos

Abbaye d'En Calcat, collection du Musée Dom Robert / Cité de Sorèze, cliché JL Sarda : pages 175, 178
Abbaye d'En Calcat, archives En Calcat : page 177
Agence Adobe stock : couverture, pages 14, 42, 125, 128/129, 236
Agence iStock : couverture (en haut à gauche)
Alamy Banque d'images : pages 33, 124
Albi Tourisme : page 150
Amicale du maquis de Vabre : page 183
APA Poux : page 146
Archives diocésaines d'Albi : pages 130, 133
Archives La Dépêche du Midi, édition du Tarn : page 41
Azam Jean-Paul : pages 81, 115
Bibliothèque Municipale de Reims : page 101
British Museum : page 141
Thomas Bresson : pages 196 et 198
Centre national et musée Jean-Jaurès : pages 60, 95, 97
Château-musée du Cayla : pages 85, 87, 89
Château de Versailles : pages 76, 205
Collection personnelle Max Assié : pages 19, 43, 121, 206, 227, 245
Collection personnelle Michel Loude : page 225
Couberlous : page 232
André Cros - Mairie de Toulouse, Archives municipales, 53Fi1281 et 53Fi7521 : pages 167 et 169
Département du Tarn : page 137
Didier Descouens : pages 53, 107, 135
Maurice Dulac : page 201
École Centrale Supélec : page 51
Galeries nationales d'Écosse : page 154
Editions Gallimard : page 64
André Gill : page 92
Espace photographique Arthur Batut, Labruguière : pages 35, 36, 38
Famille d'Aragon : pages 21, 191
Fine Arts Museums of San Francisco : page 75

Fondation Jean-Jaurès : pages 171, 172
Christine-Colombe Gallardo : page 66
Gallica : pages 23, 58, 62, 65, 144, 192
Maurice Guibert : page 222
Julian Herzog : page 231
Hôpital de la Salpêtrière : page 164
Laboratoires Pierre-Fabre : pages 69, 70/71, 72
La Dépêche du Midi : pages 43, 188
Lady Lever Museum of Liverpool : page 108
Jean-Jacques Lasmolles : pages 48/49
Le Petit Journal : pages 112, 202
Mairie de Monestiés : pages 26, 28 et 29
Maison de la Céramique de Girousssens : page 56
MathieuMD : page 142
Médiathèque d'Albi Pierre-Amalric, photo Guy Lamoureux : page 13
Miroir du rugby, collection personnelle Max Assié : page 47
Musée de l'Armée : page 194
National Archives Singapore : pages 209 et 212
National Maritime Museum : page 77
Ouest-Eclair : page 147
Panhard racing team : pages 159, 160
Paris-soir : page 126
Philadelphia Museum of Art : page 221
Xavier de Rouville : page 181
Paul Sescau : page 219
Site Mémoire Graulhet, François Mazens : page 139
The Walters Art Museum : page 153
Christian Viala : page 241
Ville de Castres : page 117
Wikimedia commons : Olybrius : page 11 ; KaTeznik : page 16 ; Pom² : page 18 ; Tonymainaki : page 24 ; Ceramique81 : page 54 ; Melina63140 : page 82 ; Thérèse Gaigé : page 91 ; Celette : page 98 ; Rowdy810 : page 102 ; Jcb-caz-11 : pages 104/105 ; Chabe01 : pages 115, 165 ; JYB Devot : page 119 ; Brunoboe : page 122/123 ; Mage31 : page 149 ; H Cluzeaud : page 156 ; WideAngleEyes : page 163 ; Roudière : pagee 185, 187 ; Defranoux : page 211 ; Zairon : page 216 ; Ji-Elle : page 218 ; Friedrich K. : page 234 ; Romitello : page 243

Sommaire

Conception de la maquette : Alice Dorques
Achevé d'imprimer en octobre 2024 par PBTisk,
imprimerie verte certifiée pour ses pratiques respectueuses
de l´environnement.

N° ISBN : 978-2-490379-65-1
N° ISSN : 2108-6338

Dépôt légal : octobre 2024

Le Papillon Rouge Editeur
27, rue du général de Gaulle
34 560 Villeveyrac
Tel. : 04 67 78 81 68
contact@papillon-rouge.com
www.papillon-rouge.com

Distribution : MDS
Diffusion : Média Diffusion